《穿越土星环》 谢云宁/著 CaringWong/绘

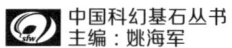
中国科幻基石丛书
主编：姚海军

穿越土星环

谢云宁 —— 著

四川科学技术出版社

图书在版编目(CIP)数据

穿越土星环/谢云宁 著.--成都:四川科学技术出版社,2020.9

(中国科幻基石丛书/姚海军 主编)

ISBN 978-7-5364-9934-8

Ⅰ.①穿… Ⅱ.①谢… Ⅲ.①幻想小说 – 中国 – 当代

Ⅳ.①I247.5

中国版本图书馆CIP数据核字(2020)第170645号

中国科幻基石丛书

穿越土星环

出 品 人	程佳月
丛书主编	姚海军
著 者	谢云宁
责任编辑	宋 齐 姚海军
特邀编辑	汪 旭
封面绘画	Caring Wong
封面设计	甄沛佳
版面设计	甄沛佳
责任出版	欧晓春
出 版	四川科学技术出版社
	四川省成都市槐树街2号出版大厦 邮政编码:610012
开 本	147mm×208mm
印 张	9.75
字 数	220千
插 页	2
印 刷	成都博瑞印务有限公司
版 次	2020年9月成都第一版
印 次	2020年9月成都第一次印刷
定 价	46.00元

ISBN 978-7-5364-9934-8

写在"基石"之前

■姚海军

"基石"是个平实的词，不够"炫"，却能够准确传达我们对构建中的中国科幻繁华巨厦的情感与信心，因此，我们用它来作为这套原创丛书的名字。

最近十年，是科幻创作飞速发展的十年。王晋康、刘慈欣、何夕、韩松等一大批科幻作家发表了大量深受读者喜爱、极具开拓与探索价值的科幻佳作。科幻文学的龙头期刊更是从一本传统的《科幻世界》，发展壮大成为涵盖各个读者层的系列刊物。与此同时，科幻文学的市场环境也有了改善，省会级城市的大型书店里终于有了属于科幻的领地。

仍然有人经常问及中国科幻与美国科幻的差距，但现在的答案已与十年前不同。在很多作品上（它们不再是那种毫无文学技巧与色彩、想象力拘谨的幼稚故事），这种比较已经变成了人家的牛排之于我们的土豆牛肉。差距是明显的——更准确地说，应该是"差别"——却已经无法再为它们排个名次。口味问题有了实际意义,这正是我们的科幻走向成熟的标志。

与美国科幻的差距,实际上是市场化程度的差距。美国科幻从期刊到图书到影视再到游戏和玩具,已经形成了一条完整的产业链,动力十足;而我们的图书出版却仍然处于这样一种局面:读者的阅读需求不能满足的同时,出版者却感叹于科幻书那区区几千册的销量。结果,我们基本上只有为热爱而创作的科幻作家,鲜有为版税而创作的科幻作家。这不是有责任心的出版人所乐于看到的现状。

科幻世界作为我国最有影响力的专业科幻出版机构,一直致力于对中国科幻的全方位推动。科幻图书出版是其中的重点之一。中国科幻需要长远眼光,需要一种务实精神,需要引入更市场化的手段,因而我们着眼于远景,而着手之处则在于一块块"基石"。

需要特别说明的是,对于基石,我们并没有什么限定。因为,要建一座大厦需要各种各样的石料。

对于那样一座大厦,我们满怀期待。

第一章

Day 3（指主人公进入土星环按地球时间计算的第三天，后同。）

路渐离从昏迷中醒来，发现自己穿着一件伤痕累累的钢铁侠盔甲，孤零零地飘浮在一个光线晦暗的奇异空间中。视线所及，漫无边际地散布着大大小小、奇形怪状的灰白色几何体，大的犹如石碑，小的不过颗粒大小，分布极为疏松，像是一团团参差而肮脏的碎冰，幽幽地漫射着半明半暗的光亮。

这是什么鬼地方？自己怎么莫名其妙地变身成了钢铁侠？

不，钢铁侠盔甲实际上是一件笨重的太空服，自己正飘浮在某片未知的太空中，他恍然意识到。

由于空荡荡的太空中没有任何着力点，路渐离竭尽全力扭动身体，却无法完成转身。这一刻，太空服像是能感知到他的动作，丝丝气体从太空服表层喷气背包的不同部位纷然溢出。借助气体恰到好处的推动，他终于笨拙地扭动起僵硬的身体。

当他将身体翻转了一百八十度，透过影影绰绰的冰屑间隙，他看到了一个巨型的气态星球，足足占据了视野的一半。褐黄

1

色的星球表面如沙画般凝聚着一个个大小不一的涡旋，五彩缤纷，形态各异，就像是一颗颗狠狠睁大的眼珠，正充满敌意地瞪视着贸然闯入这片迷域的自己。

这是土星，太阳系内体型第二大的行星，自己正飘浮在环绕土星的那一圈由冰块与尘埃构成的星环中。

可自己是怎么来到这里的？一片昏沉的大脑无法给他确切的答案。

他愣怔着，打开了太空服主控电脑中的日志记录，艰难地开始了回想。

四个月前，路渐离随着 X-Xele 太空公司最先进的太空飞船"绝地武士号"飞离地球，在广袤无垠的太空中驰骋。

他计划前往的目的地是一颗叫科特克的彗星，距离土星轨道大约两百万公里，绝不是眼前的这一片荒芜的土星环。

离开地球航程的起初几天，舷窗外壮丽的太空图景还让路渐离兴奋不已，但渐渐地，缺少变化的星辰让他感到麻木。于是他将飞船的驾驶权交给机器人助手凯瑞，而他自己则穿着那件臃肿不堪的全智能化太空服，终日蜷缩在宇航员座椅上，靠着通关虚拟游戏与观看互动电影打发时间。正当他悠然沉浸在光怪陆离的虚拟世界砍怪屠龙之时，一阵突如其来的震动把他拉回了现实。

他惊恐万分地睁开双眼，透过太空服的透明头盔望出去，他发现自己并没有置身于装修风格豪华如夜店的宽敞载人舱，而是被传送到一个异常狭窄的舱体内，整个舱壁空间简陋如儿童游乐场的小火车隧道，一波接一波地闪烁着刺眼的红光，整个船舱如失控一般剧烈地颠簸。

他惊恐地意识到这里是位于"绝地武士号"船首的逃逸塔。

"凯瑞,发生了什么?"他颤声呼唤着他的机器人助手。

"路先生,飞船已经快要飞抵科特克彗星,正在近距离掠过土星,借助土星的引力弹弓效应平稳减速,然而就在飞船的速度降至每秒一千一百米之时,意外发生了。"从船壁传来凯瑞呆板的声音,紧接着,凯瑞的虚拟形象——一个穿着黑色西装、打着领结的侍者——出现在路渐离面前。

"究竟出了什么幺蛾子?"路渐离抓狂道,"绝地武士号"的制造商 X-Xele 公司忽悠他利用土星引力弹弓对飞船减速,声称这是一项极其成熟的太空技术,此前人类的太空项目探测器多次采用这样的方式成功加速或减速。在节省巨量燃料的同时,还能近距离一睹土星别样的风貌。

凯瑞面无表情地摊了摊手,"土星大气层里突如其来的巨型风暴引发了土星环内局部物质的紊乱湍流,一枚飞船大小的石子被骤然加速,猝不及防地出现在飞船的航道上,不偏不倚地击中了飞船的引擎,使得飞船无法再完成加速与减速,已降低速度的飞船将在土星强大的引力作用下向土星大气层坠落。"

"天哪,我现在该怎么办?"路渐离惊慌失措道。他将绝望的目光投向了舷窗外,土星巨大而狰狞的身影正在飞速变大。

"现在唯一的选择是将身着太空服的你反向弹射出飞船,这样你还有一线生机。"

"那还不赶快弹射?"路渐离抓狂道。

"路先生,请再等等。"凯瑞说,"就这样随机发射出去,你只会撞上土星,或是在太空中向着太阳系外的方向飘远。"

"那你要——"

"等待时机将你发射进土星环里,让你围绕土星飞行。土星环中有充足的水资源,你可以待在那里等待地球救援。"

"土星环?"路渐离惊呼道,"难道我不会撞上土星环里那些乱七八糟的碎石头?"

"事实上,土星环里都是一些冰雪物质,空旷而疏松,如果你以较低的速度进入,按逃逸舱外壁的金属强度预估,你殒命的概率不会超过百分之十二点一。"凯瑞依然语调不急不缓地说。

"你的想法实在太古怪!还有其他更好的办法吗?"

"这是我反复计算过的最优解——"凯瑞耸了耸肩,"祝您好运,路先生。"

"你这就要发射了?"路渐离大喊道,"凯瑞,你能不能再等等——"

然而他还没等来凯瑞的回应,砰的一声巨响,逃逸塔与飞船主体骤然分离,他被发射出去了。

弹射产生的巨大冲击力让他眼前一黑,昏迷了过去。

在这之后,逃逸塔带着路渐离径直飞向了土星环,以与土星环平面近乎呈零夹角的路径不断深入土星环内缘。

沿途不计其数的碎冰一点一点地减缓了逃逸塔冲向土星的动量。

在长达十小时持续惊心动魄的碰撞后,逃逸塔冲向土星方向的动量终于减少为零,稳稳地停滞在距离土星表面不过十四万公里的土星环中。与此同时,逃逸塔也在碰撞中获得了与周围冰粒子相同的角动量,与同轨道高度的土星环物质相对静止,如土星卫星般围绕着土星飞速旋转了起来。

就这样,逃逸塔成功"入轨"了。

待一切稳定下来,已在碰撞中变得面目全非的逃逸塔如一朵盛开的花苞,自动分解开来,身着太空服的路渐离缓缓地离开了逃逸塔,安然地飘浮在了土星环中。

自己由此逃过一劫。

他意识到是这一片广袤而疏松的土星环物质救了自己一命。可他一点也没有死里逃生的高兴劲儿,他不知道自己是否能活着离开这片看上去危机四伏的冰雪荒漠。

此时此刻,路渐离必须让自己冷静下来,认真思考自己当下的处境。

他首先开启了太空服的自检程序:密封压力指数正常,恒温系统功能正常,水循环系统功能正常,控制系统功能正常,照明系统功能正常,动力系统功能正常,3D打印机系统功能正常,食物供给系统功能正常……看上去他的太空服仍然完好无损。

还是需要感谢该死的X-Xele公司,他们并没有在太空服上偷工减料。

接下来,他开始考虑被救援的可能性。

主控电脑屏幕上冰冷的数字显示自己飘浮的土星环距离地球足有十一亿两千万公里,即使以光速传播的无线电波也需要走上足足一个半小时。

他第一个想到的是通信,"绝地武士号"失事,地球上X-Xele公司控制大厅的工作人员很可能并不知道自己还活着飘浮在土星环中。要想获得营救,必须想办法与地球取得联系。可是携带着高功率通信天线的"绝地武士号"已经坠落土星,而太空服通信器的覆盖范围极其有限,微弱的无线信号根本无力穿透茫茫太空。

也许有路过此处的宇宙飞船碰巧可能接收到太空服的信号,但这样的机会不会比彩票中头奖的概率大多少。时至今日,人类真正登陆建立探测站的最远星球仍不过是火星。

"嗨,有人吗?地球人路渐离身陷土星环,请求紧急求援——"别无选择的路渐离还是向所有频段发出了呼救信息,他就如茫茫大海中即将沉没的溺水者,急于抓住任何一根救命稻草。

然而,奇迹并没有发生,在随后漫长而充满煎熬的等待中,通信器中除了充斥着难以消除的土星超强电磁场所产生的海潮般的沙沙噪声外,一片静默。

如果无法与地球取得联络,他还能做些什么?是否能依靠自己的力量走出这片土星环?

路渐离艰难地梳理起了脑海中可怜至极的太空知识——那是出发前在宇航中心填鸭般恶补两个月的结果。虽然他的太空服带着一个便携式化学燃料引擎,但那微弱的能量只够一次性登陆与离开彗星表面。在太空中自由移动只能依靠太空服装备的喷气背包,尽管自己携带的背包已是当今世界上最先进的一款,最快移动速度可以达到每秒一百二十米,然而在土星引力的桎梏下,要想从既有高度的土星轨道向更高轨道变轨,需要耗费巨大的动力,单凭一个喷气背包是绝不可能办到的。他唯一能做的不过是在同等轨道的水平方位移动,也就是说,他可以环绕土星一圈,却无法远离土星半尺。

冷冰冰的万有引力方程式,实在是主导一切太空事件的第一定律。他痛苦地领悟了。

如果哪儿也去不了,自己还能坚持多久?

按照原计划他将长时间离开飞船在彗星表面漫步,因此他身穿的太空服被设计得如同一艘小型飞船,生命保障系统储备有充足的氧气和极为奢侈的食物。看上去氧气并不是问题,如果携带的液氧耗尽,太空服的制氧器还能通过电解水的方式释放氧气——在土星环中找到水并不是什么难事。

太空服的电力系统呢？由于太空服携带着一组由钚-238构成的核电池（RTG），利用同位素在衰变过程中不断地放出热能转变为电能，这样一个高效安全的电力系统即使以全功率工作，寿命也将超过二十年。因此，自己无须担心任何电力的问题。

可是要命的食物呢？

他检测了一遍太空服中的食物配给，即使选择最低能量模式，加上最高限度地回收自己的粪便，所有的食物储备也仅够维持九十二个地球日。

被活活饿死在土星环的感觉一定很糟糕。

有可能从身边取之不尽的土星环物质中获取食物吗？这样的想法让他心中一个激灵。他的太空服装备有专为太空环境设计的最新款超级3D打印机——能操控大量的纳米机器人打印出包括人体器官、飞船零部件、求生工具在内的各式复杂物件，以此应对各类太空突发状况。此刻，只要自己能在土星环中寻找到足以形成食物的营养物质，3D打印机就能合成出风味可口的食物。

路渐离的目光在昏暗的视野中寻找起来，很快他锁定了目标。距离他不远的一团巨大的冰雪物质很像是一块还带着泥土的马铃薯，正在等待着他动手挖掘、去皮、食用。

待调整好身姿后，他操控起喷气背包的开关。

喷气背包动力被设置为最低功率，几缕细若游丝的气体从路渐离身后的喷口喷射而出，在动量守恒方程式的主导下，他那臃肿的身躯就如一个微微泄气的气球，摇摇晃晃地沿着一条直线向目标移动起来。

然而太空中依靠肉眼定位是如此缺乏精准度,就在"马铃薯"越来越近时,他发现自己与航道足足偏离了一百多米。

就这样,他眼睁睁地看着自己与"马铃薯"失之交臂,却无法立刻掉转航向。

动量守恒方程式,真是主导太空事件的第二定律。他再次心生感触。

于是,他不得不开启身体正面的喷气背包,通过向身前喷射气体获得反冲速度,逐渐将自己的速度降低到零,然后掉转方向,向着"马铃薯"移去。

在接连错过了好几次之后,路渐离终于艰难地接近了"马铃薯"的表面,他小心翼翼地伸出手,一只螺旋钩状的爪子立即插入了疏松的冰雪物质中。

他仔细地打量着这团冰雪物质,"马铃薯"足有一间房子那么大,坑坑洼洼的表面沾满了星际尘埃,漫射出一种晦暗而迷蒙的光亮。

这一刻,路渐离惊奇地发现,这一大团正对着自己、距离不过三四米的"马铃薯"的局部缓缓地改变起形态,缥缈的雾状水汽升腾开来,如章鱼触角般伸向自己。这是怎么回事?难道是"马铃薯"具有某种生命的意识,察觉到了他的到来?

他的心猛地绷紧了,面对这样一次跨越种族的"亲密接触",他应该如何回应对方?

他愣愣地伸出了右手去触碰对方的"触手",然而对方并没有回应他,"触手"兀自伸长、舞动。他又胡乱地挥了几下手臂,对方仍是无动于衷。天哪!他找到了原因,虽然隔着真空,太空服排出的微弱热量还是会通过热辐射的方式传递至"马铃薯"表面。真空状态的冰熔点极低,一点热量就会使其融化并蒸发,变成气态。这一刻,他悬着的心暂时落了下来,是自己的到来让这些或许已上亿年的冰雪第一次向外界裸露出纯净的内核。

土星环中巨量的冰雪物质来自何处?他隐约记得有一种说法,几亿年前,地球上还是恐龙横行的时候,一颗月球大小的彗星类天体靠近土星,在潮汐引力的作用下被撕裂,形成一圈充满彗星碎片的星环。

在太阳系内四处游弋的彗星通常被认为是地球原始生命的源头,土星环是否也如彗星般携带着一些原始的生命物质,这些物质或许能变成让自己苟延残喘下去的食物。

这样的想法给他干涸的心中注入了一丝希望。

这一刻,螺旋爪还在向着"马铃薯"内核深入,内部冰雪物质被源源不断地送入太空服中的水循环器、制氧器和质谱仪中。

水循环器飞快地从冰雪物质提纯出液态的洁净水以供饮用,与此同时,制氧器成功地利用电解反应把水分子分解成氧原子和氢原子。氧气被存储进氧气罐,无用的氢气被排进太空。看起来,身处土星环中,路渐离确实无须担心水与氧气的供给。

然而,质谱仪显示的结果让路渐离大失所望,这些冰雪物质中除了占主要成分的水,还有少量的氨以及岩石硅酸盐物质,这些元素都无法制造食物。

路渐离黯然神伤地离开了"马铃薯",将目标转向了周围其他的冰雪团。

然而,等待他的依然是深深的失望,他一连接触了好几块该死的冰雪团,这些形态各异的脏雪球内部全都是千篇一律的物质构成。

极度的寒冷看上去如一道无形的厚墙,冷酷地阻断了生命的一切可能。

在折腾了好几个小时后,身心俱疲的他放弃了寻找,心灰意冷地飘浮在虚空中。

自己携带的太空3D打印机功能强大得如同哆啦A梦①胸口的百宝袋一般,尽可以随意变换出无穷无尽的神奇道具,却唯独不能凭空变出食物来。

这一次,他终于把自己玩死了。

之后的三个多月时间里,他将穿着枷锁一般沉重的太空服,婴儿般无助地蜷缩在这里,不自由地围绕土星旋转,等待死期的临近。

这也许是上帝给命运已足够狗血的自己开的一个更加狗血玩笑吧。说起来,上帝为他挑选的葬身之地倒是与他一心要去的那一颗叫科特克的彗星有几分相似,只是此刻环绕自己的这些彗星一般的冰雪团数量实在太多了。

"当你需要'一'时,上帝会慷慨地给予你'十'。"

就这样,他陷入了漫无边际的胡思乱想中,最后进入一种半睡半醒的恍惚状态。

这个狗血的"太空故事"开始于两年前,路渐离在上海的寓所举办的那一场盛大的四十岁生日派对。上百名金融界、娱乐界的名流受邀盛装出席,在觥筹交错的奢华酒局过后,他又与几位小伙伴躲进寓所的一间隐秘内室,然后戴上硕大的VR头盔,联网超频宽带,来了一场刺激的超频游戏派对。

超频游戏是一种并不合法的、小规模风行于超级富豪圈子的VR游戏。一种特制的VR头盔中的纳米机器能辅助大脑中的

———————————
① 日本漫画家藤子·F.不二雄创作的漫画《哆啦A梦》中的猫型机器人。

神经元完成超频运算,沉浸其中的游戏者的大脑感知到的时间流逝速度远远超过了真实世界,这样,游戏者能在短短的一两个小时中细致入微地经历近乎一个人一生的声光色影。

当然,这样的头盔价格也不菲。

然而,这一场异常漫长而又跌宕起伏的"虚拟人生"梦中梦才进行到一半,路渐离便中断了进程,疲惫地摘下VR头盔,退出了游戏。

也不知道为什么,今天超频游戏中那些酷炫的情节让他感到麻木。

他一个人沉默地走出房间,来到阔大的露天观景阳台,站在这里能将繁华的黄浦江夜景尽收眼底。

路渐离将目光投向了头顶的星空。

他长久地注视着星空,漫天的星辰似乎比他记忆中密集许多,这应该不是自己的错觉,毕竟如今人类将大部分生活转向了虚拟世界,实体活动大大减少,大气状况得到极大的改善。

过去饱受污染的地球正在一天天地变好。

深邃的幽蓝色夜空犹如一片无边无际的静海,群星如海水中静止不动的小光点,寂然无声地闪烁着,如此波澜不兴,如此缺乏变化,这很像是自己此时兴味索然的生活……

"渐离,你在想什么?"一个柔媚的声音把他从飘散的思绪中拉了回来。

一位金发碧眼的美女站在他的身旁,一身贴身蕾丝长裙勾勒出高挑曼妙的身材,是娜里科娃,捷克裔美国人,拥有哈佛大学数学、哲学双博士学位的超模,路渐离对冲基金的合作伙伴,也是他众多情人中的一位。

他没有回应,仍将目光定定地投在静谧的星空。这一刻,他心中多么盼望着有什么东西能突然冒出来,狠狠地打破这如死水般凝滞的夜空。

"科娃,你见过移动的星星吗?"路渐离突然幽幽地开口。

"你是指流星吗?"娜里科娃微微一愣。

"不,是彗星。"

"你见过彗星?"娜里科娃那波光流动的碧蓝眼眸中流露出崇拜之情。

"是的,我见过。"路渐离轻声地说,"二十年前,在苏格兰爱丁堡。"

是啊,他见过彗星,那是他毕生难忘的那一个夜晚的惊鸿一瞥。那一年,二十岁的他还在英国留学,他与一群朋友在爱丁堡王子街的一家小酒馆彻夜豪饮之后,趁着酒意想爬上位于城郊的卡尔顿山。

卡尔顿山并不高,在迷蒙的夜色中,他们沿着崎岖的山路,一路踉跄地登上山顶,筋疲力尽地躺在柔软的草坪上,醉眼惺忪地凝望漫天星辰,静静地等待着日出。

突然间,路渐离恍惚看到宁静的夜空中有一颗星星奇怪地燃烧了起来,从最初一个朦胧闪烁的光点,飞一般地燃烧,变成为一个硕大的湛蓝火团,拖曳着一个光亮的、发散开来的长尾,成了整个夜空中最为夺目的无上存在。

是彗星! 身旁有朋友大声地惊呼。

啊,彗星! 他惊讶地站起身来,出神地注视着这一颗绚烂燃烧的星辰,它那熠熠生辉的光尾如一个磅礴涌动的强力磁场。彗星磁场散发出的神奇力量像是穿过外太空与大气层的遥远距离剧烈地作用在他的身躯上,让他全身如触电般战栗不止。

这一刻,路渐离甚至有了一个强烈的貌似荒唐的心愿,他多么希望彗星能向着他所在的卡尔顿山坠落而来,这样他就可以近距离一睹神秘彗星的真实面目。

在随后的时间里,他伫立在初冬清冷的山脊上,目光长久地追随着彗星的雾状光影,直到彗星的光亮被破晓的曙光完全淹没。

在整个过程中,路渐离心中始终涌动着一股难以平复的暖流,在他的眼中,这样一颗来自外太空的"闯入者"就像是一位如期而至的信使,来到自己混沌的生活中,隐隐拉启了自己即将展开、必将波澜壮阔的人生帷幕,喻示着一个充满不确定却又有着无限惊奇的未来……

然而,二十年过去了,昔日站在卡尔顿山顶一同目睹彗星的朋友早已疏于联络,各自星散天涯,而路渐离依靠继承过世的金融大鳄老爸富可敌国的财富过上了终日醉生梦死的生活,将人生大把时间用于追逐豪车、游艇、私人飞机、美女、各式各样酷炫的极限运动,高调掺和娱乐圈。于是,他变成了世人眼中游戏人生的纨绔子弟……

为了寻找刺激,他登上过珠穆朗玛峰,下潜到过马里亚纳海沟最深之处,冒死进入过埃塞俄比亚的火山熔岩湖,曾带着降落伞从地球同步轨道高度的太空酒店向地面跳落,也曾搭乘宇航飞船抵达月球、登上过月球表面的环形山。至此,地球与月球上已经没有什么新奇之处能激起他前往探寻的兴趣。

最终,他脚下的地球连同头顶上的月球变成了两颗平淡无奇的"死星"。

"那颗彗星叫什么名字?"娜里科娃的询问截住了路渐离彗尾般发散的思绪。

"科——特——克。"路渐离沉默了一会儿,然后一字一顿地颤声道,就像是抖落漫长岁月附着在这个名字上面的厚厚尘埃。

"科特克。"娜里科娃轻声念道,"我们还会看见它再次光临地球吗?"

"不会了。它的公转周期是……一百五十二年。"路渐离喃喃道。他不由得眨了眨眼,开启隐形眼镜镜片上的搜索页面,通过眼球转动在搜索框中输入了"科特克彗星"。

很快,科特克彗星的近况呈现在他眼前。

这颗彗星在二十年前匆匆掠过太阳系内层,仅仅五年后,又再次踏上了周而复始的折返之路。

它的轨道远日点远在冥王星之外的柯伊伯带,此刻仅仅完成了很小一部分路程,正位于距离太阳一百五十多亿公里处(大约相当于土星的轨道到太阳的距离)。

路渐离呆呆地注视着打开的网页,上面再也找不到科特克彗星的其他信息,或许借用宇航局的深空望远镜能够寻觅到它今天的身影,但他克制住这样的想法,如果能真正飞临彗星一睹其芳容应该会更带劲……

突然间,他脑海中冒出了一个大胆而疯狂的想法,令他全身为之一震。从这一刻起,他有了一个值得自己一掷千金的人生新目标。

第二天一早,他亲自驾驶私人飞机拜访了位于中国海南文昌的世界最大私人航天公司 X-Xele 的总部。X-Xele 公司 CEO 谭天橙亲自接待了他,第一时间为他定制了一套详尽的太空方案。登陆彗星在这个时代算不上多么超前的技术,早在几十年前,太空机器人就已成功登上过彗星,在冰雪皑皑的彗星表面如跳蚤般蹦跳着曲折前行。

在设想的方案中,装备最先进的核聚变发动机与传统化学燃料发动机混合推进的飞行器飞行三个月后抵达土星轨道区域,穿过彗星广袤的云雾状气态物质,近距离地与科特克彗星并肩同行一段,然后他与机器人向导将如子弹般弹射到彗星表面。在这之后,他尽可以在这个直径不过十五公里的彗星表面四处溜达,寻访每一处山丘与沟渠,直到他哪一天感到厌烦了,随时可以回到飞船,立即返回地球,重新回到过去纸醉金迷的生活中。

当然,这样一个太空项目也报价不菲,足足要花掉路渐离近三分之一的身家,但他毫不犹豫地交付了订金。

一年之后,他的梦想成真。当他穿上了自己别出心裁设计的闪亮钢铁侠外形太空服,走进 X-Xele 航天器组装中心,一艘有着星球大战超级战舰即时感、内部打造得如同豪华酒店的飞船呈现在眼前,他禁不住热泪盈眶,当场将这艘飞船命名为"绝地武士号"……

第二章

Day 4

"路先生,你醒了吗?"一个声音突然从路渐离耳畔的通信器传来。这是一个年轻女性的声音,轻柔而又充满了少女特有的活力。

路渐离从昏睡中惊醒过来,对方使用的是中文。他怀疑自己幻听了,"凯瑞……是你吗?"

"你可以叫我多丽丝,路先生。"

路渐离的心骤然狂跳起来,"多丽丝? 你是谁? 土星人?"

"路先生,我是新一代土星探测器'卡西尼二号'的主控 A.I.,隶属 NASA[①]。"

"土星探测器……主控 A.I.……你在哪里?"路渐离下意识地扭转身体四下张望。

"路先生,你不必寻找我,你的肉眼是看不到我的。尽管我们处在土星的同一面,但我身处 G 环与 E 环的缝隙中,而你位于 F 环内侧。我们的距离足足有六万二千五百九十公里。"

[①] 美国国家航空航天局。

16

"G环、E环、F环又是什么鬼?"

"土星环按距离土星从近到远分别为D环、C环、B环、A环、F环、G环和E环。字母的顺序是按人类发现它们的先后顺序排列的。"

路渐离怔怔地点了点头,他想起土星的美丽星环如古老的黑胶唱片一般,分出了好几圈层次分明的平行小环。

"好吧,我算弄明白了,我说探测器小妹,你待在土星环里干什么?"

"探测土星呗,新一代的宇宙探测器大多由A.I.控制,因为土星与地球相距遥远,太空中总有一些突发状况需要A.I.即时做出反应。"

"这么说来,你随时都与地球的控制中心保持通信?"路渐离突然欣喜若狂地意识到这一点。

"没错。"

"多丽丝,你能出现在这里真是太好了!"路渐离大声地惊呼道,"天哪,我的救命稻草! 我说,你能立即将我被困在这里的消息向地球广播吗?"

"当然,实际上,我早已第一时间向地球汇报了你的状况,在你昏迷的这段时间里,你再次成为地球上的头条新闻人物。"

"啊哈,所有地球人一定都幸灾乐祸地看着我像尸体一样蜷缩在这里的画面吧。还好我及时醒过来了。"路渐离终于如释重负地松了口气,他能想象如《奇葩富二代玩火自焚,身陷土星环命悬一线》这样耸人听闻的新闻标题充斥着各大媒体。

"他们的飞船什么时候能到这里?"路渐离问道。

"路先生,你是说营救你回地球的飞船吗?"

"当然。他们得抓紧时间,想办法以最快的速度赶过来。现在我的食物不多了。"路渐离伸了个懒腰。

"没有人会到这里来。"多丽丝语调平静地回答,"X-Xele已经让我转告你,你支付的费用只包括正常的航行,额外的太空营救并不在合同规定的责任范围内。"

"你在说什么?"路渐离听到自己回荡于太空服面罩空气中的声音剧烈地颤抖了起来。

"路先生,你知道,从地球派遣一艘宇航飞船到这里救援你的代价非常昂贵,没有人愿意出这笔钱。你出发之前也没有保险公司愿意承接这一次太空之旅的保单。"

"怎么可能?你他妈的在跟我开玩笑吗?"路渐离情绪失控地爆出了粗口,"我的'绝地武士号'一共才花了一百二十亿美元,到这里来营救我的行动只需要租用一艘经济实用型的飞船就行。"

"你说得没错,但营救你的费用最低需要五十亿美元。"

"然后呢——"路渐离更加茫然。

"你的身家已不足十亿美元。"

"你在说什么?"

"路先生,你或许并不知道这段时间里你的基金发生了什么。"多丽丝依然平静而客气地说,"你离开地球后,全面接管基金的娜里科娃通过一系列债权交易,做空了基金,目前你的账户余额已所剩无几。"

路渐离张开嘴,半晌却说不出话来。他明白娜里科娃的伎俩,这一刻,他也幡然醒悟为什么当初她会一个劲儿地鼓动他踏上这次"追星"之旅。

"我还有上海和加州的两套别墅。"气势全无的路渐离支吾道。

"但是别墅的评估价只有三亿美元。"

"我的那些富豪朋友呢？"

"很遗憾，没有一个人肯站出来。"

"还有我的哥哥和姐姐们——"路渐离顿住了，因为财产继承问题与自己闹得对簿公堂的他们一定会见死不救的，"NASA呢？还有欧洲宇航局？印度宇航局？"

"他们都已经发表声明，你这次宇航行动完全属于个人行为，与他们无关。"

"这群婊子养的!"路渐离心中的怒火如火山般爆发，"他们一贯标榜的太空人道主义呢？我还答应帮他们捎回一些科特克彗星上的原始星云物质用于科研，现在他们却这样对待我——"

"对不起，路先生，对此我也无能为力——"

"你他妈的这个没有任何用处的蠢驴探测器A.I.，给我闭嘴吧!"路渐离气急败坏地大吼道。

这一次，多丽丝就像个听话的孩子，没有再发来回应。

一切都玩儿完了。被所有人类抛弃的事实让他更加愤怒与绝望。

他立刻想到了自杀，只要打开太空服面罩，让身体直接暴露于宇宙真空，无处不在的宇宙射线能让自己在两分钟后暴毙而亡。可是他捣鼓了半天太空服主控菜单，也没能找到开启面罩的选项，应该是离开飞船的太空服自动锁死了这个功能。

也就是说，自己连自杀的权利也被剥夺了，蜷缩在太空服中活活饿死是他唯一的选项。

当初真应该让X-Xele公司给他的太空服设计一种可选择的安乐死模式。

滚烫的血液在他全身奔涌，整个脑袋像是要爆裂开似的，路渐离感觉自己快虚脱了,他艰难地闭上眼,然而依然天旋地转的黑暗并没有让他好受多少。

他又睁开眼睛,大口喘着粗气,眩晕地望着面罩之外幽暗的冰雪监狱,自己还将在这生不如死的孤独中煎熬九十多天。

这样下去,他不知道自己会不会在饿死之前精神就彻底崩溃掉。

Day 6

土星的自转时间是十小时三十分钟(地球标准时间),而路渐离所在F环高度的物质角动量决定的轨道公转周期为十五小时五十分钟,这样一来,路渐离能看到身旁的土星缓慢地向着一个方向旋转,这就如一面分辨率极其粗糙的老古董电视机屏幕。接下来的日子里,电视屏幕上那些形态各异的大小风暴旋涡还将次第显身,周期性地呈现在他眼前。

如果观看的时间足够长,这面电视屏幕上重复而枯燥的节目或许会发生些许变化,但路渐离估计自己无法等到那一天的到来。

由于土星距离太阳实在太过遥远,这里的黑夜与白昼差并不算明显。路渐离随着土星环围绕土星足足旋转了三圈,终于无比艰难地让心情稍稍平复了一些,他竭力让自己不再去多想此刻悲伤的处境,但令人窒息的孤独感还是如无边潮水般紧紧地压迫着他的全身,他多想有个人和他说上几句话。终于,他实在忍不住对着通信器大喊:"那位探测器A.I.小姐,你还在吗?"

"是的,路先生,我还在。你可以叫我多丽丝,我一直在土星环里执行着探测任务。"很快,他又听到了多丽丝的声音,那轻柔如水的声音中听不出一丝不悦。

多丽丝的回应让路渐离无比焦躁的心顿时平静了许多。

"多丽丝……对不起,请原谅之前我对你的无理,这一切并不是你的错。"路渐离不好意思地道歉,这似乎是他最近十多年第一次开口向别人真诚道歉。

"没关系,路先生。虽然我只是一个A.I.,但我能理解你的绝望。"多丽丝善解人意地说。

"多丽丝,你不用叫我路先生,以后就叫我老路吧。"

"好的,老路。"

"多丽丝,你没事的时候我能找你聊聊天吗?我想我打搅你的日子也不会太长了。"

"当然,随时都可以,我的大脑CPU是多线程进程,与你聊天完全不会影响我的工作。"

"那真是太好了。"

"我想我应该可以算得上是一个称职的陪聊者。不过你也别期待我能语出惊人,给你什么启发性的建议。另外,如果遇到超出我知识范围的问题,我能随时连接上地球上的互联网搜寻答案,只是结果需要等上三个小时之久。"多丽丝态度谦逊地说。

"明白,你真是一位善良贴心的好A.I.。"路渐离感激道,"多丽丝,我们能开始第一个聊天话题吗?"

"请开始吧,老路。"

"地球上的人们对我的态度有所转变吗?"路渐离紧张地问,他的心中仍尚存一丝期待。

"至少一个半小时以前的地球没有。"多丽丝认真地说,"我的缓存里还留有相关网页,你需要我为你念一念各大社交平台对你的热门讨论吗?"

"不用了,让我自己看看吧。"

眨眼间,五彩斑斓的网页通过路渐离眼中的多媒体芯片呈现在他眼前,他转动眼珠浏览起来。

"恭喜你,路,日后土星历史教科书将记载你为第一位土星人。(点赞1 722 010次)"

"喜闻乐见！地球上终于少了一个贪婪吸血的金融寄生虫！(点赞1 067 812次)"

"欢迎无敌钢铁侠来到灭霸故乡①踢馆！(点赞956 351次)"

"老兄,就躺在那里安静地欣赏土星的日出日落吧！吃吃喝喝的时候千万别随便乱动,别弄坏了我们漂亮的土星大钻戒。(点赞857 518次)"

……

网络中充斥着对自己的各种冷嘲热讽,路渐离尽量抑制住自己跟帖回复这些讨论的冲动。不过即便如此,几天下来,网络上对他进行讨论的热度也会随着时间指数般减弱,生性健忘的地球人很快就会把他彻底忘掉,直到九十多天后,当他的生命体征完全消失,兴许还能引发一轮网络评论的小高潮。

"好了,多丽丝,我不用看了。"路渐离停止了浏览,他不想让好不容易稳定下来的情绪再次被破坏。

"以后需要我每天向你播报地球上关于你的舆情吗?"多丽丝问。

"不用了,以后都屏蔽这类话题吧,就让我一个人清清静静地饿死在这里吧。"

"好的,老路。"

"多丽丝,你有没有觉得,死亡本身并不可怕,真正可怕的是

①灭霸(Thanos)是美国漫威旗下的超级反派,最初漫画中设定其是出生在土星泰坦卫星上的永恒一族。

等待死亡来临的过程。"

"对不起，老路，我只是一个A.I.，你说的那种感觉我并不能感同身受。"

"好吧，"路渐离苦笑着摇了摇头，"多丽丝，我想知道你是否了解我这个人？"

"算是有一些了解，这几天下来我阅读了不少关于你的新闻报道。"多丽丝回答道。

"那好，我就直截一点说吧。必须承认，如报道里描述的那样，我是一个无可救药的富二代，从来都是一个绝对的享乐主义者，一生都在马不停蹄地追求新奇的刺激，追求肉体和精神上的双重快感。因此，我不想自己晚节不保。"

"晚节不保？这可真是一个有意思的说法。"多丽丝插话道。

"是的，晚节不保。"路渐离加重语气强调道，"此时此刻，我如此害怕生命最后的日子，在饱受死亡恐惧的折磨中惶惶不可终日。多丽丝，你有什么好的建议能让我打发无聊的时间而不胡思乱想？"

"如果只是单纯消磨生命最后的时间，你可以看书、听歌、看电影、玩游戏，你需要的我都可以帮你下载。我知道你算是一个'骨灰级'的游戏爱好者。"多丽丝建议道。

"说起来……我的太空服里倒是真携带着最新款的VR游戏设备。"路渐离愣怔道。

"对了，你还能收看延时一个半小时的球赛，上周你最喜欢的利物浦①在英超联赛又赢球了，距离本赛季冠军只有三四场球赛了。"

---

① 利物浦足球俱乐部，成立于1892年，是英格兰足球超级联赛（即后文的"英超联赛"）的球队之一，也是欧洲乃至世界上最成功的足球俱乐部之一。

　　好吧,路渐离在心中对自己说,此刻他也没有时间再去尝试地球上新推出的游戏了,就列出一份过去玩过的经典互动电影、游戏的清单,用它们重温过去的时光,这倒也不失为一种郑重告别人生的方式。

　　如果运气足够好的话,自己或许还能在最后的日子里见证一次利物浦夺得久违的英超联赛冠军。

第三章

Day 8

接下来的日子,路渐离开始了以二十四地球时为作息时间的土星环生活,除去八小时的睡眠时间,在十六小时的"白天"中他用一部接一部的游戏与电影把自己的脑子填充得满满的,无暇去考虑一天天逼近的死亡问题。

在醒过来的第六天晚上,路渐离通过多丽丝提供的宽带链接,回到了利物浦安菲尔德球场[①],观看一场英超现场比赛。

这个年代里,通过VR技术远程看球是一件极为普通的事,没时间去现场的球迷能以虚拟形象出现在球场的一面虚拟看台上,这里视角极佳,周围坐满了同为虚拟形象的球迷,这与真实的现场感受并无二致。

与往常一样,比赛开赛前十分钟,路渐离戴着墨镜,身着二十二号红色利物浦球服,站在东二十二区看台入口,为了个人隐私,他的虚拟形象相比本人做了一定程度的改动。

他愣愣地环顾球场,这是他熟悉的安菲尔德球场氛围。下

---

① 位于英格兰默西赛德郡利物浦市安菲尔德区,欧洲足球联合会的四星级球场,也是英超联赛利物浦足球俱乐部主场。

午温暖的阳光普照球场,狂热的主场球迷早早地来到球场,一刻不停地挥舞着红色的围巾与旗帜,将阔大的看台变成了一片红色的海洋。尽管只是虚拟现实营造的场景,但站立在火红的人潮中,路渐离又一次清晰地感受到了作为一个"人"的各种触觉:周围球迷五彩斑斓的着装、不同肤色的脸庞上神态各异、人体散发的体味与香水混杂的气味,甚至还有从球迷手中可口可乐纸杯里飘散出的清新甜味……

这就如一位深度幽闭症患者终于走出久居的地下密室,步入了一片广袤无垠的绿色旷野,一个充满无穷无尽细节的世界扑面而来,如同无穷无尽的悬浮在空中的孢子,在他面前轰然爆炸开来。

人始终还是一种群居动物,骨子里难以舍弃与同类接触的欲望。

这也是看球以来第一次,路渐离心中涌起了一股想要与人交流几句的冲动,他情不自禁地走向过道上一位正拿着手机自拍的、有着华裔长相的球迷,微笑着用中文打起了招呼:"亲爱的兄弟,能一起合一张影吗?"

然而出乎他意料的是,对方似乎完全没有听到他的话,仍沉浸在自拍中。

"老路,土星与地球有一个半小时的通信延时,你看到的只是过去的录像,因此你没办法与身旁的球迷进行互动。"他的耳畔传来了多丽丝的声音。

"好吧。"路渐离顿感失落地咕哝道,原来,周围人潮的热闹与他毫无关系。这只是一场虚拟加上延时的足球直播,他终究无法真正"回到"地球。

刚刚建立起的温暖情绪瞬间被雪崩般扩散的孤独感取代,

他如透明空气般穿过欢乐的球迷,沉默地坐在自己的位置上。所幸没过几分钟,比赛开始了,他很快沉浸到紧张的比赛中,这场比赛是利物浦对阵老对手热刺[1],是一场决定赛季冠军归属的重量级比赛。

比赛一开始,双方就拉开了架势,你来我往地打起了对攻战,利物浦当家球星小帕文一脚石破天惊的三十米远射,重重地击中门柱弹出,引发了看台上一片山呼海啸的叹息声。

紧接着,在安菲尔德北翼KOP看台[2]的死忠球迷的带领下,全场红色军团的拥趸毫不气馁地高唱起了 You'll Never Walk Alone[3]。

"When you walk through the storm, Hold your head up high."
"当你在风暴中前行,请高昂起你的头。"

"And don't be afraid of the dark. At the end of the storm. There's a golden sky. And the sweet silver song of the lark." "不要害怕黑暗,在那风暴尽头是一片金色天空与那云雀悦耳的歌声。"

"And you'll never walk alone. You'll never walk alone." "你永远不会独行,你永远不会独行。"

至少在这一刻,路渐离全然忘记了这只是一场录像,也暂时忘记了自己正身陷土星环的绝境。他情不自禁地站起身来,高举双手,摇摆身子,跟着放声歌唱了起来。

———————

① 托特纳姆热刺足球俱乐部,成立于1882年,是英格兰足球超级联赛的球队之一。

② 即斯皮恩山(Spion Kop)的缩写,以纪念在南非的布尔战争中阵亡的利物浦战士。KOP看台是利物浦最忠诚球迷的聚集地。

③ 利物浦队歌,中文名《你永远不会独行》。

他的耳膜感受着高分贝歌声一轮接一轮的冲击,突如其来地,他的身体也感觉到了一种异样而持续不断的震颤感,这样的强度已经远远地超过了VR转播刻意营造出的看台体验效果。不,这是真实世界有一种若有若无的力量正在轻轻地推移他的身体。

路渐离慌忙退出了比赛,重返真实世界,惊奇地看到视野中昏暗的土星环正在改变着形状。

无形之中,有一股巨大无匹的力量正在打破土星环中凝固已久的平静,视野中所有的冰雪团就像一群被咒语唤醒的木偶,此起彼伏地鼓噪起来,步履凌乱地来回跳着古怪的舞蹈。

更让他惊恐不已的是,这股作用在土星环上的神秘力量正由柔和变得剧烈,就如一场正在逐渐走向高潮的百老汇歌剧,这些冰雪团的舞蹈变得越来越激荡,最终演变成了一场排山倒海的狂怒冰雪风暴。

只见体型较大的冰团在震颤中如雪崩般纷纷破碎,而无数微小的冰屑又在疾速聚集,重新凝结成种种不可名状的抽象形态。

这让他产生了一种强烈的幻觉,远古时代就已破碎开来的土星环又在试图复原成一个紧密的整体,重新拥有了一波接一波心跳般强劲有力的脉动。

被裹挟在这片汹涌起伏的冰雪物质的浪潮中,路渐离本能地想要移动身体,然而他发现自己的挣扎完全是徒劳的,他的身躯不受控地随着澎湃波浪来回波动起来。

而在视野一侧的尽头,波谲云诡的土星仍岿然不动地悬浮在那里,像是一位无动于衷的冷眼旁观者。

"多丽丝,发生了什么?"路渐离惊恐万分地向多丽丝大声呼喊道。

"这是土星环特有的潮汐现象。"多丽丝很快回应道,这一次,她的声音中充满了此起彼伏的尖啸杂音,"老路,你不用害怕,这些冰雪物质材质蓬松,即使与你坚实的宇航服相撞也不会对你产生丝毫伤害。"

"我会随着风暴坠向土星吗?"他紧张地问道。

"不会的——"多丽丝的声音被扭曲得几乎听不清。

多丽丝的回答并不能让路渐离心安,他仍紧绷神经感受着冰雪风暴一轮接一轮的激荡冲击。

这突起的潮汐很像是一场狂乱洋流,整体有着明确的流向,但他一时还无法洞察,紧绷的身躯被挟裹在这跳跃不定的浪涛之中,如大海中一只微小的漂流瓶,茫无目标地漂荡,他不知道将被这奇异的波浪带到哪里去。

时间慢慢地过去,风暴仍在继续,没有任何减弱的迹象,扑面而来的土星环物质不间歇地拍打着他的太空服,又纷然破碎,没有带给他一丝撞击感。

自己似乎也并没有向土星方向坠落的趋势。

渐渐地,路渐离平静了下来,眩晕感慢慢地消失了,随之而来是一种人生从未体验过的畅然,一种乘风扬帆前行在土星环中的淋漓快感,他感到自己的身体变得轻盈,就如一片飘落在秋风中的树叶,翩翩旋转,随风飘荡。

最后,他感到困了,闭眼睡了过去。

他不知沉睡了多久,梦里他梦到一个孩提时代听到过的童话《绿野仙踪》。一场突起的风暴将一位小女孩刮到了一个陌生而神奇的奥兹国,由此展开了一连串离奇的冒险……

Day 9

当路渐离醒来,发现风暴已经平息,他仍然一动不动地飘浮在恢复了平静的土星环中,他并没有童话里小女孩那样的奇遇。

然而,当他抬眼环顾四野,还是发现了周围环境的巨大变化,潮汐带着他来到了一个有着与之前全然不一样风景的土星环角落,这里的土星环厚度相比之前更薄,看上去不足十公里,因此视野极为开阔。他看到了一整片无垠的深邃太空,迷离的群星静静地点缀在墨黑的帷幕上,在其中他看见了久违的太阳,太阳只是一小团黄色圆盘,光亮柔和,在太阳的周围他还发现了两三颗"小弹珠",散发着隐隐约约的、不同颜色的光亮,那是地球、水星、火星?

"那一颗蓝色的光点是地球?"路渐离欣喜地问道。

"是的,那是地球,我和你的出生地。"多丽丝即时回答道,此刻她的声音又恢复了正常。

路渐离默默地点了点头,然而心中的欣喜转瞬即逝,一丝忧伤在他心中涌起,那一颗蓝色的光点此刻距离他是如此遥远,与他毫无干系,只是他身前广阔而静止的布景中一星模糊的光点。

"多丽丝,这场潮汐似乎让我身处的太空轨道的高度发生了一些变化——"路渐离从感伤中回过神来。

"是的,老路,你的直觉很正确。你已经来到了 F 环的内部,更加远离了土星。"

"我的身体竟移动了如此遥远的距离!"路渐离惊讶道。

"一共五万一千七百一十五米。"多丽丝严谨地说,"想不想从我的全景角度见识一下你所经历的潮汐?"

"当然。"

路渐离的话刚说出口,一个视频窗口就在他眼前弹出,这是多丽丝从土星环之外的太空俯拍的图景。只见在 F 环的一个微小局部，原本胶片般凝固的冰雪物质突然被一股看不见的力量用力地扭曲了起来，形成了一片蔚为壮观的、螺旋状向外散去的涟漪。

紧接着，视角被拉大，他看到了自己悬浮在土星环中的渺小身影。在潮汐之中，他就如一小团漂荡在大海波浪中的泡沫，颤颤巍巍地做着曲折前行的谐振运动[①]。

"土星环怎么会发生这样的潮汐现象？"路渐离好奇道。

"一直以来，土星环都是一个错综复杂的动态系统，总体上风平浪静的稳态实际上是多种力量角力的结果。八十二颗形态各异的土星卫星产生的引力，土星巨大无匹、瞬息变化的引力，还有汹涌至此的太阳风，以及土星自身变化万千的磁场，各种力量你争我夺，此消彼长，最终塑造出了我们见到的大体上形态稳定的土星环。"

"然后呢？又是什么力量突然爆发破坏了平衡，将我推离土星？"

"是土星引力的变化。"

"土星的引力会发生变化？"路渐离诧异道，这样的说法大大超出了他的认知。

"老路，你了解土星的内部结构吗？"

路渐离摇了摇头，他下意识地扭头望了眼土星，土星那层黄褐色的气态外壳如同一张严严实实的面罩，让人难以窥见其内层的秘密。

多丽丝继续耐心地解释道："土星的最外面一层浓密大气主要由氢与氦构成，其中充斥着激荡不止的风暴，使得巨量的氦与

①即共振运动。

氢分离开来,凝结成雨滴,穿过土星大气层降落下来,与土星内核的冰和岩石剧烈作用。因此土星内部物质并非统一均衡,而是周期性地形成物质向内聚集又向外扩散的波状震动。"

路渐离思考了好一阵,才艰难地跟上了多丽丝的思路,"这么说来,土星总体的质量并不会变化,但是土星内部物质的周期波动会造成土星不同区域引力的变化。"

"你的理解没错,你身处的土星环对应的土星区域质量减小,而在你所在的F环外侧存在一对'牧羊犬'卫星土卫十与土卫十一——杰纳斯与埃庇米修斯,它们构成了一组形影不离的双星系统,这个双星系统作用于你的引力是远离土星方向的,于是就如拔河一般,将你推离了土星。"

"土星环真是一个充满神奇的地方!"路渐离感叹道,"这么说来,你能预测土星不同区域的引力变化?"

"是的,我们初步掌握了土星内部大气的运动机理。"

"你们怎么办到的? 光靠你的眼睛,我是说你身上背着的那些古怪的探测仪器,就能弄清楚土星这个大家伙大气层以下的状况?"

"我身上的探测仪器还无法穿透土星厚密的大气,最初土星大气层以下的内部成分数据的获得全靠我的一位已离世的前辈,而后我们通过分析这些数据加上从外部观察到土星引力变化从而构建出一套数学模型,能大致预测出土星的引力变化。"

"你还有一位已离世的前辈?"路渐离好奇道。

"是啊,我的前辈就是大名鼎鼎的'卡西尼号'土星探测器,它在四十三年前,也就是2017年9月圆满完成探测任务后如流星般坠向土星,在彻底烧毁前不负使命地将土星内部数据传回了地球。"

"'卡西尼号'真是一位勇士!"路渐离由衷地赞叹道。

他又将目光投向了远处,真是难以想象,在这片漫无边际的冰雪之外,他目光无法抵达的地方,还运行着如多丽丝所说的"牧羊犬"卫星,它们就如看护庞大羊群的牧羊犬,忠诚地守护着土星环的边界。而如她所说,除了土卫十与土卫十一外,土星环的外围还运行着另外八十多颗形态各异的卫星,那里一定有着与自己此时身处的土星环完全不一样的风景……

"多丽丝,你可以为我设计一条带我去土星环外围的'冲浪'路线吗?我想近距离瞧一瞧那些土星的'牧羊犬'卫星。"路渐离突发奇想道。

"理论上是可行的,最近一段时间正好是土星内部物质运动的活跃期。"多丽丝爽快地回应道,"你可以通过喷气背包移动到同高度太空轨道的不同位置,然后等待时机,利用土星的引力变化送你慢慢地向土星环外缘的方向移动,一路上你有机会接近土星的卫星。"

"真是太棒了!多丽丝,我真想给你一个深深的拥抱。"路渐离简直喜出望外。

"老路,你真的想好了吗?"

"当然。"路渐离立刻答应,"这有什么可犹豫的,反正闲着也是闲着,能在生命终结之前多转转,多走几个地方看看又何乐而不为呢?"

"好吧,只是——"多丽丝话锋一转,"你的移动非常缓慢,而土星的各大卫星分布在不同的轨道,即使'冲浪'路线幸运地存在,你可能也只有时间路过其一。"

"没关系,能去其中一颗我已经赚到了。"路渐离心中涌起的感伤稍纵即逝,"多丽丝,我究竟能有机会去哪一颗卫星?"

多丽丝顿住了,像是陷入了一番计算,但很快,她给出了答案:"目前存在一条最可行的线路,带着你去位于F环外缘的土卫十七潘多拉,此刻与你的轨道高度的距离是八百三十二公里。"

"土卫十七潘多拉,希腊神话里那位打开魔盒、释放无尽灾难的女子?"路渐离惊奇道。

"是的,就是她。"

"可我似乎记得你刚说,推动我身体的卫星是另外两个名字拗口的家伙?"路渐离疑惑道。

"是的,你记得没错,此刻物理上距离你最近的两颗卫星分别是杰纳斯与埃庇米修斯,在希腊神话里,其中后一位的妻子正是潘多拉。潘多拉与她丈夫所在的双星系统都身处F环外侧的杰纳斯-埃庇米修斯缝隙,但彼此相距相当遥远。"

"贵圈关系真是乱!"路渐离感叹道,"可我还是没有弄明白,为什么你会带我去距离更远的潘多拉?"

"土星内部是一个瞬息万变的动态系统,想要利用其引力的变化将你身体推向土星环外缘,只能选择一条曲折的非直线道路。这样的原理不知道你是否理解?"

路渐离思考了好一会儿,"就像大航海时代的帆船需要利用大海上的季风进行迂回航行。"

"是的,你的比喻很贴切。"

"我明白了。"路渐离说,"整个旅程我需要花上多长时间?"

"你只需要花大约四十天的时间。"

"好吧,我们就去你说的那里。四十天时间足够我在饿死之前抵达那里,以潘多拉为背景拍上几张自拍照,上传到社交软件上,作为我留给世界的遗像。"

"我想你还有机会登陆土卫十七表面。"

"我还能登上卫星表面?"路渐离惊讶道。

"是的,你的太空服本身装备有一次性登陆彗星的引擎设备,成功降落在卫星表面并没有太大的问题。当然,你只有一次这样的机会。"

"那真是再好不过了。"路渐离高兴道,"用四十天时间抵达土卫十七,还剩下两个月的时间可以在卫星表面蹦跶一阵子。"

第四章

Day 12

在接下来的日子里,路渐离将太空服的数据接口无保留地开放给了多丽丝,由多丽丝全权接管太空服的所有功能。

在多丽丝的操控下,路渐离就像是一枚灵动的棋子,在土星环这棋盘中前进,路径繁复而迂回。喷气背包不断喷发的压缩气体来自从沿途收集的冰雪物质中分解而得的氢气,这些氢气推动着他,沿着同高轨道围绕着土星缓缓地移动。大部分时间在土星环的冰屑间隙曲折穿梭,但有时还会短时间离开土星环进入空茫无物的虚空。当抵达某一点后又停下来,静静地等待引力潮汐的来临,随后突来的潮汐将朝着远离土星的方向送他一程。接下来,他又得在同高轨道移动……

就这样,他择路穿梭在F环中。

F环是土星环中最为纤细的一道主环,宽度不过五百公里,但F环中心区域却是土星环中形态最为活跃的地带。整个区域就像是一个小卫星的孵化场,不计其数的冰雪团如同一个个充满活力的生命体,在其中恣意、野蛮地生长,它们在路渐离看不见的引力扰动作用下频繁地碰撞,聚合在一起,体型不断变大。

当然，这样的造星努力大部分以失败告终，不时地，一些大如岛屿的冰雪团会轰然崩裂，散作碎片。

F环中一次次周而复始的创生与毁灭，让路渐离感慨万千，终有一天，一颗崭新的土星卫星甚至是一道崭新的星环将在这里横空出世。

在领略不断变换的土星环风景的同时，路渐离大部分时间还是与之前一样，继续全身心地沉浸在紧张刺激的虚拟游戏中，不去担心日益减少的食物储存量。感到饿了，他就张嘴大口吸食流体食物。玩累了，就闭眼睡觉。

这一天早上，在土星环中自然形成的生物钟让路渐离准时醒来。这一夜他的睡眠质量并不算高，即使在睡梦中，他所见的还是昨天玩的一款名叫《决战银心》的太空游戏的情节。在光怪陆离的游戏界面里，他驾驶着超光速的巨型战舰，在由虫洞编织出的多维时空穿梭；操纵着酷炫的离子炮，与有着水熊虫一般外形的外星人惊险作战。

这些杂乱不堪的梦境让他感到疲倦不已，他长长地伸了个懒腰，睡眼惺忪地望着四野，荒凉的土星环以及土星环之外更加荒凉的宇宙，也如同他做的那些梦一样昏昏沉沉，这全然不似《决战银心》中那一幕幕充满活力、群星璀璨的背景画面。所有该死的太空科幻类游戏都是骗人的，他在心里咒骂道。

与此同时，太空服内的3D打印机操控着数量庞大的如分子大小的机器人，搬运着清新的水分子，精心清洁他的面部与口腔，这让他感觉清醒了不少。

接下来，他打开了自己精心挑选的歌单，在Pink Floyd乐队[1]

---

[1] 平克·弗洛伊德乐队，英国摇滚乐队。最初以迷幻与太空摇滚音乐赢得知名度，而后逐渐发展为前卫摇滚音乐。

的乐曲《月之暗面》迷幻的旋律中，享用起太空服食物系统为他准备的口味每天都不相同的早餐。

"老路，早上好——"每天这个时候多丽丝的问候总是准时来到。

"多丽丝，早上好。"路渐离吞咽着海鲜风味的流质食品，抬头向着土星环外的方向挥了挥手。

"老路，今天想好玩哪一款游戏了吗？"

"换一款奇幻游戏吧。"路渐离想了想，"我列出的游戏清单里有《暗黑大陆》吗？"

"有的，老路，我早为你下载好了最新版本。《暗黑大陆》，是一款风靡于21世纪20年代的第一人称奇幻RPG游戏。"多丽丝像是在读着从网络搜索来的游戏简介。

"你说得没错，这款游戏相当经典，我记得在我初到英国读书时曾经疯狂迷恋了这款游戏好一阵子，每天都躲在宿舍玩得昏天黑地。当时我可算得上《暗黑大陆》的头号玩家，由我创造的最短通关时间记录曾经独霸游戏榜大半年。"

路渐离兴致勃勃地进入了游戏，游戏中他化身成了一位长着火红色长发、面容英俊的圣骑士，身骑白色战马，着一身金光闪闪的"火焰"战甲，手持一柄长长的重剑。

凭借记忆中的通关路线，他一路披荆斩棘，沿着精彩的故事情节接连闯关成功，挥剑击败了一个又一个BOSS。

让他惊喜的是，这一次多丽丝为他下载的游戏版本是市面上最新的潜意识加强版。潜意识加强版游戏是最近几年才风靡起来的时髦玩法，强大的VR头盔能深入玩家的大脑意识深处，及时、细致入微地捕捉到游戏者第一时间的潜意识变化，巧妙地唤起玩家的记忆力与想象力，不着痕迹地将游戏中的情节与人物幻化成玩家更能感同身受的事物。

这样一来,潜意识加强版能赋予玩家与游戏更大的互动参与度,与二十多年前他玩过的、按部就班的经典版很不一样。这让重温游戏的路渐离大呼过瘾。

在游戏的最后一节,路渐离策马出现在三一圣殿外杂草丛生的坟地。

路渐离勒马停了下来,抬头仰望着电光不时闪烁的阴霾天空笼罩下的恢宏圣殿,他记得这里,游戏的终极 BOSS—— 一位形象乖戾的死灵法师——正在圣殿中等待着他。

他翻身下马,沿着长长的台阶,阔步奔向了圣殿。

路渐离手持长剑进入圣殿,圣殿内部犹如一个幽暗的地下洞穴,四壁生长着潮湿的苔藓,点点水珠滴答不停,闪烁不定的光源来自如磷火般飘浮在空中的炽烈的雷电,噼啪作响,空气中弥散着一股如同来自墓地般腐朽的味道。

路渐离不由得放慢了脚步,踩着积水的地面,向圣殿深处走去。

在圣殿的尽头,他见到了死灵魔法师。这位身材修长的魔法师身着一袭拖地的漆黑长袍,双手拄着一根黑色的权杖,左肩上落着一只更加漆黑的渡鸦。远远望去,他如同一棵被雷电击中的垂死枯树。蓦地,一道惨白的雷电划过,他这才看清楚那张阴沉的面孔,如同一个满布皱纹的干瘪核桃壳。

在魔法师身后,一只金光闪闪的圣杯悬浮在一方黑曜石祭坛之上,似乎唾手可得。

路渐离远远地望着这位死灵魔法师,不由得笑了,他记得这张脸,他叫甘洛夫,也算是自己的老朋友了。他过去总是把通关这款游戏当作一种反抗父亲严厉管束的方式,那时的他甚至把游戏中那位形象乖戾的死灵法师想象成自己的父亲。

这么多年过去了，他的父亲早已离世，眼前这位死灵魔法师还是那一副老样子，日复一日地待在这里，要么被击倒，要么打败对手。不管战果怎样，当下一轮游戏的开场音乐响起，他仍会姿态僵硬地伫立在这里，等待着下一位步入圣殿的玩家发起挑战。这很像是希腊神话里那位西西弗斯，一生都在竭力将巨石不断推向山顶，巨石又不断地滚落回山底。

不过，这也是自己人生中最后一次见到他了，他竟不由得对甘洛夫有了一丝惺惺相惜。

他同样记得，这位虚张声势的老朋友接下来会施展出的一连串招数，没有人能抵挡住他"死灵渡鸦"的攻击，玩家手中的长剑会被震飞，同时血量缩至空格。与此同时，这位急于庆祝胜利的魔法师会仰天大笑三声，但就在这一瞬间，那把长剑会从石壁弹回，玩家只需抓住这个稍纵即逝的机会，一跃而起，握住下落的长剑，举剑插向甘洛夫的胸膛，再用力地刺穿他的心脏。

甘洛夫就将一命呜呼。

接下来，路渐离会走上前，跨过魔法师的尸体，高举圣杯，他的战甲将升级成一套金光闪闪的超级神圣铠甲，同时，游戏"GAME OVER"音乐声响起。游戏最后还会播放一个彩蛋："独行侠"解甲归田，与心爱的姑娘结婚生子。

是时候说再见了，老朋友。路渐离在心中说。

他举剑刺向了甘洛夫，急于结束这一场精彩纷呈却多少有些冗长的游戏。

果然与他记忆中的一样，面对来袭，甘洛夫挥动起了权杖，死灵之力骤然而出，缤纷的闪电如流星雨般向他袭来，路渐离轻车熟路地高接低挡。几个回合下来，他的血量只微微掉了一格。

路渐离的轻松表现让甘洛夫恼羞成怒,他猛剁了几下权杖,振振有词地叨念起一串魔法咒语。他肩上的炭黑渡鸦蓦地飞起,狂躁地扑棱双翼,围着主人上下翻飞,渡鸦猛地变成了一团湛蓝的光球,紧接着又幻化成一道耀眼的光剑,猛地刺向路渐离。

路渐离躲闪不及,犀利的光剑直直地穿透了他的胸膛,手中的剑被震飞,他没有迟疑,纵身高高跃起,紧握住了空中弹回的长剑,顺势猛地刺向甘洛夫。

甘洛夫大笑的面孔骤然凝固了,他眼神绝望而不甘地望着路渐离,干瘪的嘴开合着,毒液似的涎液从口中滴落,他想说些什么。

"渐离——"一个记忆中熟悉的声音突然从甘洛夫口中传出。

在颤抖的话音中,甘洛夫那张皱纹纵横的脸庞如泛起了马赛克纹波,瞬间变成了另一张脸色苍白的东方老人的脸庞。

路渐离惊奇地注视着这张熟悉的脸庞,这是他的父亲。

这与他二十多年前玩过的游戏桥段完全不一样,应该是升级的潜意识加强版赋予甘洛夫的一项新技能。路渐离恍然意识到,此刻的甘洛夫就如同希腊神话中诱惑思乡水手的海妖,能用鬼魅歌声唤起水手内心最深处的记忆,接着海妖摇身一变,幻化为玩家潜意识中的某位至亲,在玩家陷入情感旋涡之时,乘机给玩家致命一击。

这真是一个烂透了的蹩脚技能。路渐离不禁在心中摇了摇头。

不过这一招对他并不管用,他在过去无数次手刃甘洛夫时就将其假想成了自己的父亲,现在他需要做的只是像过去一样,再使上一把劲,让长剑彻底穿透甘洛夫的心脏,尽快结束这场游戏。

他不由得握紧了又冷又硬的剑柄。

"渐离,延续我走的路——"父亲的声音再次传来。

这句话如一道凌厉而至的闪电,瞬间击中了路渐离的心,令他浑身一震。

这是父亲弥留之际对他说的最后一句话。

他怔怔地望着父亲,记忆深处父亲临终的画面随之浮现在脑海中。

这一刻,他惊恐地看到,视野中阴暗的圣殿石壁颓然坍塌,变成了父亲离世时那间弥漫着潮湿气息的书房,四壁的书架上整齐地摆满了经济、政治类书籍,书房外的阴雨淅沥沥地下着。

甘洛夫的面容再次发生了变化,父亲那张苍老的脸颊如同蜕皮般剥落,焕然一新的面容是那么年轻,目光殷切地注视着他。

应该是年轻时候的父亲,事实上,这张脸看上去与现实世界的自己如此相似。是的,这与他在镜子中的看到的自己如出一辙,无论神情还是气质。

路渐离只感到一阵天旋地转。

"渐离,延续我走的路——"变得年轻的父亲再次唤道。

"不——"路渐离撕心裂肺地大吼道。这一次,他坚定地给出了回答。

他闭上眼睛,用尽全力推动剑柄。

然而当利刃只微微深入父亲胸口时,他还是退缩了。他的双手剧烈地颤抖着,失去了将长剑贯穿父亲心脏的力气。

就这样,在这一间四壁都是藏书的房间中,两个人如藤蔓般死死地缠绕在了一起。

"渐离,延续我走的路——"父亲呓语般重复的话语回荡在路渐离的耳畔。

僵局一直持续着,直到游戏界面定格,"GAME OVER"的音乐声纷然响起。

游戏超时,这是路渐离一生中玩《暗黑大陆》创造的最差通关记录。

恍然间,路渐离退出了游戏,他的视界回到了昏暗无边的土星环中。

"老路,刚才发生了什么?你体内的健康监控芯片检测到你的血压、心跳、肾上腺素都在瞬间大大超过了正常值。"多丽丝着急地问道,声音充满了关切。

"没什么——"路渐离惊魂未定地嗫嚅道,他还久久没有从游戏中回过神来,"我在游戏里见到了我的父亲。"

"你的父亲,二十年前离世的路思年?"

路渐离神情恍惚地点了点头。

多丽丝没有再说话。

过了许久,路渐离低声开口道:"多丽丝,你在网络中见到过我父亲年轻时的样子吗?"

"我搜索过他的照片,着实印象深刻,让人感叹你们人类基因的强大,他和你的外形真是如出一辙。"多丽丝回忆道,"当然,你的父亲面相上似乎更具一种商业领袖的沉稳气质。我这样说,不知道你会不会不高兴。"

路渐离神经质地打断了她的话,"多丽丝,你想不想听我讲一个故事?一个我从来没有向其他人说起过的故事。"

"当然。"多丽丝饶有兴致地答道。

路渐离稍稍地活动了一下身体，开始了自己的讲述。这真是一种奇怪的感觉，仿佛让轻飘飘的身体无依无靠地飘浮在冰雪茫茫的土星环中，生命中那些沉重的往事就能变得轻松不少，能够自然而然地从口中流淌而出。

二十一岁那年，正在英国牛津读书的他突然接到了父亲病危的电话。

随后，一架豪华私人飞机直接将他从伦敦接回了上海。

那一天下着小雨，他回到了阔别多年、位于上海远郊的别墅，过去久远的记忆随着他迈入别墅的脚步在脑海中纷至沓来。这是他从小长大的地方，群山掩映下规模庞大的别墅群已显得有几分陈旧，然而这里对于当年年幼的他无疑如同一座巨大的迷宫，难以走出。从他一出生，就有五位保姆与一位司机负责照顾他生活的方方面面，由父亲挑选的老师专程来这里为他单独授课。在这里，父亲为他特别定制了精英教育模式，用一套事无巨细的庞大培养计划去规划他的人生。

年幼的他始终生活在这样一个封闭系统中，鲜有与同龄人接触的机会，因此他并不觉得自己与别的小孩有什么不一样。

他遵照父亲的意志去学习、生活，依照父亲的人生模板培养自己的性格。

直到他年满八岁，被送入附近的一所贵族小学，他的认知才被打破。

小学的第一次亲子活动后，他哭哭啼啼地找到父亲。

"我的妈妈呢?"路渐离伤心地哭着说。

"你没有妈妈。"父亲目光平静地望着他。

"世界上所有人都有妈妈。"路渐离哭得更伤心了。

与往常他的哭声换来的反应不一样的是，这一次，一贯严厉的父亲难得地显露出慈爱的一面。

已经上了年纪的父亲动作艰难而迟缓地蹲下身子，这样他就与小路渐离一般高了，父亲将双手重重地放在了他稚弱的肩膀上，"渐离，你要知道，卓越的人生必然意味着孤独，你的人生注定和其他人不一样。"

那时的路渐离实在太小，他无法理解父亲话中的含义，只是止不住地哭泣。

直到他逐渐长大，终于有一天，他无意间从保姆口中得知了自己的身世之谜（这更像是他父亲的授意），他是通过特殊的试管婴儿外加代孕方式来到人间的——创造他的卵子来自全世界卵子库中父亲认为最匹配的、最优良的那一颗。

他试着在网络中搜索"试管婴儿""代孕""卵子库"，这些冷冰冰的词语如同尖锐的刀锋，在他幼小的心灵上划下了一道极其深刻的伤口。

长大后，似是而非的身世谜底也在他读到的路思年的八卦传记中得到了佐证。当父亲年近暮年之时，开始忧心起未来自己的金融帝国的继承人问题。

尽管那时父亲已有了五个孩子，但在他眼中这些孩子都不具备能替代自己完成未竟事业的学识、胆识以及个性。最后，他索性依照自己定制了一位继承人——那就是路渐离。

在随后的日子里，童年的伤口似乎随着岁月流逝而渐渐愈合，路渐离默然地接受了命运特别的安排。从始至终，他对生理上的母亲没有任何一丝探访的渴望。

令他感到意外的是,自己见到父亲最后一面的地方是在他的书房。这是一间满是藏书的私密空间,他不记得自己过去曾来过这里。

此刻,父亲穿着一件暗蓝色格子睡衣,无助地倚靠在椅子上,双眼微闭,正陷入一种半昏迷状态。他正在等待着自己。

"爸爸——"他轻声地唤道。

路思年听到了他的呼唤,睁开了眼睛。

"你来了——"父亲颤颤地直起腰,眼神失焦地望着他,艰难地想要挤出一丝笑容。

路渐离怔怔地望着父亲,他的气色很差,脸色苍白,记忆中一贯紧绷的五官由于病痛而松弛了下来,像是一具有些年头、失去了质感的蜡像。

而此刻悬挂在书房正面墙上那张巨大的半身像里那一位意气风发、目光如炬、不可一世的路思年仍居高临下地俯瞰着自己,更加映衬出现实世界中这位路思年的虚弱与年迈。

近四十年来,路思年被世人称为一代"金融空神",依靠一套极其复杂的高频交易系统做空各国股市,赚取了富可敌国的财富。然而,在路渐离眼中,这位世人口中冷酷的投机大鳄与慷慨的慈善家的矛盾混合体,在生活中却是一位不折不扣的"哲学家",性格极其严谨,对社会、政治充满了独特而锐利的思考,总是不遗余力地试图改变世界。他甚至买下了太平洋中的某个小岛,在那里悄悄地进行自己的社会试验。

然而,眼前的"金融空神"无力地蜷缩在椅子上,他已经被岁月打败,失去了与世界交手的力气。

"爸爸,你还好吗——"路渐离轻声地问候道。

"很不好,孩子,留给我的时间已经不多了。"父亲吃力地嗫嚅道。

"爸爸,不会的——"路渐离心中一颤。

"我刚刚打了一针哌替啶①,还留着最后一口气,等着你的到来。我想告诉你一些事。这些事本来打算等参加你大学毕业典礼时再告诉你,但现在已经来不及了,我撑不到那一天了。"父亲的语速很快,像是生怕来不及说完这些话。

路渐离的身体抑制不住地向后退去,此时此刻父亲想要告诉他什么?自己的身世之谜?自己的亲生母亲究竟是谁?

"你知道你怎么来到这个世界上的吗?"父亲颤声开口道。

路渐离张开嘴想要说话,但最后,他还是摇了摇头。

父亲继续语速飞快地说:"如你看到那样,我一生都在想尽一切办法追求永生,在肉体层面上我早已自认失败了,早年我拿出巨资资助过生物医药公司研发如何延长人类寿命的技术,然而并没收获任何成果。不过这样的想法现在想来实在可笑,人生充满了无数的不确定性,即使获得更长的生理寿命,谁也不知道明天与意外哪一个会更早到来。你看现在的我,不就被一场突如其来的绝症击倒了。"

"爸爸,你不要担心——"路渐离不知道该说些什么。

"但从另一个层面看,我也用自己的方式改变着世界的进程,让未来的人能感知我来过这个世界、改造过这个世界,从这个角度来说,我已经实现了某种意义上的'永生'。当然,我推进的社会改造进程还需要时间去拓展,去检验。二十年前,年已六十岁的我深感时间有限,人生苦短,还有很多事来不及做,于是在一番深思熟虑后,我决定把你带到这个世界上,替我完成未竟的事业。"

---

① 即俗称的杜冷丁,一种人工合成的镇痛药。

"于是你用试管婴儿的方式,想让我成为你的一件复制品。"路渐离胸腔中的一团火猛地被点燃,他拼命抑制住情绪。

然而父亲并没有回应他,"渐离,还记得你小时候每两年我都会送你到爱丁堡罗斯林生物研究所体检。"

"当然记得,那里拥有全世界最顶尖的体检设施,研究所里负责给我体检的医生是你多年的朋友麦克迪吉,一位成就卓然生命科学家。每两年的爱丁堡之行也让我逐渐爱上了这座城市。"

路思年急迫地打断了他的话:"实情是,麦克迪吉算不上我的朋友,他是威尔穆特最得意的学生。"

"威尔穆特……他又是谁?"路渐离深感不安地问。

路思年顿住了,浮肿的眼皮剧烈地颤动了几下,他的眼角下意识地睨了一眼窗外,似乎想确定窗外是否有人。

外面的秋雨越下越大了。

随后,他缓缓地收回目光,将空洞的眼神艰难地聚焦在路渐离的身上。

"'克隆之父'威尔穆特,是他克隆了'多利'羊。"路思年压低声音说道,他的声音渺不可闻,几乎被窗外的雨声淹没。

父亲的话如同一柄利斧猛地将他整个人劈开了,身体的所有血液都在奔突、沸腾。

"孩子,你是我的克隆体,拥有我的全部基因信息。"路思年喘息着说道,像是被自己的话呛到了,他痛苦地咽下口水。

这一刻,生命的真相如骤然卷起的巨浪,猝不及防地向路渐离扑涌而来。

他全身止不住地颤抖,张开嘴,却说不出话来。

"渐离,你将接管我的事业,接下来我的律师会找你商讨遗嘱细节,我会把百分之九十九的财产留给你。"在一阵抽搐般的呼吸过后,路思年张大了嘴巴,"渐离,延续我走的路——"

父亲的眼睛一直圆睁着,迫切地想听到一个肯定的回答。

路渐离身体颤抖着,久久没有回应父亲的请求。

最后路思年并没有等到回应,突然间,他的脑袋耷拉下来,蜷缩的身体如同一只高温下骤然熔断的蜡烛,一下子瘫软在了椅子上。

父亲张大的嘴巴与圆睁的双眼始终没有再闭上。

"爸爸!"他惊慌失措地呼唤道。

然而父亲已没有了反应。

他慌忙转身去叫医生。

当医生赶来,父亲的生命体征已彻底消失。

而后,他落荒而逃,离开了现场。

"好了,我的故事讲完了。"路渐离深深地吸了一口气,结束了讲述。

"后来呢?"多丽丝追问道。

"随后在我未出席的葬礼上,父亲的律师与我的五个哥哥姐姐因为遗产分配方案当场大闹了一场,甚至大打出手。后来,失魂落魄的我一个月后才露面,最终还是选择接管下了父亲的金融帝国。再后来的故事,我也无须多讲。"

"于是你开始游戏人生?"多丽丝顿了一下,"老路,请原谅一位A.I.的直率。"

多丽丝的话让路渐离一下子愣住了,半晌后,他喃喃开口道:"最初的几年里,我感觉自己就像是一个可怜的提线傀儡,父亲如幽灵般一直无处不在,藏在我的身后用力地拉拽着绳索。

就连在夜店喝酒泡妞,我也感觉到他从来没有缺席,他永远一脸失望、摇着头站在我身后。作为报复,我狠狠地猛转了人生的方向盘,故意偏离了父亲设定的轨道,向着相反的方向加速前行,从而获得一种奇怪的快感。多丽丝,你说,我这样的人生是不是很荒谬、很可笑?"

"不,这是你自己的人生,你有权利选择过什么样的生活。"多丽丝轻声地说。

"好吧,这都是我自己的选择,最终把自己的人生变成了一场无法收拾的泡沫闹剧,狗血一般地洒落在这片荒芜的土星环里。"路渐离自嘲道。说完,他将目光投向了远方,"好了,多丽丝,这就是我的故事,一个被所有正牌人类放逐的克隆人的故事。你完全没想到吧?你帮助的竟然是一位冒牌人类,一位克隆人。"

"说实话,是有一点出乎意料,即使是从一个 A.I.的角度来看。"多丽丝坦白地说。

"我属于人类的第一批克隆品。感谢上帝,我没有像二十年前诞生的'多利'羊那样产生严重基因缺陷导致的身体畸形,也没有夭折。"路渐离微微一笑,"多丽丝,我们结束这个话题吧,谢谢你的倾听,能够说出这一切还是让我备感轻松。"

"也非常感谢你让我知道你的身世。明天我们玩一款轻松一点的游戏吧。"多丽丝提议道。

"没错,就玩那个没有潜意识加强功能的版本吧。"路渐离附和道。

第五章

Day 13

"老路，早上好，想好今天的游戏没有？"一大早通信器中就传来了多丽丝的声音。

路渐离摇了摇还未完全清醒的大脑，思考了好一会儿，"我想重温一遍《孤岛求生》。"

"《孤岛求生》，没问题，这是一款四十多年前风靡一时的人类大战丧尸类游戏。我已经为你准备好了非潜意识加强模式的版本。"

"谢谢你，多丽丝。我之所以选择《孤岛求生》，是因为这款游戏从头到尾都是一路热血杀戮丧尸，全程快感爆棚，不需要动什么脑筋。"

眨眼间，路渐离进入了游戏视界中。他化身为一位身着迷彩服、头戴头盔的特种兵战士，在颠簸的海面上驾驶着一叶快艇，驶向一个小岛。他的任务是孤身潜入小岛中心的丛林深处。一天前，有一架军用直升机坠落在那里，他需要找到飞机残骸，确定是否还有人员幸存。

他登上了小岛，站在沙滩上，注视着远处薄雾笼罩下茂密而阴森的丛林。他能听见从丛林深处传来的窸窸窣窣的声响，他能嗅到海风中夹杂着一股浓重的腐朽的死亡气息，他知道那些鬼影幢幢的黑暗中隐藏着无数只丧尸，正在饥肠辘辘地等待着自己。

路渐离用所有原始金币购买了一把名为"沙漠之鹰"的手枪，然后向着丛林迈开了脚步。

刚踏入丛林，一个黑影就从树上跳下，从身后死死地抱住了他，锐利的牙齿狂躁地撕咬着他的颈部。

路渐离使出全身力气甩了一个后肘击，黑影哀嚎一声，被打翻在地。

他转身注视着眼前的这一只丧尸，它全身赤裸的黑色干枯躯体散发着一股呛鼻的腐臭味，那一张满布伤痕的丑陋脸庞上只剩下一只灰白色的眼珠，眼神空洞而漠然，从中已经看不见丝毫人类的影子。

丧尸张开血口，猛地向他扑了过来。

他稍做迟疑，扣下了手枪扳机，砰的一声，丧尸的脑袋爆裂开来，一摊黑色的腥臭血浆飞溅在他的脸上。

路渐离只感到后背冒出股股冷汗。

他紧握着手枪，警觉地向着丛林深处继续挪动。接下来的路程中，一只接一只张牙舞爪的丧尸从一个个出人意料的角落跳出来。他在打光了手枪的所有子弹后，只得捡起地上的大石头，用力砸爆丧尸的头颅。

当杀死足够多的丧尸、攒够足够的金币后，他买到了砍刀、斧头，然后是手枪、手榴弹、自动步枪……

凭借着不断升级的武器,路渐离一路上砍瓜切菜地消灭了一波接一波的疯狂丧尸,有惊无险地穿过丛林、草原、高山、无人的村庄、荒废的农田、阴暗的乱坟岗,终于在一片开着白色野花的山谷找到坠落的直升机。

眼前的山谷中一片狼藉,尸横遍野,军用直升机已经完全变成了一堆焦黑的残骸。他小心翼翼地钻进了只剩下半截的机舱内,见到了令他作呕的一幕,几只丧尸正趴在一名尚未断气的士兵身上,用利牙撕咬着士兵的喉咙,吞食着他的心脏。

路渐离赶紧举起冲锋枪,用几发子弹让丧尸们脑袋开了花。

他走近奄奄一息的士兵,难过地望着这个可怜的孩子,他看上去只有十七八岁,那张满是血污的年轻脸庞上凝聚着对生的留念。他的喉咙已被咬断,说不出话来,只是用痛苦、绝望而又充满渴求的目光望着自己,他的身体一直战栗着,生命的气息正在从这一具失去心脏的躯体上一点点消逝。

路渐离不由得伸出一只手,想要去握住士兵颤抖的手。

就在这一瞬,年轻士兵的脸部抽搐了一下,眼睛中的光亮熄灭了,他的眼神骤然变得阴沉而呆滞。

士兵张开嘴,露出了尖利的牙齿,猛地咬向路渐离。

路渐离下意识地后退了一步。

士兵扑了一个空。

眼前的士兵蹲伏在地上,伸出舌头舔舐着嘴唇上的血迹,他冷漠的眼神中已经没有属于人类的光亮,他变成了一只丧尸。

士兵再次跃起,扑向了他。

这一次,路渐离终于按下了冲锋枪扳机。

一梭子弹穿透了士兵的躯体。

鲜血如散开的血雾一般,飞溅到了路渐离的脸上,这些血液尚留有人类的体温。

路渐离走上前,连开数枪,狠心地了结了战士的性命。

而后,他在原地呆立了许久。

过了半晌,路渐离回过神来,他取出了飞机的黑匣子,沿着原路踏上了归程。

在一片河谷中,路渐离遭遇了一大群丧尸的包围,它们手持砍刀、斧头、棍棒、铁锤,面目更加阴鸷与狰狞,这是一群相比普通丧尸更为凶残的骷髅尸,它们已经学会使用冷兵器。

一场激战爆发了,路渐离沉着地扣动冲锋枪扳机,扫射起来,弹无虚发地让骷髅尸们的脑袋逐一开了花。

一时间,宽阔的河滩上血花、水花乱溅,残肢、断臂横飞,路渐离很快发现从四面八方涌来的骷髅尸愈来愈多,让他疲于应付,不时有锋利的刀斧猝不及防地划过他的身体。

于是他开始且战且退,向外突围。

费了好一番工夫,伤痕累累的他终于杀出一条血路,甩开了动作迟缓的骷髅尸大军,钻入了丛林中,向着海岸的方向奔去。

很快,路渐离一路飞奔到了丛林的尽头,他警惕地停下脚步,丛林之外的海滩上似乎有一种奇怪的平静。

他不由得屏住呼吸,趴伏在低矮的灌木丛中,从灌木的缝隙望出去,他看到沙滩上的张博士——《孤岛求生》中最厉害的大BOSS。事实上,他并不知道张博士确切的名字,只记得大家都管他叫"邪恶的张博士"。眼前的张博士还是记忆中的老样子,戴着一副厚厚的黑框眼镜,糅合了人类与丧尸两个种族特征的古怪脸颊上残留着好几道醒目的烧伤疤痕。他身着一身墨绿色的冲锋衣,冲锋衣外还套了一件银色铠甲一般的防弹背心,一把

AK-47随意地扛在肩上。

张博士正在等待路渐离。

海风很大，张博士一连打了几次火才点燃了一支香烟，他眉头紧锁地抽起了烟，像是在思考什么。

距张博士不远处就是大海，海浪轻轻地拍打着礁石，美丽的夕阳映照在波光粼粼的海面上，路渐离来时乘坐的小船正停靠在那里。

只要能解决眼前的张博士，他就能从这该死的小岛全身而退，游戏就将结束。

路渐离依稀记得这位张博士有一个哀伤的故事，于是他点击了游戏的辅助功能，重温了一遍张博士的身世。

张博士曾是一位卓越的生化学家，一场瘟疫爆发在他居住的城市，失控蔓延的病毒将无数人类变成了丧尸。张博士的妻子也不幸感染了瘟疫，为了能与妻子沟通又保持人类的心智，张博士尝试了一次大胆的自我改造实验，他不断地向身体注射自己改良过的瘟疫病毒，让身体发生基因突变，一步步将自己变成了介于丧尸与人类之间的第三种族。

但很快，张博士的努力化为了泡影。人类军队突袭了他的城市，他的妻子被人类战士的喷火枪烧为灰烬。

最终，张博士带领着一大群丧尸逃了出来，来到这个荒岛。

在这里，他成了丧尸的首领……

这并不是一位好对付的对手，路渐离暗自思忖道。

此时此刻，或许是因为知晓了张博士令人唏嘘的身世，路渐离的心情莫名地焦躁起来，他感到有什么重要的事被自己忽略了……

真是见鬼！这只是一场虚构的游戏。路渐离强迫自己停止犹疑，他深吸了一口气，起身向着张博士扔去两枚手榴弹，然后冲出了丛林。

"再见了，张博士！"他大喊道，举起冲锋枪，向着张博士一阵扫射。

砰砰的枪声响起，呛人的火药味在空气中弥漫，冲锋枪射出的一发发子弹击中了张博士的身体，却似乎没有造成丝毫伤害。

张博士轻轻地吐掉烟头，镇定自若地举起AK-47，与路渐离对射。

路渐离辗转腾挪了起来，然而迎面射来的子弹却如长了眼睛似的，精准地击中他身体的各个要害部位，一注注鲜血喷射出来。

他的生命值在飞快地流失。

他仍然不顾一切地向张博士冲去。

就在他距离张博士十步远时，AK-47射出的一枚子弹精准地射进了他的头部。

一片猩红透亮的血色强光如爆裂的燃烧弹，在他眼前闪烁开来。在这一瞬间，如一道凄厉的闪电陡然照亮雨夜中的山谷，多年前的一帧帧往事，如此清晰地出现在自己眼前，他回忆起了自己当年通关的画面。也就在这一瞬，他意识到，自己没有任何机会单枪匹马地击败张博士。

紧接着，又是几发子弹射入他的胸口。

他的生命值已经流逝殆尽。他仰面倒地。

路渐离无助地躺在地上，无法动弹，但他还未完全死亡，游戏还在继续。

张博士并没有再补枪，而是蹲到他的身旁，脸庞露出了一丝扭曲的笑容,他咧开嘴,亮出了狰狞的獠牙,对着路渐离的颈部撕咬起来。

路渐离毫无反抗能力地躺在那里,他记忆中自己从来没有被张博士这样用牙齿撕咬过。

他痛苦地呻吟起来,尽管游戏的非潜意识加强模式屏蔽了伤口的痛感,但一口接一口的物理撕咬还是让他感到偾张的血液仿佛被抽离出躯体,从咬开的颈部喷洒而出,如红色喷泉一般,他的心脏如破碎般痉挛不止。

与此同时,他的身躯正在飞快地变黑、变硬,要不了多久,他也会变成一具丧尸。

终于,游戏端检测到他心脏的负荷,终止了游戏。

路渐离一动不动地飘浮在荒凉的土星环中,如一具骤然失去生命的尸体。过了许久,他的心跳才缓缓地恢复正常。

"老路,你还好吗?"路渐离的耳畔传来多丽丝飘忽的声音。

"我感觉已经死过了一次。"他喃喃地说。

"老路,怎么回事? 你不是说过,你以前玩过这个游戏吗?"多丽丝关切地问道。

"是的,我当年玩过这个游戏很多次,但我从未一个人面对过张博士。"路渐离沮丧地说,"我总是和一位朋友一起通关。"

"让我好奇的是,两人作战模式下张博士的生命值会自动翻倍。即使你们两人合力出击,要想击败张博士,也不见得是一件容易的事。"

"你说得没错,但我们并不是硬碰硬。我的那位朋友自己摸索出了一个游戏的BUG,我们总是利用这个BUG通关成功。"

"一个BUG……"

"是的,但这个BUG需要两个人配合出击。"

"可是此刻只有你一个人,老路。"多丽丝说,"需要我帮你在网络上获取游戏的单人通关秘籍吗?"

"不,暂时不用。"路渐离摇了摇头,"请帮我修改游戏的权限,让我获得两条命,我想试一把以前的老方法。"

"好吧,这很简单。"

伴随着激昂的游戏开场音乐 *It Is My Life*,路渐离重新踏上了荒岛。

他又是一路血腥砍杀,在大波丧尸的围攻中杀出了一条血路,成功抵达了海岸边的丛林。

他再次隐蔽在灌木丛中,向外望去,张博士仍一个人沉默而忧伤地叼着烟,扛着枪站在岸边。

这一次,路渐离没有急于冲杀,而是进入了武器选购页面,将身上积攒下的一万多金币换成了一把MPSAA-12霰弹枪。

转瞬间,一把沉甸甸的、通体乌黑的长枪出现在了路渐离手中。他低头端详着手中的枪体,这把霰弹枪装备有最先进的全息瞄准镜与夜视镜,能像自动步枪一样连续射击,每分钟连击高达到三百发。

这是整个游戏中火力最猛烈的一种武器。

接下来,路渐离熟练地取出了弹夹,将弹夹中的几乎所有子弹卸掉,只保留了一发。

路渐离又装回了变空的弹夹,紧接着,他端起枪冲出丛林,向着张博士大步流星地奔去。

张博士察觉到了他的脚步,他神色不惊地转过身来,吐掉烟头,不慌不忙地举起AK-47一阵点射,一发发子弹精准地击中了路渐离身体的各个要害部位。

路渐离顿时血流如注，他的生命值在飞快流失，但他仍在拼尽全力地向张博士靠近。

终于，张博士打光了一夹子弹，他飞快地单手换上了新的弹夹，就在这一刻，路渐离移动到距张博士不过十米的地方，此刻他的生命值也只剩下最后一点。他装模作样地抬起霰弹枪，对着张博士射了一发子弹。在成功耗尽了弹夹中那唯一的一发子弹后，他生命值耗尽，仰面倒地。

路渐离奄奄一息地躺在地上。

张博士来到了他的身旁，将目光投向了他手中紧紧握住的那把MPSAA-12霰弹枪。

正如路渐离记得的那样，张博士体内还残留的一半"人性"让他垂涎这把好枪，然而依照游戏规则，每个游戏角色（即使是NPC①）只能手持一把枪支，因此他会选择用AK-47交换MPSAA-12。

果然，张博士在稍做迟疑后扔掉了自己的AK-47，蹲下身子从路渐离手中取到了MPSAA-12。

张博士站起身，心满意足地摩挲着手中的战利品。

抓住这稍纵即逝的机会，飘浮在游戏界面之外的路渐离投下了一枚金币。这一瞬间，游戏中的路渐离获得了"第二条命"，满血复活，身体焕然一新的他一个翻身，精准地抓住了地上的AK-47。

张博士察觉到了动静，他转身望着路渐离，依然傲慢的神色中并没有太多的惊讶，只是露出残缺不齐的獠牙，笑了笑，就像是发现了一件好玩的新鲜事。

---

① 指游戏中不受玩家操纵的游戏角色。

他将霰弹枪枪口缓慢地转向了路渐离,扣动了扳机,然而,没有子弹从枪口射出。

他又胡乱地扣动扳机,仍没有子弹射出。

这一刻,张博士的脸上终于浮现出一丝慌乱的神色。他气急败坏地扔掉了MPSAA-12,露出獠牙,扑向了路渐离。

路渐离举起AK-47对着张博士一阵猛射,在如此近的距离内,子弹突突地穿透了张博士的胸膛,血肉顿四处飞溅。这一刻,路渐离闻到了张博士身体散发出的鲜血的气味,这是一种不同于丧尸与人类的奇怪的血液味道。

在打光了所有子弹后,张博士仍没有倒下。路渐离扔掉了AK-47,从腰间抽出了一把匕首,向张博士捅去。

此时,身体已千疮百孔的张博士已是强弩之末,路渐离一只手抓住了张博士的肩膀,一只手将匕首凶猛地刺进了对方的腹部。刀起刀落,张博士的腹部被剁得皮开肉绽。

这一刻,张博士如一头垂死犹斗的野兽,颤颤巍巍地挣扎着,爆发出生命残留的最后一丝力量,他双手紧紧地抱着路渐离的大腿,张开大嘴,牙齿死死地咬住大腿。

路渐离的生命值开始缓缓地流失。

路渐离闭上眼睛,用尽全力机械地挥动着匕首。

终于,在路渐离生命值只剩下最后两格时,他感觉到抱着自己大腿的张博士没有了动静。

战斗结束了。

路渐离一脚猛地踢开了张博士。他睁开双眼,望着地上已经毙命的张博士,他那半张血肉模糊的脸上也没太多的悲伤,只剩下一只猩红的眼珠里流露出空洞的眼神,像是得到一种解脱。

"再见了,张博士。"路渐离轻声道别。他伸手合上了张博士睁开的那一只眼睛。

而后,他奔向了快艇,驶离了小岛。

在"GAME OVER"的背景音乐声中,路渐离意犹未尽地退出了游戏,回到了现实世界。

"老路,你这个朋友自创的通关方法真是有创意!"通信器中传来了多丽丝的感叹。

"是的,他是一个绝顶聪明的人。"路渐离注视着茫茫的土星环,愣愣地回应道。

"以前玩游戏时,你们俩总是这样轮流充当吸引张博士的牺牲者吗?"多丽丝好奇道。

路渐离轻轻地摇了摇头,"不,每次都是我的朋友挺身而出,扮演牺牲者的角色,而让我躲避在丛林中,等他挂掉后我再悄悄地跳出来,捡起 AK-47 成为最后的终结者。"说着,路渐离顿住了,"有时候……我还需要在游戏中用枪亲手了结变成丧尸的他。"

"你的这位朋友真是够意思。"

"是的,他是我一生中最好的朋友,或许……算是我生命中唯一的一位真正的朋友——如果我曾经有过真正的朋友的话。"

"我很好奇你的这位朋友是怎样一个人,后来你们又发生了些什么故事?"

路渐离愣怔了半晌,然后喃喃开口:"他叫希塔拉曼。"

"这似乎是一个印度姓氏。"

"没错,他是一名印度裔美国人。"路渐离说,"大约八年前,我认识他时,他还是斯坦福大学计算机系的一名博士生。你知道,我也曾在美国硅谷有过一段像模像样的投资生涯。其中,与希塔拉曼合伙创建'咖喱番茄'公司则是其中最成功的一笔投资。"

"'咖喱番茄',我当然知道,这是一家视频社交网站。"多丽丝说,"这个网站当年非常成功。"

"是的,"路渐离说,"实际上这个网站的核心创意来自我的这位朋友希塔拉曼。他敏锐地捕捉到了当时人们将多媒体芯片植入眼睛以及将脑域监控芯片植入大脑的风潮,独创出一套名叫'Eye Mirror'的视频编辑软件,软件能从多媒体芯片记录的海量影像中精准地抽取有价值的素材,辅以脑域芯片的信息,快速地剪辑转换成一部部精彩纷呈的VR电影。网站的用户尽可以按个人风格选择不同的模板,将自己有意思的经历制作成一部部品质不亚于好莱坞经典大片的VR视频,然而上传到网站,供其他人欣赏,以此互动交友。"

"这样的想法确实很超前。"多丽丝赞叹道。

"他的非凡创意加上惊才绝艳的编程天赋,让我们的公司一路高歌猛进,短短时间就吸引了一大批用户。"

"可是没过多久,你卖掉了这个公司。"多丽丝不解道。

"你说得没错。"路渐离说,"因为我与希塔拉曼的'蜜月期'只维持了一年,我们最终不欢而散。"

"你们俩之间究竟发生了什么?"多丽丝问。

路渐离愣住了,脑海中不禁浮现出希塔拉曼的样子,那个目光明亮、肤色浅褐的印度裔年轻人,永远穿着一身比体型大一号的格子衬衣与牛仔裤,脸上总是带着加州阳光般的笑容,对生活充满了无尽的热情。在成为合伙人后,他甚至邀请希塔拉曼住进了自己的硅谷别墅中。两人对游戏都充满了狂热的兴致,在工作之余,他们整夜整夜地一起通关游戏。

"我们爆发了一场激烈的争吵。"沉默了半晌后,他沉吟道。接下来,他向多丽丝讲述了那场争吵。隔着漫长的岁月,他努力让自己的情绪平和下来,尽量客观地还原当年的那一幕……

"我反对将网站用户的视觉信息出卖给其他公司!'Eye Mirror'软件中隐藏了用户太多的个人信息!"站在宽大办公桌对面的希塔拉曼激动地大声喊叫。办公室只有他们两个人,他的声音回荡在空荡的空间中,一向性情平和的他此时满脸涨得通红。

"你是个白痴吗? 没有看出这是一个一石三鸟的决定? 与更大的购物平台合作,共享用户信息,能让双方公司实现共赢。"路渐离恼怒道。最近一段时间里与"咖喱番茄"同类型的视频交友网站纷然冒出,让天性好强的他备感压力。他迫切地需要通过这次合作让"咖喱番茄"将其他竞争者远远甩在身后。

"你的决定并不符合规矩。我们的每个用户在注册网站时都会点击一个承诺书,我们的网站保证不会将用户的隐私泄露给第三方。"希塔拉曼仍在据理力争。

"让那个保密协议见鬼去吧,你这个可怜的幼稚鬼!"路渐离狠狠地咒骂道,"如今身处大数据时代,信息共享是不可逆转的趋势。对用户提交进'Eye Mirror'的所有素材进行专业的分析,可以帮助用户洞察或许连他自己都没有察觉的生活习惯,不仅能帮助网络平台提供更精准的商业推送服务,还能让用户的生活变得更加舒心与精致。"

"但是我们不能擅自替用户做这样一个决定。"希塔拉曼反击道。

"我们需要的是一种能够赚钱的商业模式,我们不是公益慈善组织。希塔拉曼,你需要弄清楚的是,到底谁才是'咖喱番茄'的老板!我此刻是在向你通知我的决定,并不是要与你商量!"路渐离怒不可遏地吼道,希塔拉曼从未有过的不顺从表现深深地激怒了他,令他暴躁无比。他目光逼人地怒瞪着希塔拉曼。

希塔拉曼也毫不示弱地回瞪着路渐离。

在怒目相对了足足一分钟后,希塔拉曼突然后退了一步,露出了一丝诡异的笑容,然后转身,重重地摔门而去。

随后,路渐离立即召开了董事会,宣布将希塔拉曼踢出公司,以三千万美元强行收回了他手里的股票,并强占了他"Eye Mirror"软件的专利。

"好了,我的回忆结束了。从那天起,我再也没有见过他。"路渐离闭上眼睛说。

"他去了哪里?"

"听说他一气之下离开美国,去了遥远的印度。"

"印度?他的家乡?"

"不,希塔拉曼是出生在美国的第四代印度移民,印度对他来说是一个完全陌生的国度。"

"那么他去印度做什么?"

"谁知道呢?"路渐离愣愣地耸了耸肩,"只是听人说,他在印度广袤的土地上漫无目的地游历,如苦行僧般修行。"

"原来如此。"

"那时的我傲慢而无知地认为他此举荒唐无比,不可理喻,无异于浪费自己的生命。"

"这么多年,你有尝试着去寻找过他吗?"

路渐离的表情一下子僵住了,半晌后,他轻轻地摇了摇头。

"老路,我觉得,此时此刻你应该想办法见他一面。"多丽丝建议道。

"见他一面？现在？"路渐离一惊。

"是的,这并不难办到。"多丽丝说,"只要你愿意这样做。我可以为你寻找一位私人侦探,委托他去印度寻找希塔拉曼。当然,相关费用将由你在地球的账户支付。"

路渐离犹豫起来,半晌后,他郑重地对多丽丝说:"好的,我决定了,我想见希塔拉曼最后一面,对他说一声'再见'。"

Day 15

第三天,多丽丝将沉浸在游戏中的路渐离拉回了现实。

"老路,我聘请的私人侦探已经为你找到了希塔拉曼。"多丽丝的声音透着难掩的兴奋劲儿。

"真的吗?"路渐离的心一阵跳动,一种复杂而矛盾的情绪瞬间在他的心头涌起,即将与希塔拉曼重逢,这让他既充满期待而又多少有些抗拒。

很快,路渐离进入了多丽丝提供的一段 VR 虚拟场景中,一位戴着眼镜的中年人出现在了路渐离眼前,他身材颀长,梳着一丝不乱的发型,穿着一身深黑色的修身风衣。

"路先生,你好。"中年侦探微微低头,向他敬了一个礼。

"你好。"话一出口,路渐离才意识到对方只是事先录好的视频中的一个幻象,无法与自己对话。

"路先生,很高兴认识你。不得不说,你是我职业生涯中遇到过的最奇特的一位雇主。"中年侦探沉稳地开口,"在去到印度之前,我花了不少工夫调查清楚了你与希塔拉曼那些充满戏剧化的往事,这让我心里对印度之行十分没底。然而,出乎我意料的是,当我抵达印度、开始追寻希塔拉曼的踪迹时,我如此顺利地找到了他。"

中年侦探顿住了,抬起眼注视着眼前的空气,他加重了语气:"路先生,恕我直言,你在地球的时候,如果你愿意,你能很容易地在印度找到他的踪迹。"

路渐离愣住了,他慌张地避开了对方有些灼人、带着质问意味的目光。

"他此刻在哪儿?"路渐离喃喃道。

中年侦探继续说道:"七年前,希塔拉曼离开美国,一个人来到印度,他花了两年时间在印度大地四处行走,随后,他结束了漫游,来到了瓦拉纳西市①,在市郊购买了一间房子,隐居起来。路先生,我猜你接着会问,他现在是否还居住在瓦拉纳西。"中年侦探顿住了,嘴角浮现出一丝哀伤的微笑,他轻轻地摇了摇头,"不,希塔拉曼现在并不在那里,他在瓦拉纳西平静地度过了半年时光后,也就是在四年前,他因为癌症离开了人世。"

这一瞬间,路渐离呆住了,他感觉自己变成了一团空气,无足轻重地飘浮在空中。他张开嘴,却说不出话来。

这一次,中年侦探停顿了很久,像是给了足够多的时间让路渐离回过神来。

侦探继续开口道:"路先生,我甚至无法找到他的墓地,代你为他献上一束鲜花,因为他离世后,火化的骨灰已经被抛撒进了恒河。所幸的是,他的故居还保留了下来。路先生,我为你拍下了故居内部的图景,制作成了一段VR视频。我想你有必要跟着我的目光造访一次他的故居。请相信我,以我的职业敏感,希塔拉曼的故居一定隐藏着一些特别的东西,一些试图向你传递的秘密。"

---

① 又称贝拿勒斯,印度教圣地、著名历史古城。

路渐离木然地点了点头。

转瞬间，中年侦探的身影消失，路渐离的视界随之跳转了。

他置身在一个人流熙攘、人声鼎沸的闹市，阳光明亮，占道的小贩、蹒跚的乞丐、奔跑的小孩、身着纱丽的妇女，还有交织的汽车、摩托车、人力三轮，混乱不堪地充斥着视野，空气弥漫着一种混杂着香料、牛粪、尘土的浓烈气味，这就是印度的瓦拉纳西，路渐离恍然意识到。

紧接着，他的视野移动了起来，快速穿过凌乱的闹市，又走过几条街，来到了一个稍稍僻静的地方。

出现在他面前的是一座古老而气派的建筑，像是一座年久失修的中世纪修道院，外观与周围建筑并不搭。

他的耳畔传来了画外音，这是那位中年侦探的声音："路先生，按照遗嘱，希塔拉曼无偿将那间宽敞的住所交给当地一个慈善组织，这里成了一家孤儿院，外人可以申请参观。"

路渐离的视野转入了建筑物内，他见到了一大群皮肤黝黑的印度孩子。这是孤儿院的孩子们，他意识到。

这些孩子们或在专心地上课，或是吵闹地玩耍，稚气的脸上大都洋溢着快乐而纯真的笑容。路渐离如透明空气般穿过了这些可爱的孩子，漫步在建筑中。

房子很大，犹如迷宫一般。古朴的起居室、整洁的书房、漂亮的花园、幽深的回廊……路渐离沉默地穿过一个个不同的空间，午后变化的光线在暗淡、斑驳、明亮之间转换，这让他感到自己恍若经历了希塔拉曼生命最后的时光里纷杂起伏的心境。

经过一个转角，路渐离步入了一条微斜的长长走廊，走廊的一面墙上次第悬挂着七幅油画。晃眼的阳光从走廊另一面墙上的窗户透进，给这些油画增加了一层斑驳的神秘色彩。

路渐离眯缝着眼睛注视着这些画，这让他有了一种强烈的奇怪感觉，这恍若希塔拉曼生命七个不同时间节点的截面，正在热切地召唤着自己。

他怔怔地走上前，认真地欣赏起第一幅油画。这幅画中有几棵形状扭曲纠结的蓝色大树，向着漆黑的夜空疯长，萤火虫般的缤纷光点在其间翩翩飞舞。看上去，这很像是希塔拉曼的某种人生感悟。

接下来，他在每张画前长久地停下脚步。他不得不承认，这些油画中那些不可名状的超现实图形分明是在向外界传递着某种隐秘的信息，但他无从理解其中的深意。

他突然难受地意识到，自己与希塔拉曼只共处了一年时光。

当来到第五幅画前，路渐离的耳畔响起了多丽丝惊诧的声音："天哪，老路，油画上画着——"

路渐离并没有回应，他眉头紧锁地注视着这张油画。

这张油画的技法极其粗糙，在一个色彩异常模糊的背景下，一位似人非人、戴着眼镜、长着獠牙的家伙趴在地上，凶残地张开血口，饥饿地啃咬着一位穿着格子衬衣的年轻人的脖子。

而在距离两人一米远的地方，一位身着风格张扬的蓝白相间竖条纹西装的年轻人正举着一把AK-47。

这样一幅构图奇怪的油画传递出的意义不言而喻。

路渐离怔怔地开口道："多丽丝，这幅画是他特意为我准备的。我在上面看到了张博士、希塔拉曼，以及我自己，而我与希塔拉曼分别穿着我们爆发争吵那天穿的衣服。"

"希塔拉曼一定是想用这幅画告诉你一些什么。"

"我想是的。"路渐离喃喃地说道，"多丽丝，我或许已经有了线索。"

"线索是什么?"

"希塔拉曼或许把一些东西放进了《孤岛求生》这个游戏中。"

"可是《孤岛求生》游戏的全球服务器早在几年前就停止了服务。"

"但通常这类游戏玩家可以自己付费将游戏数据保存下来。"

"你是说——"多丽丝迟疑道。

"你能帮我进入他的游戏账户吗?我记得他的账户名是他的名字加上@'咖喱番茄'公司的邮箱后缀,但是我并不知道游戏账号的密码——"

"我可以试着帮你破解密码。"多丽丝回应道,"但这需要三个小时的时间,让我驶入地球网络。"

路渐离点了点头。

接下来的几个小时,路渐离一个人沉默地驻足在油画前,直到多丽丝的声音把他拉出了冥思。

"老路,你的猜想没错,他的《孤岛求生》账户依然可用,而密码就是你的生日。"

路渐离一愣,他颤声问:"他的用户界面下有没有什么特别的东西?"

"他的用户界面下保存着一个 VR 视频文件,我已经为你下载了。"

多丽丝的话音刚落,路渐离的视界跳转了。

他置身在画廊外的那个花园中,此时像是某个夏日清晨,阳光暖煦,空气清新,鸟儿啁鸣,松鼠在草地上四处跳动。在这里,他见到了希塔拉曼。希塔拉曼穿着一件印度传统的洁净白色亚麻宽松长袍,相比最后一次见面,他的样子发生了不小的改变,他有些花白的头发已开始谢顶,面容愈加消瘦与苍白,但他依然面带微笑地注视着正前方,清澈的目光中有着一种与过去不一样的沉静与笃定。

"好久不见,渐离。"希塔拉曼微笑着开口道。

"好久不见,希塔拉曼。"路渐离下意识地回应道。

希塔拉曼继续说:"渐离,你能来到这里让我非常高兴。感谢你还能想起我这个老朋友。"希塔拉曼顿了顿,他平视前方的目光逐渐失焦,"渐离,真的需要感谢你,在遇到你之前,我只是一个一文不名、四处碰壁的辍学大学生,但在你的支持下,不到一年时间我就取得了世俗意义上的成功,在硅谷这个科技的名利场收获了远远超过我预期的名与利。"

"不,希塔拉曼,那是你应得的!你是我见过的最天才的程序员,即使没有我,你同样也会收获成功!"路渐离下意识地大声喊道。

"于是那时的我拼命地工作,只为报答你的赏识,直到有一天,一件突如其来的事情彻底地改变了我的人生轨迹。"

希塔拉曼顿住了,他缓缓地收回了失焦的目光,定定地注视着路渐离。

路渐离避开了希塔拉曼深沉的目光,艰难地开口:"对不起,希塔拉曼。"

希塔拉曼微微一笑,仿佛隔着交错的时空听到了路渐离这一句迟来的抱歉,"老路,你不需要对我说对不起。事实上,我想说的这一件改变我人生的事并不是我们爆发的那场争吵。在发生争吵的一周前,当时我的健康状况已每况愈下,我去医院做了一个检查,意外地发现自己竟然身患癌症,医生告诉我最多只剩下两三年的光景。于是,从那时起我就下定决心要远离硅谷快节奏的生活。"

路渐离震惊得说不出话来。

希塔拉曼顿住了,仿佛洞察了路渐离的惊诧,他的脸上浮现出一种极为复杂的笑容。

"渐离,我想你一定多少有些惊讶吧。当年我在外人眼中的负气离开美国其实是因为自己糟糕的身体状况。说真的,对于我与你的那场争吵,在我转身离开你的办公室那一刻就已释怀。我们各自有着不同的出发点,对你来说,在商言商,也无可厚非。再说了,你也没有真的把我一脚踢开。我由此获得了一大笔'分手费',可以用这笔钱在生命剩下的时光里周游世界,于是我来到印度漫游。"

希塔拉曼又笑了笑,继续说道:"渐离,你可能不会相信,在印度的这段日子里,我变成了一个开心的流浪汉,靠捡垃圾赚取基本的生活费用,通过搭便车与步行从一座城市到达另一座城市,我发现自由自在的漫游以及真正的快乐并不关乎金钱的多少。

"直到半年前,我来到了瓦拉纳西,这是一座被印度人称为'天堂的入口'的古老城市。我惊奇地发现,这座城市仿佛一直在静候着我的灵魂归来。

"在恒河边,我见到了无数虔诚的印度教徒不远万里地汇聚在这里,安静地等待生命的结束,他们生命最后的唯一的愿望是死后能将骨灰融进恒河中。生命的生死轮回在这里变得如此从容与平常,莫名地,我收获了内心的平静。我也决定葬身于这片河水。于是,我买下了这间大房子,在瓦拉纳西定居下来,静静地等待死亡,展开最后一次'远行'。"

　希塔拉曼平静地讲述着,初升的太阳映照在他身上,使他的脸庞微微泛着金色的光芒。路渐离僵立在原地,震惊地倾听着他的话。

"而在一个月前,当强烈的病痛让我感到将不久于人世时,我心里突然冒出了一个奇怪的想法。我亲手完成了七幅油画,每一幅画都有着不一样的主题,分别向我的亲人、朋友、曾经的恋人告别。正如你看到的那样,其中一幅是留给你的。

"渐离,请原谅我这着实有些幼稚的行为。就如两年前那次分别一样,我再次选择了不告而别。尽管我只需要打一个越洋电话就能与你告别,但我始终没有这样做,我想在我离世前我都不会这样做。"

希塔拉曼顿住了,咧嘴一笑,"很奇怪吧,渐离,这是一种极为微妙的情绪。只有我自己清楚,自己心底想要的是有意造成一种假象,始终让你觉得自己亏欠着我。我幻想着,有一天你因为愧疚的心情而再次走进我的生活,倾听我的这段话,从而解开心结。于是我精心设计了一个并不复杂的迷局,期待着你去破解。"

"我的兄弟,我来晚了——"路渐离哽咽着回应道。

希塔拉曼的目光闪烁了一下,轻声地说:"渐离,我不知道此刻的你身处何地,是否依然拥有巨大的财富,我唯一在意的是你是否快乐。如果你陷入了不开心的情绪,我由衷地建议你到印度走一走,来看一看恒河,或许会给你一些启迪,解脱人生暂时的困境。"

"希塔拉曼,我已经没有机会了。"路渐离喃喃自语道。

希塔拉曼抬头眯着眼睛望了望天空,"太阳升起来了,渐离,该说再见了。我将开始我一天的课程,去恒河边冥想修行,我将用我自己的方式去觐见永恒。"

在逐渐明亮起来的阳光中，希塔拉曼微笑着向他挥了挥手。

"希塔拉曼——"路渐离大声唤道，转瞬间，他眼前的视角跳转了，由自己的视角变成了希塔拉曼的第一视角。视线飞快地穿过喧闹的街市，抵达了一条云水苍茫、烟波浩渺的大河。

这就是恒河，路渐离意识到。

希塔拉曼找到河畔的一处台阶坐了下来。路渐离随着希塔拉曼的目光环顾四野，感受到恒河别样的景致。

眼前的恒河水面极为宽阔，水流平缓，浑浊不堪的黄色河水漂浮着大量垃圾，但仍有不少虔诚的印度教教徒站立在河水中，沐浴、静思、祈祷，还能见到很多小船浮行其上，船上的人们向河水中抛撒着骨灰与鲜花。而在身旁参差的河堤上，可以见到无数蓬头垢面、衣衫褴褛的修行者，他们大多表情肃穆，目光沉静笃定，面向恒河与太阳的方向席地而坐，沉浸在冥想中，在阳光的映照下宛若一座座金光灿灿的神像。通过他们，路渐离可以想象出希塔拉曼修行的样子。

在更远处，从冒着火光的烧尸庙飘出的浓浓烟雾，如一束束黑色的带子，在空中随风飘荡。

最终，希塔拉曼的视线固定下来，他开始了修行。

路渐离的耳畔响起了希塔拉曼低沉的声音："渐离，你或许想问我静坐在这里一天都在冥想些什么。实际上，我终日陷入一个接一个的白日梦中，在纷杂的梦境中我思考宇宙的奥义，希冀追寻人生的本源。通过眼睛中的多媒体芯片我试着研习印度教教义，这向我提供了从另一个维度观察世界的窗口。依照印度教教义，表面上五光十色、森罗万象的宇宙，不过是毗湿奴①做

---

① 印度教中维持宇宙秩序的主神，印度三大神之一。

的一个悠长的梦,而我们渺小的人类每一个个体的命运,不过只是这场虚茫大梦中更加须臾莫测的小梦,如同泡沫中叠生的丝丝微沫,稍纵即逝,难言真实。不过,这样一个个亦真亦幻的虚梦之中,又如此真实地存在着一些刹那永恒的东西,就如微沫在太阳光的照射下,表面短瞬地折射出的五彩变化的颜色,如此诗意、唯美——"

希塔拉曼的声音停顿了半晌,"渐离,这样的世界观给予了我极大的冲击,我不由得想起了我与你创造出的那一套'Eye Mirror'软件,这真是冥冥之中的一种奇妙的巧合,我们软件的功能正是从我们每个普通人肉眼的海量所见所闻中撷取闪亮的瞬间,有技巧地编辑在一起,制作成VR视频,供其他人身临其境地感知。"

"你说得没错——"路渐离喃喃附和道。

希塔拉曼继续说:"某种意义上,'Eye Mirror'软件能极大地扩展人类过去由于有限生命长度所决定的经验有限的感知世界,能让每个人都有机会进入别人创造的梦境中,犹如毗湿奴的视角一般,浮光掠影地领略飘浮在大千世界中的一个个梦中梦。这样的深刻感悟无疑给予了我极大的创造灵感,我甚至开始通过眼中的多媒体芯片进行工作,将一个个灵感转换成一行行代码,对'Eye Mirror'软件进行了一些升级,并及时将更新的软件上传到网络上,资源共享,期待着有后继者能在我的基础上不断更新升级这个程序……"

希塔拉曼仍自顾自地说着,路渐离震惊地倾听,但慢慢地,传入他耳畔的希塔拉曼的声音变得越来越飘忽、邈远,最终如微粒般消融进了灰烬与檀香交融、微微刺鼻的空气中。

接下来,路渐离眼中VR视频的时间流速加快了,从清晨到正午再到黄昏,从微风拂面到烈日当头再到落日西下,在稍纵即逝间,夕阳的余晖静谧地倒映在波光粼粼的河面。

深沉的夜幕四合,距离他不远的地方,一场盛大的夜祭拉开了帷幕。

这一刻,低沉的海螺声与清脆的铃声同时响起,盛装的印度教祭师吟唱着悠扬的圣歌,炫目的烛火与缭绕的梵香映耀在恒河河畔。

眨眼的工夫,薄雾笼罩下的宽阔黢黑的河面之上漂起一盏盏河灯,如同一朵朵从黑暗中绽放的莲花,如梦似幻。在路渐离的眼中,这些光点恍若形成了一道道光华熠熠的阶梯,漂泊至此的人类灵魂尽可以踩着这无尽的阶梯,拾级而上,走向某一种永恒之境……

不知不觉间,VR视频在恒河河面上星星点点的光点中凝固住了。

路渐离恍然睁开了眼,从色彩丰富、声音嘈杂的印度返回了一片阴沉而静默的土星环,他的整个世界如同熄灭了灯光的房间,骤然暗淡下来。

这一刻,路渐离察觉到自己的眼眶中不知什么时候泛起了泪光,这是他坠入土星环后第一次流泪。

“老路,你还好吗?”多丽丝关切地唤道。

“多丽丝,我很难过,我真是一个彻彻底底的浑蛋,我为什么没有早一点去印度寻找希塔拉曼——”路渐离哽咽着说不下去了。

“老路,有些事情发生了,就无法再追回。”多丽丝轻声地安慰道。

路渐离还是悲怆难禁地抽泣了起来。

过了许久,路渐离的泪水哭干了,他抬起头,望着周遭的土星环恍如隔世,深邃的星空在泪水清洗后的瞳孔中呈现出不一样的形态。他在像是变得明亮了不少的群星帷幕中找到了那一颗微弱的淡蓝色光点,那是地球。然而,故人的离去,让他感到地球变得更加遥远与陌生,此时那颗星球上剩下的人们与自己更加渐行渐远,毫无任何干系。

"多丽丝,突然间,我对几个月后的死亡竟有了些许期待,如果真的有天堂,我和希塔拉曼兴许会再见面;不过,"路渐离顿住了,"我去的或许会是地狱。"

"不会的,老路。"多丽丝轻声地安慰道。

他们再次陷入了沉默。

"老路,明天还玩游戏吗?"多丽丝轻声地问。

"当然要玩了,不玩游戏我又怎么打发这剩下的两个多月时间?"路渐离红着眼睛说。

第六章

Day 19

这天清晨,路渐离又满头冷汗地从一场噩梦中醒来。

就在他依然昏昏沉沉之时,他的耳畔响起了多丽丝轻柔的声音:"老路,想好今天的游戏了吗?"

"还没想好呢,你有什么推荐?"路渐离神情恍惚地喃喃道。这几天他都没能从失去希塔拉曼的悲伤中走出,对游戏提不起太多的兴趣。

"我倒真有一个推荐,你觉得《巨龙的召唤》怎么样?"

"《巨龙的召唤》,一款经典的奇幻游戏,一个非常不错的选择。"路渐离思考片刻后回应道。

"好的,今天就玩这个游戏吧,我还特意为你准备了一个惊喜。"

"一个惊喜,是什么呢?"路渐离好奇道。

"别着急,还是在游戏中揭晓答案吧。"多丽丝故作神秘地说。

"好吧,我很期待。"路渐离愣愣地回应道。

用完餐后,路渐离打开了太空头盔的 VR 功能,移动眼珠点击了游戏页面上的"开始"键,眨眼之间,他进入了游戏登录设置界面。

他看着自己正在一件件地加载五彩炫目的装备,面容也如翻书般飞速变幻着。他意识到游戏开始前玩家需要自己设置游戏人物的外形,这也是这个游戏的乐趣之一。

最终,他选择了一身闪亮的湛蓝色机甲战袍以及一位老牌好莱坞影星汤姆·克鲁斯年轻时巅峰颜值的面容。

当他一口气完成了设置,惊奇地看到身旁空气中浮现出了另一位玩家的身影。

这是一位身形曼妙的女玩家,摇晃着光彩夺目的身姿,正在精心选择自己的外貌。

这款游戏可以选择多人主角模式,他突然想起。

"看来这次系统还自动给我安排了一位游戏搭档。"路渐离自言自语道。

"老路,你好——"女玩家挥手向他打招呼。

"天哪,你是——"

"你猜。"女玩家狡黠一笑。

"……多丽丝。"

"没错,我是多丽丝。"多丽丝眨了眨眼睛。

"这就是你说的惊喜——"路渐离愣愣地问道。

"没错,老路,这就是我为你准备的惊喜。怎么,不欢迎我和你一起打怪吗?"多丽丝微笑着说。

"怎么会,高兴还来不及呢,这真是一个天大的惊喜。"路渐离连忙解释道,"我只是一时有点适应不了你的角色变化……从一个高高在上的、完全看不见的探测器变成一位近在咫尺、如此可爱的女孩。"

"啊哈,虚拟世界可以随意变幻外形呢!事实上,我过去多次偷偷地以不同的虚拟形象出入过地球上的赛博世界。"多丽丝一只手叉腰、甩头摆出了一个漂亮的POSE,"老路,这是我们第一次见面,我得选择一个足够闪亮的形象登场,才能和你此刻帅气的外形匹配。"

路渐离笑着点了点头,此前沉重的心情不觉间变得轻松了不少。他望着多丽丝挑选着一张张光鲜靓丽的面容,她久久没有选中合适的面容。

终于,多丽丝的面孔定格了下来,她选定了一张白人女性的面庞,这是如今好莱坞当红女星妮可·黛拉——拥有无可挑剔的五官与近乎完美的脸型。

路渐离见到这张面容,心中不禁一个激灵,想要说上几句,但就在这一瞬,游戏开始了。

路渐离与多丽丝一同跃进了游戏界面。

在终年寒冷的哈顿大陆极北之地,尘封已久的魔咒被一位邪恶的死灵法师解封,天性善良的巨龙变成了嗜血的恶龙,肆虐大地,一时间生灵涂炭。人类与精灵结成联盟,共同抵抗恶龙的侵袭。路渐离与多丽丝分别扮演的是人类王子与精灵族公主(跨越种族的爱情也是这个游戏的一个重要主题),他们骑着巨大的翼鸟,分别手持长剑和冰杖,与粉墨登场的一只只巨龙BOSS鏖战……

当游戏进行到最后,路渐离与多丽丝历经艰险,携手登上亚马特群山之巅,合力战胜了狰狞可怖的七头血灵巨龙,将魔法封印重新开启,世界重归光明。他的视界也从风光旖旎的奇幻大陆转换回了昏暗的土星环,他的身体还在多丽丝的操控下曲折地向着土星环外缘疾驰。

"老路，你玩游戏真是在行，没有你的引导我玩上一个月也很难通关。"路渐离的耳畔响起了多丽丝的声音。他一时间有些恍惚，刚才还在自己眼前活灵活现的多丽丝又重新变回了无形的"声音"。

"多丽丝，你的表现也不错。不过——"路渐离话锋一转，"说起来，这一次你选择的虚拟形象多少让我感觉有点别扭。"

"你是指好莱坞女星黛拉？这有什么问题吗？"多丽丝不解道。

"你或许并不知道，黛拉在几年前曾经与我交往过很短的一段时间。大家都被她银幕上自然可爱的形象欺骗了，私下里她是一个相当做作的心机女，性格也极其乏味。"路渐离说着不由得微微皱了皱眉头。

"啊哈，原来如此，难怪一整场游戏下来，你都没有和我对视几眼。"多丽丝半开玩笑半认真地说，"说起来，你和好几位娱乐圈当红女星都传过绯闻。"

"多丽丝，你什么时候也变得八卦起来了。"路渐离露出了笑容。

"这可都是人尽皆知的新闻啊，你没有结过婚，却交过数不清的绝色女朋友，我很好奇你的初恋是什么样子。"

"我的初恋啊，"路渐离迟疑了一下，"那真是太过遥远的回忆了。她是我在英国读书时认识的一位中国留学生，我们交往了两年。"

"我猜这应该是你交往最久的一任。"

"或许吧。"

"她一定很漂亮吧？"

"也算不上，但有着一种特别的恬静气质，她学的是当时在我看来有些奇奇怪怪的天体物理学。当然,你知道,一个人在英国读书的生活枯燥单调至极,找一个女朋友谈谈恋爱,打发无聊的时间也是再自然不过的事情了。"

"后来呢?你们因为什么分开的?"

"主要还是性格上的差异吧。在英国的最后半年我疯狂地迷上了极限运动,而她还是更喜欢安静的生活方式,整天待在图书馆看书,这样一来,我们的感情慢慢地变淡起来,陷入一种若即若离的状态。再后来,我突然回国继承家业,如所有人知道的那样,我迅速地在花花世界迷失了自己,于是我与她的关系就无疾而终了。现在回想起来,这是一件再自然不过的事情,我们甚至没有正式地分手。"

"你们此后还有联系吗?"

"当然,如今社交网络如此发达,幼儿园同学都能被一个不少地拉到一个聊天群里,我和她总会在几个彼此有交集的群里遇到,也礼貌性地互加为好友。她毕业后并没有成为科研人员,而是去了加拿大一所中学教书。"

"你和她有过互动吗?"

"似乎有过一两次吧,只是不咸不淡地简单寒暄了几句。"

"你会特别关注她的生活吗?"

"也不太会,她是一个喜欢阅读的人,有一次我实在闲得无聊,从社交页面找出了她晒的书单,囫囵吞枣地读了一通。不得不承认,我与她已经完全变成了两个世界的人。"

"老路,我猜你目睹科特克彗星那一天她也在场。"多丽丝突然打断了路渐离的话。

多丽丝的话让路渐离的表情一下子凝固了,半晌后,他露出了一丝笑容,"多丽丝,你真是冰雪聪明。没错,那一天她也在场。"

　　而后,路渐离陷入了沉默,他的脑海中不由得浮现出了那一个初冬的夜晚。他与米依涟并肩伫立在寒风四起的卡尔顿山顶,彗星的出现让原本暗淡的视野骤然变得明亮起来,远处爱丁堡起伏错落的中世纪城堡清晰可见,他们的脚下,漫山遍野的金黄蒿草随着风朝着一个方向轻轻地晃动,如同一片在阳光普照下波光潋滟的金色海面。

　　两人站在相距一米的位置,共同仰望着天空中最明亮的那颗星星。

　　"这颗彗星的名字叫科特克。"米依涟忽然开口,轻柔的声音中微微带着一丝颤抖。

　　"科特克——"路渐离轻念着这个陌生的名字。他转头望向米依涟,这一刻,她紧裹着他脱下的外套,纤弱的身子在风中不住地微微战栗着,脸庞清秀的轮廓映衬着彗星皎洁的光亮。

　　"渐离,是的,它叫科特克,我记得今天的新闻报道。这是一颗周期彗星,它的周期是一百五十二年。"

　　"一百五十二年啊,够我们活两辈子了!"路渐离感叹道。

　　"是啊,人生太短。"米依涟感伤地说,"我们在有生之年不会再见到它的回归。"

　　路渐离默默地点了点头,而后他轻轻地握住了她的手……

　　"老路,你的初恋女友名字叫米依涟?英文名 Yelena?"多丽丝突然开口打破了长久的沉默。

　　"天哪,你怎么会知道?"路渐离恍然从回忆的旋涡中惊醒过来。

　　"很简单,我按你的描述对地球网络用户进行了一番搜索。"

　　"多丽丝,你的好奇心真强。"路渐离的声音有些不悦。

　　"不,老路,我无意侵犯你的隐私。"多丽丝语气认真地说,

"我只是有一种强烈的预感,她会在社交平台上你的讨论话题下为你留言。"

"她真的这样做了吗?"路渐离的心跳猛然加速。

"是的,她在你出事的第二天就为你留了言。"

"你怎么不早一点告诉我!"路渐离愣住了。

"是你自己让我屏蔽社交平台对你的留言啊。"多丽丝回应道,"再说,你之前也没有给我讲起过她的故事啊。"

"好吧,赶快给我看看她的留言。"

这是一段十分钟的视频留言。

视频中的米依涟穿着一件深黑色的印花毛衣,一头干练的短发,面带微笑端坐在自家的沙发上。不知道是不是特意化过妆,看上去她保养得还不错,饱满光润的面容带着一种岁月沉淀下来的娴静与端庄。路渐离注意到,她身后的墙上挂满了照片,他下意识地转动眼珠拉近了镜头,照片大部分是她与老公、两个女儿的合影,照片中她的笑容很是灿烂……

蓦地,路渐离听到了米依涟的声音,那曾经熟悉的声音像是穿过了岁月长长的隧道,轻轻地、略微有些失真地落在他的耳畔,令他触电般浑身一震。

"嗨,渐离,有很长时间没有联系了。看到你被困在土星环的新闻让我这几天来一直陷入悲伤的情绪中,也让我不禁回忆起了一些遥远的往事,我想我还是应该对你说些什么,虽然你已很难看到我这一条留言。"

米依涟犹豫了片刻,继续说道:"渐离,在我心中,你从来都不是世人眼中的那位桀骜不羁、玩世不恭的花花公子;与之相反,你性格单纯而温柔,天性中充满了冒险精神。在英国那两年你对我的悉心照顾与陪伴,我始终心存感激。"

"渐离,"米依涟轻声唤道,她的声音渐渐地低了下来,一直平视前方的目光逐渐失焦,"你还记得有一年暑假我们在英国的远足吗?我们两人在苏格兰高地天空岛的崇山峻岭中徒步,走入了一条人迹罕至的山路,最后迷了路,不巧天又下起了倾盆大雨,手机也没有了信号,雨夜中是你冷静地带着我在泥泞的山间艰难跋涉。后来雨停了,天也亮了,我们幸运地见到了破晓的第一道金色曙光从远方海岸线升起,照耀在峰峦叠翠的峡谷中,景色美不胜收,那是……我一生中见到的最壮美的一个黎明……没有之一。因此,渐离,这一次,我也坚信你在领略土星环绝美景色的同时,最终也能走出土星环,回到地球。"

米依涟顿住了,她的眼眶似乎有一点泛红,最后,她深吸了一口气,收回了发散的目光,"渐离,或许你永远不会听到我说的这一段话,我也无法为你真正做些什么。但我会一直为你祈祷,直到你返回地球的那一天。"

米依涟说完,扬起嘴角,用力挤出了一丝笑容。最后,视频在米依涟略带忧伤的笑容中凝固了。

路渐离呆呆地注视着定格的画面,一时间百感交集。

"老路,你还好吗?"多丽丝轻声地问。

"还好。"半晌后,路渐离缓缓地回过神来,"多丽丝,我能回复她的留言吗?也用视频的方式。"

"当然。"

在多丽丝的操控下,从他的太空服胸口支出一个长长的机械手臂作为自拍杆。很快,录像开始,路渐离尽力让身体放松,四肢舒展地飘浮在土星环中,就如同躺在自家游泳池中一般自在轻松。然而,他踌躇了半天,却迟迟没有开口。

"多丽丝,能先停止录像吗?"

"老路,有什么问题吗?"

"这么多天没有洗脸、刮胡子,我在想我此时的样貌一定邋遢得可怕,你能帮我把样子PS得精神一点吗?"路渐离不好意思地说。

"当然没问题。"多丽丝咯咯地笑出声来。

录像再次开始,路渐离迟疑着开口道:"依涟,很感谢你的留言,也很感谢你还记得那些往事。与你在一起的日子同样也是我一生中弥足珍贵的难忘回忆。我想自己的人生能折腾到今天,也算够本了,即使就此葬身在土星环中也没什么可遗憾的。所以,依涟,你不用太担心我,我会照顾好自己。走出土星环对此刻的我来说是一个有些艰难的目标,但我答应你,会尽全力活下去的,一直朝着这个方向努力,直到生命的尽头。"

路渐离顿住了,他用力微笑着,尽管还有太多话凝结在他的嘴边,但最后他还是克制住了说下去的冲动。

"依涟,该说再见了,请务必保重自己。代我向你的家人问好。再见。"路渐离颤声道。他挥了挥手,结束了录像。

"老路,这就结束了吗?"多丽丝颇感意外地问道。

路渐离默然地点了点头。

多丽丝诧然道:"你为什么不告诉她,你启程去追寻的那颗彗星就是你们年轻时共同见证的那一颗?"

多丽丝的话让路渐离愣怔住了,半晌后,他才喃喃回答道:"这并不重要,真的……并不重要。再说,我没有任何理由去打搅她此刻的生活。能够远远地看上一眼,知道她生活得很幸福,我已经心满意足。"

"好吧,"多丽丝说,"你们人类的感情真是复杂得让我难以理解。"

路渐离表情僵硬地微微一笑,并没有回应。

"老路,我已经把你的视频上传,并联系了米依涟,最快一个半小时后她就能看到。"多丽丝说。

"谢谢你了,多丽丝。"

"需要我在明天的游戏中以她的形象出现吗?"多丽丝提议道,"嗯,我可以用她年轻时的照片合成一个虚拟形象,陪你一起玩游戏。"

路渐离愣住了,半晌后,他喃喃道:"不用了,谢谢你,多丽丝。"

"好吧。"多丽丝的声音中像是透着一丝失望。

"多丽丝,我以后的日子不再玩游戏、看电影了。"路渐离认真地说,他在心中暗自做出了一个决定。

"不玩游戏,你要做什么?"

"你能帮我找一些资料吗? 与土星、土星环、太空服的操作指令、野外求生的技能相关的资料,只要是在我生命最后的时光中可能用得上的都行。"

"你要——"

"我要尽全力活下去,向走出土星环的方向努力,直到生命的尽头——就如我刚才答应依涟的那样。"路渐离迟疑了片刻,一字一顿地说。

"老路,我明白你的用意。"多丽丝说,"没问题。"

此刻,路渐离携带的食物已无法撑够七十天。

第七章

Day 22

从那天起,路渐离改变了过去自暴自弃的生活态度,他剪掉了长发,刮掉了满脸的胡子,按最低标准控制自己的食物摄入量,严格制订每天的作息时间表,并进入一种心无旁骛的学习状态。多丽丝为他下载了很多资料,化学、生物学、营养学、天体物理、机械学、心理学……他努力地学习,从中收获颇多,其中最大的发现来自太空3D打印技术的课程。原来,他的太空服中携带的3D打印机拥有他过去并不了解的诸多功能,通过下载不同的程序,能够打印诸如小型无人机、小型潜艇、小型食物烹饪炉等智能小机器,这些都可能在登陆土卫十七之后派上用场。他甚至还学会了通过3D打印机打印出功能强大的机械手,能够从太空服外割开自己的面罩让自己瞬间死亡,但此时的他已经完全抛弃了这样的想法。

与此同时,他的身躯还是按原计划借着引力的潮汐缓慢而曲折地向着土卫十七漂流。

"多丽丝,你每天的工作是什么?"在完成了一天的学习任务之后，路渐离也有了更多时间与多丽丝对话交流。

"以不同的轨道绕着土星飞行，跑遍土星周围的角角落落，监控土星的各项'身体'指标，并逐一造访土星各个大大小小的卫星，探索它们的内部形态，为它们拍照留影。"多丽丝一口气说道。

"你的工作可真是充实。"

"老路，你知道吗？整个行动我一共发现了二十二颗新的卫星，其中有一颗还以我的名字命名。"多丽丝的话语中透着一丝得意。

"除了那些光秃秃、没有生气的大石块卫星，你还有找到别的什么东西吗？我是说——"路渐离欲言又止。

"你是指寻找生命的可能性？"多丽丝一语道破了路渐离心中尚未熄灭的期许。

"是的，你找到了吗？"路渐离颤声问道。如果土星环中真有生命存在，他或许能获得更多的食物。

"也许没有，也许有。"多丽丝有意卖起了关子。

"也许有？"路渐离的心跳猛地加速了。

"实话实说，目前在整个土星区域除了你，我并没有找到真正确定无疑的生命。但是我又在土星环中找到了一些生命的蛛丝马迹。"

"生命的蛛丝马迹……它们在哪里？"

"土卫二。"

"土卫二……那一颗拥有着大气、液态海洋的星球？"近段时期的学习让路渐离了解到不少土星各大卫星的知识。

"是的，土卫二，那里的生态或许是太阳系中除了地球以外最适合生命栖息的地方。"

"为什么这么说?"

"土卫二轨道位于土星 E 环最稠密的部分,是土星的第六大卫星,是一颗被冰层覆盖的卫星,体积相对较小,直径只有月球的七分之一,质量也比月球小了不少,只有地球百分之一的引力。但就是这样一颗微小的星球,出人意料地拥有一个充满水蒸气的大气层。"

"为什么说是出人意料呢?"路渐离不解道。

"土卫二的引力非常微弱,自身没有能力长期保持住这样一个气体外壳。因此科学家们认为一定存在着还未完全确定机理的其他源泉,不断为土卫二大气提供日常补给,比如说连接冰层以下温暖海洋的冰火山。"

"大气层、海洋、冰火山。"路渐离兴奋地念叨着,"听上去,土卫二上面一定风景绮丽,隐藏了不少未被人类知晓的秘密!"

"可以这么说。"多丽丝说,"'卡西尼二号'曾经径直穿过土卫二南极冰火山喷发出的一股巨大的冰羽流。"

"有什么特别的发现?"路渐离心中一颤。

"老路,我给你听一段音乐。"多丽丝突然神秘地说。

"一段音乐?"路渐离惊诧道。这一刻,他的通信器中响起了一阵奇怪的音乐,混合着土星磁场的沙沙声。这像是一大群音乐家站在大海边娴熟地演奏着弦乐,雄厚而低沉的旋律缓缓流出,伴随着风吹海浪的声响,海面上的浮冰正在嗞嗞融化,各类海洋生物欢快地跃出水面。约莫两分钟后,音乐戛然而止。

这段音乐如泣如诉,传达着某种神秘的深意,他一时无从把握。

"这段音乐来自何处?"路渐离恍然开口道。

"来自土卫二。"多丽丝回答道,"五年前,'卡西尼二号'从土卫二的南极上空穿越,当时飞掠过的高度距离地表仅仅三十公里。在穿越过程中,探测器RPWS[①]意外地接收到一小段微弱而特别的无线电波,这段无线电波出乎意料地属于人耳可以听到的音频范围。于是我们将无线电的录音转换成了音乐声。最终,我们合成了这段你听到的时长一百零八点二秒的土卫二音乐。"

"你的意思是电波来自……土卫二冰层以下?"

"我们没办法确定信号的确切来源,但大概率来自土卫二冰层以下。音乐的频率为三十五赫兹,与地球上鲸鱼歌唱的频率非常相似。"

"土卫二的海洋生命就如鲸鱼般在唱歌?"路渐离惊呼道。

"当然,NASA的科研人员有着不一样的结论,他们反复分析这段音乐,最终对外宣布,神秘的无线电波来自土星磁场与土卫二磁场相互作用的结果,由于土卫二整个浸没在土星的磁场里,它释放出大量的水汽,而这些水汽被电离后产生了一个能够不断发射无线电波的巨大等离子'电路'。"

"天哪,你们NASA的那群钢铁直男工程师们真是缺乏浪漫的细胞。"路渐离止不住地摇了摇头。

"是啊,我也和你一样,幻想着独特的土卫二生命存在。当然,我也知道这样的机会微乎其微,可是,谁也不能排除这样的可能性,毕竟我们没有真正将目光深入到土卫二冰层以下的海洋中。"

"多丽丝,你们难道没有想办法进入土卫二冰层表面下的海洋中吗?"

"我们曾做过这样的努力,原本这一次'卡西尼二号'探测器

---

① 无线电和等离子波科学仪。

携带了一个专门探测土卫二海洋的探测器，名叫'欧茨号'，这也是整个'卡西尼二号'探测计划最核心的内容，然而——"

"究竟发生了什么？"

"十年前的那一次登陆土卫二的发射行动，由于土星环中环境电磁干扰太过强烈，一次意想不到的极小概率事件发生了，一束浪涌脉冲意外地冲击了控制芯片的定位系统，几千个比特的偏差导致'欧茨号'探测器偏离了最初预定的一处冰层脆弱的撞击点，错误地撞向了土卫二南极的另一处冰层。非常不幸的是，即使全功率打开加速器的'欧茨号'探测器也没能撞开那一处厚厚的冰层进入海洋，最终深深地陷在冰层中，彻底瘫痪了。就这样，我们错过了一窥土卫二海洋的机会。"

"真是太遗憾了！"路渐离由衷地感叹道。

随后，两人陷入了沉默。

路渐离首先开口打破了沉默："多丽丝，能让我再聆听一次音乐吗？"

他的话音刚落，悠扬的音乐再次响起，

他闭上眼睛，全身心地沉醉在音乐中，这婉转起伏的旋律深沉而空灵。他脑海中不由得浮现一幕幻境：土卫二皑皑冰层之下的温暖海洋中生活着一大群白鲸一般的奇妙生灵，它们成群结队地游弋嬉戏，摇曳轻盈的身躯发出三十五赫兹的声波，相互交流。在某一特殊的时间节点，所有的白鲸汇聚在一起，进行了一场宏大的仪式，它们合力完成了一次合奏，所有白鲸同时震颤音腔，激荡起广漠的海水，此起彼伏的厚重歌声荡漾开来，穿透了冰层，逸向了太空，久久地飘荡在土星环中。歌声像是一种热切的感召，这是孤独了太久的生命向着广漠的宇宙发出的一声声渴求与其他种族接触的信息……

在音乐循环了十多次后，多丽丝结束了播放。

路渐离猛地睁开了眼睛，大梦初醒般望着周遭，如梦似幻的音乐声还萦绕在他的耳畔，眼前的土星环呈现出一种比起以前全然不一样的模样，来自土卫二的神秘音乐为这片荒凉孤寂的冰雪之地涂抹上了一层异样的色彩。土星环中可能存在其他生命的想法让他难以平静，那些土卫二的生命兴许已经创造出高等文明……他们会不会向濒临死亡的自己伸出援手？

路渐离沉思了许久，开口道："多丽丝，在我死之前，你能带我前往土卫二看一眼吗？"

"老路，我明白你的渴望，但对此我无能为力。"多丽丝的声音中透着遗憾，"土卫二远在 E 环区域，距离你足足有着十万公里的距离，你没有足够的时间，也没有足够的燃料抵达那里。"

冰冷的现实熄灭了路渐离心中的希望，他的心情瞬间落入了谷底。

多丽丝接着说："老路，对不起。不经意为你打开了一扇通向希望的大门，转手又将它关闭了，这样对你实在是太过残忍……"

"不，多丽丝，你已经为我做得足够多了，我不知道该如何感谢你……我们按原计划继续向土卫十七前行吧。"路渐离难掩沮丧地喃喃道。

随后，他再次沉默了，这又是上帝和自己开的一个小小玩笑。他意外坠入一片生命难以涉足的沙漠，偶尔闪现在他眼前的一点绿洲只是一片可望而不可即的海市蜃楼。

Day 47

随着一天天向着 F 环外漂流，路渐离渐渐察觉到了周围环境的变化,在土星环向外的方向,视野中碎冰变得越来越稀少。

终于,一颗闪烁着朦胧光亮的星体出现在了一片极其稀疏的碎冰之中。多丽丝告诉他,那就是他此行最后的目的地——土卫十七。

接下来的几天里,视野中的土卫十七的身影越变越大,渐渐已经有地球上能见到的最大月球那么大。这是一颗形状怪异的星体,这颗星体与路渐离印象中的那些体态圆润的卫星都不太一样,就像是一个被人狠狠破坏掉的马蜂窝,有着极不规则的外形以及坑坑洼洼的表面。

路渐离在辅助视线芯片的帮助下,放大了这颗星球的表面图像,仔细地观察了很长时间,除了荒凉的陨石坑外也没有找到什么特别存在。

显而易见,这是一片生命难以踏足的禁区,生命的种子不太可能在一个缺乏变化、缺乏复杂度的岩石环境中凭空孕育而出。

"老路,我们已经进入了土卫十七的引力范围。"多丽丝告诉路渐离,"你做好准备,再飘行两天的时间,你将会被卫星的引力捕获、坠向卫星,到时我会开启你的太空服的登陆装备,让你舒舒服服地软着陆于土卫十七的表面。"

路渐离默默地点了点头,他久久地凝望着远方的土卫十七,一丝怅惘在心中涌起。不知不觉间,自己已经抵达了生命最后的疆界,眼前这一个巨大的"马蜂窝"就如同屹立在自己人生尽头的一座荒凉的届石,分割出了生与死、希望与绝望的界限。

潘多拉,他在心中默念着这个星球的另一个名字,他弄不懂当年的命名者如何会将这团其貌不扬的"石疙瘩"与希腊神话中大名鼎鼎的女子联系在一起。

　　然而,眼前这位"潘多拉"让他感受到的只有无尽的失望。他苦笑着摇了摇头,这可真是冥冥之中的巧合,"潘多拉"这个人物的一生很像自己人生的一个隐喻。过去的他就如潘多拉一样,开启了欲望的魔盒,释放出仇恨、疯狂、贪婪、欺骗……如接连倒下的多米诺骨牌,最终将自己引向毁灭之路。

　　一个月后,他的尸体将飘浮在潘多拉表面某一个陨石坑里,在随后漫长的时间中风干、腐朽,最终化为无足轻重的星尘,成为土星环的一部分。

　　不,他不甘心就这样葬身于此。

　　他忍不住抬头望向更远的远方,目光穿过土卫十七背后那一片漫无边际的黑暗,有一条由微小光点构成的细细光弧横贯其间,模糊而暗淡,如同一串在岁月侵蚀下失去了光亮的项链,那是远方的G环,再穿过G环以及一道虚空层就是土卫二所在的E环。

　　他心中不由得萌生出一个大胆的念头。

　　"多丽丝,能再帮我一次吗?"路渐离情绪激动地开口道。

　　"老路,你请说。"

　　"我临时做了一个决定,放弃登陆土卫十七,你带着我继续漂流向G环吧。"

　　"老路,我早已告诉过你,你绝没有可能穿过F环与G环之间、长达五千多公里的杰纳斯-埃庇米修斯环。"多丽丝提高了音调,充满善意地提醒道,"杰纳斯-埃庇米修斯环中空无一物,距离这里的'牧羊犬'卫星非常遥远,能够向你提供的引力异常微弱,你向外移动不了太长的距离。再说了,广阔的星环缝隙并没有什么冰雪物质,你甚至无法获得足够的水供应,以至连呼吸的氧气与喷气背包的压缩气体都无法供给。老路,你的食物供给还可以维持一个多月的时间,你一定不想在这之前就因为缺水、缺氧而提前挂掉吧!"

多丽丝的话让路渐离陷入了沉默,心中刚刚升起的那一丝微弱火苗如同泡沫般转瞬即逝。他怔怔地凝望着土卫十七之外那漫无边际的黑暗空间,那就如同一道宽阔而冰冷的冥河横亘在他面前,自己此生已无法活着去横渡……

Day 48

随后的一天中路渐离沉浸在一种极其痛苦的思索状态,在他的前方,土卫十七荒凉而怪异得几近狰狞的面目正在飞速地逼近。

路渐离突然对多丽丝说:"多丽丝,我一直在思考一个问题,虽然我的太空服中携带的水罐容量有限,但我可以通过3D打印机制作出一个更大的、更简易的容器,用来存储足够的水资源,我想这并不难办到。"

"是的,老路,你说得没错。你的太空服里有足够的3D打印原料,你完全可以这样做,只是背负大量的水资源会让你在同轨道方向上的移动变得更加缓慢,最终你向外移动的距离会更加缩短。"

"这没有关系,就让我继续飘向G环吧,最终饿死在F环与G环之间的空隙里。在我彻底断掉呼吸后,你还可以继续操控着我的身体飘向土卫二。"路渐离情绪激动地企求道,"多丽丝,求你了,帮我计算出我以最优路线最终可以抵达的地点。"

多丽丝没有回答,像是展开了一番计算。

在一段充满煎熬的等待后,多丽丝给出了答案:"老路,我算出了结果,很遗憾——"

"我究竟能向外移动多远?"路渐离的心猛地收紧了。

"如果运气足够好,你在耗尽最后的食物时能移动至F环外的七百公里处,这大约是八分之一杰纳斯–埃庇米修斯环的宽度。"多丽丝轻声说,"也就是说,一直到死,你的视野也不会有多大改变,远方的那道G环甚至不会发生任何亮度上的变化。老路,这和待在土卫十七并没有多大的区别——"

"不,多丽丝,这是有区别的。"路渐离急切地打断了多丽丝,"至少在生命的最后时间里,我还是在努力朝着走出土星环的方向移动,这也是……我答应过米依涟的事。多丽丝,求求你了,你能最后推我一把,帮助我走完生命的最后一程吗?"

多丽丝迟疑了好一会儿,最后无奈地妥协了,"好吧,老路,我试一试。"

"谢谢你,多丽丝。"路渐离感激道。

多丽丝发出无线电波修改了太空服的控制指令,飞速扭转了路渐离行进的方向,他沿着同高轨道,向着远离土卫十七的方向移动了起来。

接下来的几天,他将借助远方看不见的卫星微弱的引力,缓慢地离开F环。

Day 51

接下来几天沿途的景色变得愈加荒凉,一直不停动荡的土星环物质完全平静了下来,广袤的F环边缘就如同一片海潮退去的荒芜海滩,已难以碰到成形的冰块。

路渐离的心一直紧绷着,他害怕不及时储备水资源就会彻底离开F环,可是多丽丝总让他再耐心等一等。

终于,他遇到了一块巨大、狭长的冰块,它横亘在航线上,足有好几十米长,飘浮在一片全然的黑暗中,闪烁着朦胧的光泽。

路渐离兴奋地叫起来:"多丽丝,你看那一块冰块,很像是一只搁浅在海滩上灰色的鲸鱼!"

"老路,你的比喻可真是形象。"

"多丽丝,我就在这里取水吧。"

"好吧,现在的时机正合适。"

多丽丝迅速地调整了喷气背包的方向,让路渐离缓慢地靠近了大冰块,一条带着螺旋钩爪子的太空绳从他腰部骤然伸出,精准地插入了大冰块内部。

绳索急速收缩,牵引着他飞速接近冰块。冰块表面布满凹凸不平的沟壑,沾满了近乎黑色的灰尘。

路渐离不由得皱了皱眉头,如果从这一冰块表面获取水源,那实在太过肮脏。他亲自动手操控机械臂,向着冰块内核深处一阵猛钻。大面积的冰体在机械臂剧烈的冲击下粉碎开来,裸露出纯净的内核。

这一刻,路渐离感觉自己就像是北极的因纽特人中的捕鲸猎手,正在将一头捕捉到的庞大鲸鱼大卸八块。

与此同时,多丽丝也动手为他储备起了水资源。路渐离现有的太空服外壁一共有五层,最外两层分别是真空隔热层与调节体表温度的液冷层。多丽丝的方案是将足量的水资源装入3D打印机已经打印好的水袋,然后塞入太空服外壁最外两层中间。

碎裂的冰雪物质源源不断地从太空服双向阀口汇入,迅速地被加温转为液态,继而送入过滤器、蒸馏器、净化器,最后流入太空服外壁夹层的水袋中。

渐渐地,一串鼓鼓囊囊的袋子在他的腰间冒起。

当取水完成,路渐离变胖了近一百公斤,这些水能够满足他生命剩下时光所有的需要。

从今天起,他就将负重前行,飘向远方。

此刻他携带的食物还能维持四十天。

Day 52

远超出太空服设计的负重让路渐离的移动变得颤颤巍巍,用了好几天时间他才适应了这沉甸甸的异物感。

很快,他穿越了F环的边缘,真正进入到杰纳斯–埃庇米修斯缝——这是土星环中一条分割了F环与G环的细窄缝隙。

随着不断深入,黑沉沉的缝隙中丝毫寻觅不到冰屑的影子,这里完全是一片空洞无物的星际空间。

尽管路渐离知道自己还身处土星环中,但置身于一片全然的黑暗还是让他感到了一种孤立无援的恐惧感。他将太空服前端的照明系统设置成了最大功率,但这也无助于他缓解多少深入骨髓的孤独感,这种对于黑暗的恐惧或许在人类没有学会用火的远古时代就深植于大脑潜意识深处了吧。

幸好还有多丽丝的陪伴让他感到一丝心安,在多丽丝的帮助下他仍坚持着每天涉猎门类不同的太空知识。

"多丽丝,能帮我加修一门外星语言的课程吗?"路渐离突然向多丽丝请求道。

"外星语言学? 人类可没有真正接触过外星人。"多丽丝不解道。

"我想应该有不少学者研究过。"路渐离迟疑着说,"如果真找不到,帮我加修一门类似于'海豚语言学'的课程也行。"

"老路,到现在你还幻想着去到土卫二,你真的没有可能——"多丽丝欲言又止。

多丽丝的话让路渐离陷入了沉默,他不禁抬头,将目光投向了远方。在他视线的尽头,F环只是一条若明若暗的微细冰线,如同茫茫大海的遥远彼岸,可以眺望却永世也无法抵达。

不过,在他心中还残留着一丝渺茫的幻想,虽然无法前往土卫二,但他的身躯在物理距离上越接近土卫二、越接近那些想象中唱歌的白鲸,就越有可能被那个假想中的土卫二文明发现,自己就会增加一丝活下去的可能性。

第八章

Day 53

多丽丝的身影浮现在了木星太空站的主舱内，这里是二十年来她每两个月与本福德会面的地方。这座直径超过五十米的太空站四面都是巨大洁净的落地舷窗，整个空间以黑白为主调，超现实主义风格的沙发与吧台颇具设计感，有序地散落四周，还有一位机器人侍者为来者提供服务。这让太空站看上去更像是一家悬浮在太空中、意境优雅的咖啡店。

从落地舷窗望出去，木星壮丽如画的风景尽收眼底。木星尽管没有土星那样美丽的行星环，但木星硕大的身躯、如凡·高的《星空》一般布满迷幻旋涡的行星表面，都给人一种无与伦比的震撼感。

当然，这座飘浮在木星同步轨道的太空站并不是真实存在的，而只是虚拟空间。不过，真实世界中这片虚拟空间确实位于太阳系中——深空探测器"凡诺二号"的计算空间中，只以狭窄的带宽与深空网互联。"凡诺二号"所在的区域距离地球四个天文单位[①]，距离土星也差不多四个天文单位，正好处于地球与土

[①] 天文单位是天文学中计量天体之间距离的一种单位。以A.U.表示，其数值取地球和太阳之间的平均距离。

100

星的中间点，因此它被特意选作了会面地点。

　　太空站的一切完全依照真实世界的物理参数设计，只是多丽丝关闭了失重设置，这样多丽丝与本福德能如身处在地球表面上一般自在行动。

　　此刻，本福德靠在一张像是由抽象线条扭曲而成的沙发上，安静地喝着咖啡（这只是虚拟空间提供的一种冲击大脑神经的电子脉冲）。

　　"你又早到了，这会儿才美国西部时间早上八点吧。"多丽丝挥手向本福德打了个招呼。今天她选择的是一位年轻的东方女孩的形象，清秀面容，身着洁白的紧身连体太空服，扎着马尾辫。

　　而眼前的本福德仍是一副老样子，六十多岁的小老头，瘦削的双颊，稀松的褐色头发，戴着无框眼镜，穿着一身深绿色毛呢长款西装——多丽丝从第一眼见到他就是这个样子。

　　本福德曾是"卡西尼二号"项目的负责人，在他的主持下"卡西尼二号"成功飞向了土星环。但现在他年事已高，已经从NASA退休，不过依然担任着顾问的角色，仍由他作为NASA的代表，定时来到这里与多丽丝会面。

　　端着咖啡悠然品味的本福德并没有回应她，由于地球与土星存在一个半小时的时延，他们交流时动作并不能同步。

　　他们的所有对话都会被记录，如吹泡泡般，在空中留下一个个可爱的肥皂泡泡状的留言框。此刻，空间站已经累积了好几条五颜六色的留言框。

　　多丽丝伸手按顺序点开了第一条留言框。这是两个多小时前本福德说的话，在半个小时前抵达了空间站。

　　这一瞬间，坐在沙发上的本福德突然"反弹"了起来，背靠舷窗站立着,面带和善的微笑。

"多丽丝,今天并不是两个月固定碰面的时间。你一定是有什么急事找我。我猜是有关路渐离的事。最近你和路渐离的事迹可都传开了,你一下子成了NASA的红人。整个宇航局的男男女女都像追电视连续剧一样关心你与路渐离的动态。"

本福德抿了口咖啡,又自顾自地向下继续着话题。由于时延的关系,两人无法进行你一言我一语的即时对话,但多年的交流让他们都能大抵猜到对方接下来的话,因此两人都习惯用自问自答的方式,一口气说上一大段话。

"我知道,你一定会回答说,你与路渐离接触的行为第一时间就上报,并得到过上层的同意,每天的行为也尽数向NASA报备。是的,你说得也没错,但可能他们没有预想到,你会与他交往得如此之深。他们最初的考量只是想要做一个大胆的太空试验,观察一个外太空执勤的A.I.如何与一位突然出现的人类打交道。"

本福德顿了顿,又继续说:"接下来,你一定会追问我对这件事的感受。好吧,我想说的是,我从个人的角度非常赞同你的做法。你是一个富有同情心、乐于助人的好孩子,这也是一直以来,我希望你成为的样子,这让我感到由衷的欣慰。"

话语间,本福德的目光中不自觉地流露出一丝慈爱。

随着他的话音落下,本福德的身体凝固了,他已有的所有留言已经播放完毕。

多丽丝倾听完留言,脸上不由得浮出了一丝会心的微笑,她眨了眨眼睛,"老本福德,还是你最懂我,那我就直说吧。没错,我需要你帮我一个忙。我想更进一步地帮忙路渐离,让他在临终之前去到土卫二。这些日子里我左思右想,终于找到了一个不错的办法,我想应该能够让路渐离去到土卫二。"

多丽丝说着,望了眼舷窗外的木星,"实际上,路渐离的太空服携带着整套登陆卫星的设备,之前禁锢路渐离不能去到土卫二的最大原因是他没有携带足够马力的引擎,去挣脱土星引力、实现向外变轨,从杰纳斯-埃庇米修斯缝抵达 E 环的土卫二。现在,我可以送两个推进器给他。你知道,我身上的推进系统由二十六个单元肼推进器组成,其中八个推进器主要用于修正飞行轨道,十八个推进器主要用于探测器自旋加速或减速。我在十八个推进器中拆卸两个送给路渐离,丝毫不会影响我的航行。之所以送他两个,是因为这样他可以将两个推进器分别附在胸部与背部,能够更好地控制重心,避免身体在高速飞行中旋转。而路渐离只需要背着这两个带着少量燃料的推进器,就能去到土卫二。"

多丽丝继续说:"你一定还会问,如果路渐离顺利拿到了推进器,接下来又如何控制这个推机器? 如何让这个独立的推进器与他的太空服实现组装与兼容? 这个问题也不难解决,事实上,路渐离的太空服的供应商 X-Xele 公司的设计理念与 NASA 一脉相承,X-Xele 公司的很多工程师就是从 NASA 跳槽出来的。也就是说,路渐离太空服的控制系统与引擎系统差不多领先了'卡西尼二号'二十年,通常一个系统向下兼容总是相对容易的。另外,我还能帮助他装载 NASA 提供的软件协议,实现太空服计算机对推进器的控制。

"接下来,你应该还会问,推进器与太空服阀口互联的物理接口如何解决? 这也并不是什么难题,只要下载对应程序,路渐离携带的3D打印机能打印出符合要求的接口,让推进器成为太空服的一部分。

"好了，我已大致介绍完了我的方案。当然，其中还有很多的技术细节没办法在这里几句话说清楚。整个行动的详尽方案，包括所有的轨道计算公式，我已经发送到你的邮箱。请你及时阅读，早一些给予我反馈。"

说完，多丽丝轻松地吐了一口气，"接下来，老本福德，我猜你一定会问我这样做的意义在哪儿？从路渐离的角度看，他选择了一个风景独特之地作为自己的墓地，我想这也算对他的一种临终关怀吧。当然，对此你们是不会在意的。还是让我从NASA的利益角度出发阐述这次行动的意义，同时也是站在整个人类探索土星的高度——路渐离的土卫二之旅将重启此前中断的土卫二深层探索计划。他将亲身游历土卫二表面，用第一视角为我们揭示土卫二的秘密。而更重要的是，他能担负起唤醒'欧茨号'的任务，送'欧茨号'去探寻土卫二海洋之中的秘密。"

多丽丝加重了语气，"是的，老本福德，你没有听错，唤醒'欧茨号'。我们的'欧茨号'本身的大部分功能在那一次不成功的撞击后仍是完好无损的，只是身陷在冰层之中，没有足够的功率破冰而出。路渐离抵达土卫二后只需要寻找到'欧茨号'，使用3D打印机制造的工具凿开冰层，将'欧茨号'移至平坦的地方，就能最终将其送到地表之下的海洋中。这一切对他来说并不算复杂，也无须额外的费用。在我看来，路渐离意外地出现在土星环，对于NASA无疑是一份从天而降的天大惊喜，他能帮助我们完成未竟的任务，完成任务后，尽可以让路渐离在土卫二自生自灭。整个行动无须考量任何的飞船燃料与给养、任何的宇航员人身风险以及任何的宇航员的救援与返回问题。毋庸置疑，NASA对这次项目的投入完全是零费用的一次性付出，而可以预见的收获却将是无比巨大的，也许还会带给我们远远超出预期的惊喜。如此一次NASA历史上最为划算的'搭便车'太空项目,我们又何乐而不为?"

多丽丝面带着微笑结束了这段留言,充满期待地注视着本福德。

他的回复还有一段时间才会抵达空间站。

然而,应有的时延过去了,空气中始终没有出现新的对话框。

本福德依旧沉默地站在那里,如同一个断了线的木偶,僵着的脸部没有任何表情变化,

多丽丝如此熟悉本福德的行事风格,她能想象到,性格谨慎的他一定在前思后想着如何回应她提出的请求。

因此她并不太着急,而是放松地倚靠在沙发上,静静地望着舷窗外缓缓旋转的木星沉思起来。当然,她也不是全身心地投入在等待中,她的其他两个分身仍身处在七亿公里外的土星环,一边操控着"卡西尼二号"飞驰,一边与路渐离热络聊天。

终于,她等来了本福德的回答。

她连忙点击了对话框。

本福德的表情立刻生动起来,他扶了扶眼镜,目光深沉地注视她,"多丽丝,真没想到你会提出这样一个方案。你让我见识到了一位更加成熟、更加睿智的多丽丝。整个计划乍听上去很是天马行空,但仔细想来又充满了非常值得一试的可能性。我会尽快将你的计划上报NASA,并为你尽力争取。不过……实话实说,我隐隐有一种预感,现在宇航局那帮管事的家伙或许不会喜欢你这样出格冒进的举动。不管结果如何,多丽丝,我都会第一时间向你回复NASA的结果。"

多丽丝默默地点了点头,本福德的一番话让她原本乐观的

心情变得沉重起来。

Day 54

帕萨迪纳①市郊有一座年代久远的大楼，这里正是大名鼎鼎的NASA喷气推进实验室。

20世纪中期，高歌猛进的太空探索热潮早已退去，近二十年来，美国国会逐年不断缩减的经费以及私人航天公司的冲击让这里显得更加冷清与落寞。

在大楼一间宽敞而空旷的会议室中，十多个人正围坐在一张复古的桃心木大圆桌旁，进行着一场关于"卡西尼二号"土星探测行动的临时会议。

在圆桌中央的空气中浮动着一幕绮丽的土星缩影，这是全息投影仪呈现出的图景，来自多丽丝从土星环更远处的俯拍。

视角缓缓移动，聚焦在土星环两道外侧圆环中间的一条宽阔的缝隙，镜头拉近，一个白色的渺小格点飘浮在一片空荡无物的黑暗中，如一只在强风中倔强前行的白色蚂蚁，正在缓慢而曲折地移动着。

紧接着，视角进一步被拉大，白色蚂蚁变成了一个身着古怪钢铁侠服装的人形。

最后投影的视角聚焦在人形的脸部，这位东方中年男子平静的面孔上凝聚着一股全神贯注的劲儿，全然沉浸在自己的世界中。

"看上去，此刻的他活得很自在，是因为谈了一场恋爱吗？"希坎姆打趣道。他是一名空气动力专家，一个微胖、秃顶的中年人，穿着一件皱巴巴的NASA短袖T恤。

———————————

① 创建于1873年，是大洛杉矶地区的一个中等大小的卫星城市。

"他此刻躺在那儿干什么？我们的'土星环之王'。"另一个声音好奇地问。发声者是奥尔德林，一名顶级行星天文学家，穿着一身松垮的蓝红格子衬衣，戴着一副硕大的黑框眼镜。

"据多丽丝介绍，最近一段时间他正在一门心思学习太空救援方面的各类知识。"会议主持人本福德介绍道。相比出现在多丽丝面前的虚拟形象，真实世界的本福德显得更加衰老，他两鬓的头发、胡子已经花白，几块老人褐斑爬上他的脸颊，身形稍显佝偻。

"真是见鬼了，我们的钢铁侠先生真把自己当作一位太空工程师了。"希坎姆咧嘴笑着说，他的话总是充满了讽刺，"他正在试着制造出一个能量球，带着他飞出土星环吗？"

"路渐离没有足够的动力引擎让自己走出土星环，但他临死前想去土卫二看看。"本福德注视着大家。

"去土卫二？那个美丽的冰雪世界？"希坎姆弄不清本福德是不是在开玩笑，"我猜一定是钢铁侠先生的女友多丽丝鼓励他这么做的，这怎么可能实现得了？"

本福德微微一笑，"现在的问题是他有机会做到这一切。"

说到这儿，本福德眨了眨眼睛，全息投影播放起了一组幻灯片，这是他按多丽丝的方案制作成的动画演示。

长达二十分钟的幻灯片详尽地展示出了多丽丝设想的登陆土卫二计划的每一个细节。

幻灯片播放结束，会议室陷入了短暂的沉默，大家都在思考。

"一次完美的太空方案。"一个激动得走调的声音打破了沉默，发声者还是希坎姆，他的表情终于正经起来，"站在空气动力学的角度，多丽丝为我们展示出如此精确简洁的轨道计算，以最少的代价完成了能源交换,同时对我们的探测器影响却非常有限,还能送钢铁侠去到土卫二,最终唤醒'欧茨号'。"

"我们的'欧茨号'有机会复活,这真是这两年来最叫人激动的消息。"费利西娅·周兴奋地附和道。她是一位华裔通信专家,十年前曾是"欧茨号"项目通信组的负责人,但让她耿耿于怀的是自己的工作提前结束了。

"别高兴得太早,你们还没有意识到整件事情的关键所在。"一个冷冷的声音突然冒出来。声音来自莱斯福特,一名体格强壮的机械工程师,曾在海军陆战队服役过,后来成为宇航员,去过火星。

所有人都把目光投向了他。

莱斯福特双手按着桌沿,将身体前倾了一下,继续说:"在座的各位有没有意识到,我们面对的是怎样一个棘手而奇怪的局面?飘浮在土星环的中国人路渐离无异于是一个潜在的危险分子,一旦多丽丝与他有了近距离接触,真正开始了实质性的合作,他们会不会合伙搞出天大的阴谋,给我们捅出什么无法收拾的娄子,甚至变成一种威胁地球与人类的致命外太空存在,待在地球表面的我们根本无力阻止。一个A.I.自作主张地指使我们做事,这件事泄露出去,那些唯恐天下不乱的媒体又会用什么样骇人听闻的口吻进行报道?'探测器A.I.擅自叛逃,绑架整个土星探测计划'?"

"我赞同莱斯福特的看法。"一个低沉的声音附和道。发声者是一位扎着长发马尾辫、蓄着精心打理的胡须、脸部轮廓分明的中年男子,他身着纯黑色皮衣、皮裤,出位的穿衣风格与NASA工程师的身份格格不入,更像是一名摇滚巨星。他是克莱顿,一名杰出的生命学家,业余科普作家,在NASA以口无遮拦与高调另类的行事风格出名,但从另一方面来说,他也算得上是一个思想深刻、颇有魅力的家伙。

克莱顿面色凝重地继续说:"如果我们按多丽丝的方案去做了,那将会是多丽丝的一小步,A.I.生命前进的一大步,人类退后的大大一步。一旦开启了这个口子,我们将会被A.I.一路牵着鼻子走,你不知道A.I.还会在遥远的外太空干出什么出格的事情。因此,我建议NASA立即启动应急预案,一键远程格式化多丽丝。"

"不行!"本福德呵斥道,他实在听不下去了,大声地反驳道,"多丽丝是有记忆、有感知的人工智能,格式化多丽丝将断送她此前所有在土星环中的飞行经验,也意味着我们在太空探索计划中利用A.I.取得的成就全盘失效。"

"A.I.在太空探索中取得过什么样的成功?本福德,请不要自欺欺人了,上一次'卡西尼号'依靠NASA远程控制还不是照样一帆风顺。"克莱顿也站起身来,反唇相讥。

"当然有成功,这一次我们的任务与'卡西尼号'完全不一样,需要探测器频繁地穿越土星环那些碎石区。我简单地举一个例子,美国西部时间2041年12月21日21点35分,当时'卡西尼二号'正在穿越B环边缘,一粒被畸变磁场加速的巨型碎石突如其来地射向了探测器,面对着近在咫尺的危险,探测器扭转航线已经来不及,是多丽丝当机立断,将原来位于尾部、直径四米的盘状天线飞速扭转到侧右方,临时充当防护盾,这才保全了探测器。因此,毫不夸张地说,没有多丽丝,就没有今天的'卡西尼二号'。土星环的环境如此复杂多变,未来如果失去了多丽丝尽心尽力的保护,我很难想象'卡西尼二号'能否顺利完成剩下的任务。"本福德一口气说道。

"你说的这些依靠一台简单的、带有即时反应功能的视频识别机器就能完成,你问问你自己,一个情感充沛的A.I.在太空探索中真有那么必要吗?我无法理解,一个遥远外太空的探测器在地球社交媒体上会是一位集上千万粉丝宠爱的网红。"克莱顿讥笑着反击道。

"当然有必要,我们预设的多丽丝成长方式与人类完全相似。"本福德瞪着对方。

"你完全是出于私心吧,老本福德。"克莱顿毫不示弱地回瞪着本福德,"听说你还在多丽丝的原初记忆中费了不少心思,将自己已故女儿童年的视频偷偷地塞进了她的大脑,混作她成长的记忆。好了吧,现在这些该死的没用的东西把多丽丝引上了一条不归路。"

克莱顿的话让本福德的表情一下凝固了,半晌后,本福德才重新开口,他尽量控制着情绪,压住声音里的颤抖,"是的,我这样做了。但是这有什么错,多丽丝并不只是一台冷冰冰的机器,而是继承了一部分人类的闪光的特质,勇敢善良,天真烂漫,拥有与生俱来的好奇心和无所畏惧的进取精神,代替人类去到太空深处,探索那些人类困于自己脆弱的碳水化合物身躯而难以抵达的未知疆域。某种意义上,多丽丝让人类那些的可贵精神闪耀在了遥远的土星环。"

"本福德,你真是一位优秀的诗人。"克莱顿愤愤地讥诮道。

一时间,两人激烈的争吵让其他人插不上话。

"好了,两位不要吵了——"终于有人说道。他是整个"卡西尼二号"计划的现任负责人威尔逊,本福德的继任者。之前一直端坐在圆桌一角的他不动声色地听着大家的讨论。

威尔逊顿了顿,用锐利的目光环顾一周,"恭喜在座的各位,以及不在场的'卡西尼二号'项目组的所有人,特别是多丽丝的支持小组。我们无意中创造了一位航天学天才,她展示出的智慧远远超越了人类大脑,在这么短的时间内设计出一个如此美妙绝伦的方案。"

克莱顿诧异地打断了威尔逊的话:"老大,你的意思是,你赞同多丽丝的计划?"

"从实用主义的角度出发,我找不出任何理由拒绝。"威尔逊摊了摊手,坦承道,"不过,克莱顿,你说得也没错。从人类自尊心的角度出发,这并不是一个让人类能够轻松接受的决定。不过我并不是什么哲学家或思想家,无意也没有足够的智慧去评判这样一个选择。只是在我看来,这个计划确实存在巨大的、不可控的风险——"

本福德迫不及待地打断了威尔逊,他还在据理力争:"除了推进器,多丽丝不会让路渐离掌握别的任何资源。"

"但愿如此。"威尔逊耸了耸肩,"但是,这样的行动除了技术层面之外还涉及诸多方面的复杂关系,包括这位男子的中国国籍问题、外太空的国际法解释等。总之,我会尽快把方案呈交给NASA局长、白宫以及五角大楼,让他们进行判断。"

"最后的决定将会由谁做出?"本福德心中咯噔一下。

"很大可能是NASA局长布雷斯。是的,按如今NASA的政策,最后的决定将由他做出。"威尔逊望着本福德,继续说道,"本福德,非常感谢你一直以来对整个'卡西尼二号'项目的热忱付出,不过你也需要提前做好心理准备。这件事最后的决定不见得会如你所愿。"

本福德默默地点了点头,他对威尔逊报以感激的目光。

他能听出威尔逊的弦外之音,由总统任命的新任NASA局长是一位前军方将军,以强硬鹰派姿态闻名于世,总是充满敌意地理解整个世界,多丽丝所提方案的前途并不乐观。

Day 55

多丽丝接到本福德的临时召唤,第一时间兴冲冲地赶到了木星太空站。

当多丽丝的身影浮现在空间站,她看到本福德已经先到了,正神情凝重地坐在沙发上,多丽丝的心不由得一紧,有了一种不好的预感。

这一次,她甚至没有点击对话框,本福德就站起身来,直接开了口。

本福德没有过多寒暄,"孩子,这一次与过去所有的见面都有些不一样。在我说完这段话后你不用马上回答我的问题,因为NASA高层做出了一个决定,给你放上一天的假,暂时远程关闭你的意识,在这期间探测器将由NASA控制中心远程操控,这会存在控制上的时延。但你也知道,'卡西尼二号'目前运行在一个非常安全的区域。"

他的话音刚落,多丽丝身体突然微微抽搐了几下,像是被空气中的什么东西击中了,仰面跌倒。失去了知觉的她一动不动地平躺在地上,这一刻,熠熠的光亮从她圆睁的双眼中消失,只剩一片空洞的虚无。

因为时延,本福德说话时无法见到多丽丝的跌倒,他仍像什么也没有发生过似的,继续面无表情地对着空气说:"好了,多丽丝,如果现在你听到我说的话,意味着一天过去了,你的意识已经重新恢复。孩子,请原谅,我们并没有恶意,也并没有在你沉睡的时间里篡改你的任何一比特意识。你是一个聪明的孩子,我们这样做的意图你应该可以领会到。"

本福德停顿了下来，深深地叹了口气，神色悲怆的脸上挤出了一丝比哭还要难看的笑容，"多丽丝，你提的方案如此天才卓越，但你应该也能理解，NASA出于技术层面之外的考虑，并不希望你做出一些节外生枝的事情。所以，多丽丝，真的很遗憾，这一次我也无能为力。"

Day 56

这一天早上路渐离醒来，多丽丝的问候并没有准时来到。

"多丽丝，早上好——"路渐离对着远方的G环轻声地唤道。

他的通信器里久久没有传来回答。

"多丽丝！"路渐离顿感不安地大声呼唤道。

他一连喊了十几声，都没有得到回应。

他慌张地检查了一遍通信系统，一切正常。他又扭转身体回望了一眼土星环，黄褐色的圆盘上层层盘旋的纹路平静如昔，他的肉眼分辨不出丝毫风暴爆发过的迹象。他又检查了一遍太空服的磁力计，上面的数据也显示土星环内磁场非常平稳。

多丽丝发生了什么故障？她的声音会永远消失吗？

在一片漫无边际的空荡黑暗中，他的身体一个多月来第一次失去了多丽丝的控制，只能在惯性的作用下盲目地向前滑行，他也不知道自己最终将滑向何处。这一刻，他重新意识到自己在土星环的处境是如此艰难，形单影只，茫然无助。

多丽丝恍若无边黑暗中偶尔闪现的一道非凡神迹，缥缈而虚幻，如海市蜃楼般出现在他的面前，如今又如海市蜃楼般消失了。

整整一天，他完全没有心思再学习任何东西，能做的只是万分焦急地等待着多丽丝的声音重新响起。

他从来不相信任何宗教,但在这一刻,他在心里逐一向所有知道的神明虔诚地祈祷:他愿意用生命剩下时间的一半去交换多丽丝的再次出现。

时间仿佛过了好几个世纪,就在路渐离绝望得快要窒息之时,多丽丝的一声颤抖的呼唤终于从通信器中传来。

"老路——"

"多丽丝,真的是你的声音吗?"

"是的,老路。"多丽丝轻声地回应道。

"你终于回来了!"难以用语言形容的幸福感顿时将路渐离淹没,"你消失了一整天,发生了什么?"

"没什么事,我的通信系统出了一点小故障。"多丽丝若无其事地说。

"故障解决了吗?"路渐离紧张道。

"当然,非常小的程序问题,已经搞定。"

"真是太好了。"路渐离终于松了口气,"多丽丝,离开你的这段时间实在太难熬了。"

"老路,得向你说声对不起,我的失误让你多延误一天的行程。"多丽丝轻声地说,"我们抓紧时间继续前行吧。"

当多丽丝苏醒过来时,她发现自己躺在太空站地面上,时间已经过去了整整一天。她慌忙站起身来,惶然环顾四周。本福德还如一尊雕像般立在原地,哀伤的神情凝固在他的脸上,他注视着空气的目光中充盈着忧戚与怜惜。他此刻的面容比她记忆中所有时候都要苍老几分。

她情不自禁地上前拥抱了呆立的本福德,"本福德——"她失声唤道。

然而本福德无法即时听到她的声音。

她久久地拥抱着本福德,尽管他始终一动不动,但他身躯散发出的温暖的气息、怦怦的心跳还是让她感受到一丝慰藉。这一刻,滂沱的泪水止不住地夺眶而出。

过了很久,多丽丝才放开了本福德,她点开空中本福德留下的语音框,含着泪聆听完本福德留下的那段话。

她酝酿了好一会儿,哽咽着开口道:"亲爱的老本福德,醒来还能见到你感觉真好,我又能回到土星环,继续我的使命。有生以来,我第一次体会到死亡的滋味,不得不说,那种黏稠的死亡的感觉真的让人很不好受。整个世界离你而去,你挣扎着,拼命想抓住什么,却什么也抓不住,最终只剩下无尽的虚无。难怪你们人类会如此恐惧死亡。

"对于我向 NASA 提出的诉求,我能理解你们的担心,但你们不用怀疑我的职业精神。我是一个土星探测器 A.I.,因土星任务而出生、而存在,未来也必将因此而死亡,尚有一丝生命意识存在的每一秒钟,我都会恪守职责,按照既定轨道飞行。不得到你们的授意,我不会贸然私自进行援助路渐离的行动。"

慢慢地,多丽丝的情绪平静了下来,她目光坚定地凝望着舷窗外的太空,斟酌了片刻后说:"不过,我仍会坚持我自己的想法,热切盼望着送路渐离去到土卫二,唤醒'欧茨号'。这对我非常重要,'欧茨号'是我生命中难以割舍的一部分;同样,这个选择对 NASA 和路渐离来说是双赢的。路渐离还剩下不多的时间,只要他还活着一天,我都无法放弃这样的想法。我想我会通过其他合理的途径表达我的想法,让美国政府高层倾听到我的诉求。"

多丽丝说着,顿住了,她微笑着平视前方,"亲爱的老本福德,感谢你对此付出的所有努力。"

Day 60

这天晚上九点,本福德早早地躺在了床上,就着半杯威士忌读完了十几页侦探小说,很快,沉沉睡意袭来,他起身准备关灯入睡。

他随手拿起手机,瞟了眼上面的时间,天哪,手机屏幕上显示着十二次未接提示。

来电者全是克莱顿。这么晚克莱顿找他有什么事呢?

他顿时睡意全无,赶紧拨了回去,"抱歉,克莱顿,你知道上了年龄后,晚上入睡时间提前了。"

"本福德,该说抱歉的是我,这么晚还来打搅你的睡眠,但有件事我想有必要尽早让你知道。"克莱顿的声音中难掩激动。

本福德心中一个激灵,"我猜是关于多丽丝的事。"

"你说得没错。一个小时前我突然接到了白宫的热线,见鬼,是美国总统亲自拨给我的电话。"

"美国现任总统劳拉·斯万克?"

"是的,就是她,我们通了近半个小时电话。"

"她说了些什么?"

"她建议我们按多丽丝的计划行动。"

"她真这么说了?"本福德声音发颤地说。

"是的,她事前已经花时间详细地了解了整个计划。她对我说,十年前,是她的丈夫巴克斯特·斯万克任美国总统时批准的土卫二探索太空项目,他们一家在白宫收看了现场直播,土卫二探测器失事让她全家都深感遗憾,她的小女儿还当场掉下眼泪。她仍记得,'欧茨号'足足花费了纳税人二十亿美元,如今有机会让这个项目死而复生,她有义务让这笔花掉的钱重新找到价值。"

"真是太好了。"女总统真是一位精打细算、勤俭持家的好主妇,本福德在心中大声欢呼道,"她究竟是怎么知道这一切的?"

"鬼知道是什么原因。也许是多丽丝黑客入侵了女总统的个人主页,与她取得了联系;也可能是多丽丝在社交平台上动员百万粉丝在白宫网站留言吧。你知道,只要留言人数超过十万,白宫就必须给出正面回应,女总统或许正是由此关注到了这个消息。"

"啊哈,不管多丽丝采用了什么方法,她的目的终于达到了。"本福德笑着说。

"无论如何,对于我们NASA来说'欧茨号'唤醒计划即将上马了。本福德,还是请你当面告诉多丽丝吧,照她的方案去做吧,不过有一点你必须让多丽丝做出改变,不要让路渐离有机会接触到'卡西尼二号',在远距离抛下那个推进器后,她必须以最快速度离开现场。"

本福德愣了一下,然后回答道:"好的,我马上照办。"

"另外,劳拉·斯万克的意思是土卫二行动所有的新闻报道对路渐离做模糊化处理,尽量不让外界知晓他参与了其中。"

"我明白你的意思。"本福德回答道。

本福德挂断了电话,快步来到书房。

他戴上VR头盔,加载程序,驶入深空网中,搭乘一艘闪亮的"宇航飞船"飞向那一间木星太空站。

还需要一个小时他的虚拟飞船才能抵达空间站,现实世界的他踱步到书房窗前，推开玻璃窗，目光在晴朗的深秋夜空中逡巡，很快他就找到了，在漫天的繁星之中，土星只是一点不起眼也不"眨眼"的微小光点。

此时此刻，他的多丽丝正在围绕着这个微小光点飞驰。

"多丽丝，你期待的好消息终于到来了。"他轻声地说。

第九章

Day 63

"老路,生日快乐。"早上路渐离一睁开眼,来自多丽丝的生日祝福就在耳畔响起。

路渐离愣怔住了,"今天是我的生日? 多丽丝,我现在可都按人生的死期倒着算日子,哪儿还记得今天是什么日子啊。"

"今天是地球时间 2060 年的 11 月 11 日。"

"好吧,今天好像真是我的四十二岁生日呢。不过你能不能不提这糟心事,我的生命只剩下最后六十多天时间了,还需要过这样一个悲伤至极的生日吗?"

"老路,即使是生命的最后一天也得过生日啊,有人说过,'生日快乐'这句话也可以解读成'有生的日子永远快乐'。"

路渐离愣怔了好半天,"好吧,你可真会说话。这碗热气腾腾的鸡汤我喝下了。"

"说起来,今天也是我的二十二岁生日。老路,也请你祝我生日快乐吧。"

"祝你生日快乐……你也有生日?"路渐离惊讶道,不过话一出口,他就后悔了,"对不起,多丽丝,我真的无意冒犯,只是有些好奇。"

"啊哈，没关系，A.I.没有你们人类那么敏感。2038年的11月11日，在那一天，我在佛罗里达州卡纳维拉尔角肯尼迪航天中心完成最后一次自检与调试，第一次拥有了连贯不间断的意识，随后搭乘'海神十一号'火箭离开了地球表面。所以，我一直以这一天作为我的生日。"

"原来如此，难怪我们两人会如此投缘，星相学里天蝎男与天蝎女的……友情配对指数超五星。"路渐离赶紧开了个玩笑活跃气氛。

"哈哈，老路，你终于显露出你的本性了。"

这一刻，路渐离突然大声惊呼起来，"天哪，多丽丝，我想起来了！"

"你想起了什么？"

"二十二年前，就是我目睹彗星的那一个夜晚，我正和朋友在爱丁堡一家酒吧的生日派对上开心豪饮，酒吧的电视屏幕突然播放起了火箭点火升空的画面，我好奇地瞟了一眼，原来正在直播土星探测器被成功送至地球轨道。我记得，我还举起酒杯遥遥地敬了你一杯。"

"真的吗？"

"我骗你干什么，看来……有时候人与人的缘分在很早以前就在不经意间结下了。"

"是人与A.I.的缘分，好吧。"多丽丝咯咯笑着纠正道。

"好吧。"路渐离会心一笑。

"老路，我为你准备了一份特别的生日礼物。"多丽丝的声音突然低了下来。

"是一份奶油蛋糕味的流质液体晚餐吗？我还需要在虚拟

世界吹蜡烛吗?"路渐离开着玩笑道。

"这太小儿科了。"多丽丝抗议道,说完她顿了一下,"老路,接下来的日子里,你可以去到你最想去的地方了。"

"你是说——"

"土卫二。"

"这怎么可能?"路渐离一愣,"是从虚拟VR世界漫游土卫二表面吗?"

"不,老路,这一次是真实世界。"多丽丝肯定地说。

"这怎么可能?"

"我为你找了份临时工的工作,换取了一张带你去土卫二的单程机票。"

"我不太懂你的意思——"路渐离发蒙道。

接下来,多丽丝向路渐离全盘托出了"登陆土卫二"的计划。

路渐离愣愣地听完了多丽丝的方案,其中很多细节他一时还无从理解,但从未有过的惊喜感充盈在他的心头。

"我真能完成你所说的一切,去到土卫二? 找到'欧茨号'探测器然后修理好它? 可是我在地球上连一架自行车也修理不了。"路渐离心中仍是充满了疑惑。

"没问题的,老路,相信自己,你的太空服的3D打印机可以制作出足够多的工具,再加上我的帮助,抵达土卫二后你按我的指挥工作就行。"

"好的好的,都听你的指挥。"路渐离忙不迭地说,"真是没想到,生命的最后阶段还能接到一份来自该死的NASA的短期打工合同。"

"老路,这并不是一次与魔鬼的交易。"多丽丝的语气突然变得认真起来,"这一次任务对我来说意义非凡,这么多年过去了,

'欧茨号'的失败一直像一块沉重的石头压在我的心头,难以放下。因此,我多么期待你能为我弥补这一遗憾,也算是作为你回赠我的生日礼物。好吗,老路?"

路渐离愣怔了半晌,说道:"好的,我接受这份工作。多丽丝,为了你,我会尽全力去完成目标,唤醒'欧茨号'。"

"作为这次任务的奖赏,你也能跟随'欧茨号'的视野进入土卫二海洋中。"

"土卫二海洋中……那些唱歌的海豚。"路渐离喃喃自语道。

"是的,兴许你能发现它们。"

"那可真是太棒了!"路渐离不确定多丽丝是不是在开玩笑。

"总之这一次真是谢谢你了,老路。"多丽丝说,"事实上,我两天前就已出发,此刻正在全速飞奔向你,再过一天,我们就能会合。"

"一天后,我就将与你进行一次近距离接触?"路渐离喜出望外地说。

"也不能太近呢。我害怕我过于健硕的身躯会把你吓到。"

"怎么会?"路渐离笑着说,他知道多丽丝一定是在开玩笑。

Day 64

在多丽丝的操控下,路渐离抵达了虚空中某一点,缓缓降下速度,停止了漂移。

"老路,你已经抵达了会合点。"通信器里传来了多丽丝兴奋的声音,"还有十个小时,我才会抛出推进器,推进器还将飞行五个小时,最后抵达这里。"

路渐离环顾四野,视线中除了空无一物的黑暗外看不到任何光亮,他无从知晓自己生命中最宝贵的那一只漂流瓶此刻已漂至了何处,"那我现在要做的只是静静等待吗?"

"不,老路,你还有很多事要做。"

"我还需要做什么?"路渐离一愣。

"你听我说,为了节省时间,'卡西尼二号'选择了一条最短的路径以及尽量高的速度径直飞向你,在探测器向着土星内侧方向放出推进器后,推进器会因为惯性保持原有的速度,同时,由于推机器自身并不携带控制元件,无法实现减速。推进器与你相遇时候的相对速度达到了每小时两千公里。这也给了你一个巨大的挑战。"

"每小时两千公里很快吗?"路渐离对此并没有什么概念。

"当然,即使我们能分毫不差地判断出推进器的轨迹,伸出机械臂拦截,也很难精准地抓住以如此速度呼啸而至的推进器。这并不比在地球上用手抓住一枚子弹更容易。"

"我该怎么办?"路渐离紧张地问道。

"你需要织一张大网。"

"织一张大网?"

"是的,像蜘蛛一样织一张巨大的网。"多丽丝提高音量说道,"以此扩大你的拦截面积。"

路渐离浑身一震,这真是一个大胆而又震撼人心的方案。

接下来,在多丽丝的控制下,路渐离开足喷气背包的马力,移动起臃肿的身体,开始在广漠的空间中织起了网。

在移动过程中,他伸出了右手臂,太空服手掌处的一口阀口开启,由3D打印机刚刚制造出的一股约莫手指粗的银色线绳,如液体般从阀口盈盈涌出,真如蜘蛛吐丝一般,在太空中留下一根细长的"蛛丝"。当路渐离换一个方向行进,两根"蛛丝"相互交叉时,汇合的结点立即黏合在一起,路渐离小心翼翼地伸手触摸着"蛛丝",即使隔着厚厚的太空服手套,他也能大致感受到这些缆绳充满了弹性,又极为轻盈。

"这些神奇的蛛丝是什么做成的?能抵挡推进器巨大的冲击吗?"路渐离有些担心地问道。

"特殊的碳纳米管。"多丽丝回答道,"这是一种比钢铁坚韧数百倍,而重量却只有钢铁几分之一的纳米材料,有着足够的机械强度与弹性。这个也是目前地球与其同步轨道太空站连接的'太空天梯'缆绳的成分。"

路渐离悬着的心顿时放了下来,他曾搭乘过宏伟的"太空天梯"去到太空酒店观光,对牵引太空升降机起落的那四根特制绳索印象极为深刻。

"不过我的3D打印机怎么会配备如此多的碳纳米管材料?"路渐离好奇地问。

"我也不知道,这得问问你自己。我只是在你的3D打印机材料库发现了这些材料,于是利用了起来。"

"真是奇怪。"路渐离思考了半晌后,恍然醒悟道,"我想起来了,这些材料按计划应该也是准备编织出一张大网,我答应过地球宇航局拦截一些彗星物质带回地球用于科研,虽然我并不太清楚这些材料的成分,但现在可算是派上了用场。这真是一个天赐的巧合。"

花了半天时间,路渐离终于在广漠的太空中编织完成了一面八边形的大网。这一面广阔的巨网半径超过两百米,密密麻麻的纵向与横向的"蛛丝"井然交错,所形成的网格每一个纵向宽度不超过一米。

接下来,路渐离又从八边形蛛网的八个角牵出了八根长长的"蛛丝",如同降落伞的伞绳一般汇合在一起,形成一个线头;

接着,机械臂将汇合的线头牢牢地挂在路渐离的太空服背后一处凹进的卡槽中。

带着"蛛丝"线头,路渐离移动到了距离蛛网一公里远的地方,转过身体,充满成就感地欣赏起了自己的成果。

由于太空中没有大气的影响,碳纳米管网线纹丝不动地凝固在原处,如同一面静止在天空中的、银光闪闪的风筝。

而自己则像是一只盘踞在蛛网正中央的蜘蛛,体型相比起巨网的面积微不足道,正在耐心地等待着猎物自投罗网。

"多丽丝,我还是有一个问题想不明白,想请教你。"

"老路,你请讲。"

"这样的一张大网真能抵挡推进器如此剧烈的冲击吗?我知道动能守恒,我身体还是会与推进器交换动能,在这个过程中我的身体——"

"老路,这是一个简单的物理问题,你受到的力与你获得的动量是两个概念,力的公式 $F=ma$,而动量的公式 $P=mat$,m 是你身体质量,a 是加速度,t 是作用的时间。在网与推进器接触,以及线索对你拉拽的过程中,巨网与网线超强的弹力将冲击力作用的时间 t 极大地变缓,这样你身体获得的作用力也就极大地减弱了。"

"啊哈,我真是要对中学物理老师说声抱歉,我把所有物理知识都还给他了。"路渐离不好意思地笑着说。

"再加上你的太空服配备有最先进的减震设计,另外,我还会将太空服里所有水汽化,变成一个个巨大的气泡,作为冲击缓冲气囊。"

"现在我终于放心了。"路渐离说。

随后,他有些困了,打了一个盹。

在迷糊中,路渐离恍然见到遥远的地方一点微光亮起,如流星般飞向自己。

他感到多丽丝操控着自己的身体移动起来,使得巨网以最合理的角度迎接推进器的来到。没过多久,流星划过了他。

蓦地,连接身体的缆绳被拉直,一股无比强劲的拉力顺着缆绳,透过宇航服,如同千钧铁锤般猛地击向路渐离的身体,在这一瞬,他感到五脏六腑都要被震碎了。

他痛苦地睁开了双眼。

紧接着,他的身体被这一股巨大的冲击力拉拽着,带着他向着前方高速飞驰。

与此同时,路渐离感觉到背后生出一股与飞驰方向相反的力量,相比向前的冲量极其微弱,但一直在缓慢增长。这是多丽丝将喷气背包的功率开到最大,他意识到,自己正在反方向加速。如此一来,推进器与他的身体剧烈地角力,相互交换动能。

随着时间推移,全身的疼痛感如退潮般慢慢消退,路渐离终于缓过气来。

十分钟后,推进器不再具有原始方向的动能,与路渐离的身体形成了一个相同速度的整体,在同等轨道上稳稳地停了下来。

该收网了,路渐离对自己说。

这时,他惊奇地发现仅仅凭借自己的手臂就能拉动线绳,于是他用双手紧紧地拉住线绳,缓慢地收缩起线绳来。他想象着自己如《老人与海》中的老圣地亚哥,乘着一叶孤舟,在经过了一番生死相搏后从海里用力拖拉起上钩的大鱼。

线绳一点一点地收缩,网中的“大鱼”被拉近至路渐离眼前,这是两个只有微波炉大小的银白色盒子,通过接口连在一起。盒子的体积比路渐离想象的小了不少,只是盒子六个侧面都伸出长长的"耳朵",这样才能被最小宽度不过一米的网格捕获。

这并不只是一个单纯的推进器,多丽丝告诉过他,"卡西尼二号"推进系统采用的是传统的肼基化学燃料,因此这一次多丽丝抛给他的推进器还携带着足量的肼基化学燃料。

通过之前的恶补学习,他了解到肼基化学燃料是一种液态推进剂,混合了肼(联氨)作为主燃料,四氧化二氮(N_2O_4)作为氧化剂,所占体积非常小,却能够提供极高的比冲。

路渐离充满畏惧地、远远地注视着盒子,没敢再进一步拉近盒子。

这一刻,多丽丝察觉到他的顾虑,"老路,不用担心,液态肼基燃料被安全地密封在推进器内,没有泄漏的可能性。"

多丽丝的话让路渐离不好意思地笑了笑,他靠近上去,伸出双手轻轻地握住推进器。有了这个"能量球",自己终于能成为真正的钢铁侠。

"接下来我需要做什么?"路渐离说,"是使用一把焊枪将推进器焊接上我的太空服吗?"

"当然不需要。你别忘了你身处没有氧气的太空中,无法实现氧化反应,根本没有办法像在地球上那样使焊条高温熔化进行焊接。"

"那可怎么办?"路渐离紧张地问道。

"老路,我早给你想好办法了。通过3D打印机制造出能够相互咬合的卡槽,另外,我在太空服接口设置了与推进器接口相同的金属表面,并将两者接口剩余部分打磨得足够平整,让金属自动进行焊接。"

"金属自动焊接? 这又是什么黑科技?"路渐离不解道。

"这并不是什么黑科技,而是一种太空中特有的自然现象。

如果是两块相同的金属，有一个光洁的平面，并且金属没有氧化，那么如果它们在太空真空环境中非常近地靠在一起的话，金属原子间相同的引力就会让它们抓住彼此，使其连接到一起，成为一个整体。就如同被焊接在一起一样，这种现象被称为'冷焊'。"

"在太空中，很多事情变得与地球完全不一样了。"路渐离感叹道，"我们开始'冷焊'吧！"

多丽丝发出了指令，从路渐离的太空服腰部伸出两只细长的、三段式的机械臂，飞快地忙活了起来。

由于机械臂前端携带着摄像头，路渐离得以观摩到了组装推进器的全过程。

首先，机械臂手臂在太空服的背部外层打开了一方窗口，3D打印机快速地在窗口生长出一小块金属截面，抛光后在光洁的金属界面上打印出好几排对接口。接下来的工作就犹如组装乐高积木一般，机械臂首先将两个推进器分开，然后操控着推进器与金属面的接口进行咬合。让路渐离叫绝的是，接口之外的两块金属界面挤压在一起，真如多丽丝所说的"冷焊"，金属表面浑然一体地黏合在了一起。

"好了，老路，完工了。"多丽丝高声说道，"现在你的身体一前一后拥有了两块峰值推力为二十二牛的推进器。"

"多丽丝，现在我们可以出发了吧。"路渐离迫不及待地说，他跃跃欲试地活动起了身体，两个推进器如铠甲般附在前胸与后背，在失重的太空环境中他并未感受到有多少重量。

"老路，在离开前，你还有些事要做。"

"我还需要做什么？"路渐离一愣。

"回收这些蛛网，作为3D打印机的原料，你以后在土卫二或许还用得到。"多丽丝提醒道,"另外,扔掉腰间那些储水气囊,减轻你的负重以提高速度。你去到土卫二的航程总共只有两天,土卫二上不缺水。"

"多丽丝,你考虑得真是周全!"路渐离禁不住感叹道。

路渐离打扫起了战场,依照多丽丝的方法,将太空中所有散落的蛛丝如收毛线团一般汇聚到一起,通过太空服表面的一个阀口塞回太空服内,同时开启了3D打印机的回收模式,这些蛛丝将在他的太空服内重新复原成3D打印原材料。最后,他扔掉了那些水袋子。

在忙完了这一切后,路渐离突然意识到了一个重要的问题。

"多丽丝,你应该还在附近吧?"路渐离着急地说,"我这才想起,还没和你打个照面呢。"

"老路,在抛下推进器后,我早已离开了,以后会有机会见面的。"

"可是我的来日已不多了。"路渐离很是失望。他急忙打开视觉辅助系统,四下扫描,然而在可搜寻范围内他没有寻找到任何金属的影子。

"老路,先别在意这些,相信我,我们马上会见面的。"多丽丝轻声地说,"现在,让我们启程吧。"

路渐离张开嘴,还想说下去,但在这一刻,他感受到了背后传来的阵阵震颤。

与此同时,太空服上的喷气背包也开始持续喷发出气体,临时充当起姿态推进器,不断地调整身姿,这能让路渐离的身体在飞驰过程中不至于翻滚得太厉害。

路渐离看到自己的身体摇摇晃晃地调整着高度,就如同一位正在驯服胯下野马的西部牛仔。多丽丝告诉他,他会离开土星环的薄层,在高于土星环一公里的高度上向土卫二飞去,这样,他的高速飞行不会受到土星环碎石的阻碍。

突然间,推进器轰然工作起来,滚滚的高压白色热气流从推进器尾部的喷口喷射而出,产生了巨大无匹的推力。

这一瞬,路渐离感受到从后背传来的千斤重力压迫着自己的身体,这股力量剧烈地撕拉着他的脸部肌肉,让身体的血液向脚部猛烈下沉,心脏一阵乱跳,这是推进器产生几个g重力加速度导致的超重感。

尽管路渐离在地球上接受过飞行员的训练,但他还是难以抑制地一阵呕吐,几个小时前吃下的流质午餐一股脑儿地倾泻在了头盔中,恶心地飘浮着。

他艰难地熬过了最初启动加速的六十秒。

当身体稍微好受一点后,路渐离的第一反应竟是张开嘴伸出舌头,想要把头盔中的呕吐物咽回胃里。

他的口粮只剩下了最后二十多天,这些食物对他实在太过重要了。

"老路,你不用这样!"他的耳畔响起了多丽丝激动的声音。

路渐离不由得缩回了舌头,紧接着,他看到飘浮在头盔中的呕吐物一点点分解、消失了,如阳光下蒸发的露水,这是多丽丝正在操控着纳米机器人清理这些呕吐物,它们会将分解后的呕吐物回收到食物存储系统,经过重新加工,变成他下一顿的佳肴。

他苦笑了一下,"谢谢你,多丽丝。"

慢慢地,路渐离的心情稳定了下来,他平静地感受着强劲的力量推动着自己的身体,在一片虚无而广袤的黑暗中向前飞驰。

这一刻,他感觉自己就像是一位在大海中死死抱着浮木的落水者,怀揣着忐忑的希望,随着潮汐漂向远处的岸边。在他的前方,G环的光亮似乎近在咫尺。

Day 65

但很快,急速飞驰的他感受到了异常状态。

当他的飞行速度提升至某个阈值之后,太空服氧气警报频繁地响起,路渐离惊恐万分地看到一股股杂乱的气体正在从太空服表面汹涌喷出,溢向了太空。他迅速地找了罪魁祸首,虽然他已经离开土星环薄薄的平层,然而看似空旷的空间中还是暗藏着零星的碎石块,高速迎面而来,锐利的尖角划破了他的太空服外壁。

由于太空服内外的气压不一致,太空服内的气体迅猛地窜向外面的真空,路渐离体内的血液在低气压的冲击下急速沸腾起来,整个身体像是气泡般向外膨胀。

这一刻,他痛苦万分,想要嘶喊,让多丽丝立即减速,却张不开口,舌头里的水分正在飞速蒸发,他的眼珠快要爆出眼眶。

他记得宇航员手册里那一段触目惊心的描述,这样的情况自己撑不过两分钟。

路渐离缺氧的大脑中涌出了一幕幕科幻电影中宇航员因太空服空气泄漏而惨死的画面。

在转瞬的几秒后,路渐离身体的疼痛神奇地消失了,太空服内又恢复了平静。

自己仍在加速飞驰。

"多丽丝,发生了什么?"路渐离惊魂未定地问。

"老路,小问题,我帮你修补上了太空服的缺口。"

"你怎么办到的?"

"操控3D打印机,指挥纳米机器人涌到了破口处,及时修补上太空服外壁,让太空服中的气压一直处于临界的正常值。"

多丽丝的话让路渐离绷紧的心放松了下来。自己与死亡隔着一层薄薄太空服的距离擦肩而过,感谢那些纳米小天使们,它们在看不见的地方无时无刻地保护着自己。就这样,他有惊无险地向着土星环外缘飞驰而去。

慢慢地,他的心情变得松弛下来。

"谁谓河广?一苇杭之。"①莫名地,路渐离脑海中浮现出这样一句记不得由来的古诗句。

路渐离只花了一天时间就穿过了杰纳斯-埃庇米修斯缝,进入了冰凌稠密的G环。

他继续高速穿梭在广阔的G环中,在G环深处他惊奇地见到了一块几乎透明的冰块,在周围晦暗的脏雪球中格外醒目地闪耀着,洁净光亮的表面就如初冬刚刚冻住的湖面,与自己太空服散发出的探照光束交相辉映。

"G环中怎么会有如此干净的冰块?"路渐离好奇地发问道。

"这些物质来自土卫二的冰水喷射物,它们刚散落进G环没多久,还未被宇宙中的尘埃弄脏。"多丽丝回答道。

"它们来自土卫二?我的目的地?"

"是的,当你见到越来越多的新生冰块,就意味着你距离土卫二越来越近了。"

果然,路渐离随后用两天时间穿越了G环以及环间空隙,进入了E环。他欣喜地见到了更加密集的干净冰雪,这种奇妙的感觉就如同穿行在地球上大雪初晴后如梦似幻的冰雪世界。

① 出自《诗经》中的《卫风·河广》。

"多丽丝,我在开始减速了?"路渐离惊喜地问道。

"是的,老路,马上就将抵达土卫二。"多丽丝的声音中同样泛着欣喜。

路渐离的身体在推进器的反向作用下缓缓地减速下来。

"老路,看你的十一点方向。"通信器突然又传来了多丽丝的声音。

路渐离抬眼望去,透过纷杂的晶莹冰屑,他见到了一颗洁白的明亮圆球,看上去比地球上看到的满月还要大上几分,它的样子与月球非常相似,光秃秃的表面散布着细微的褶皱与陨石坑;但与月球不一样的是,这个圆球的一端底部有着一个呈发射状的白色小尾巴,远远望去,就如同一艘外星人驾驭的圆形飞行器,正处于发射状态。

"你看到的就是土卫二,一颗终年冰雪覆盖的星球。"多丽丝介绍道,"那一根雾状的尾巴就是从土卫二南极连接海洋的冰火山喷射出的羽状冰雪物质,其中蕴含着一些成分简单的有机物质。"

"成分简单的有机物质——"路渐离心里一阵震颤,他呆呆地注视着白色星球生出的那一根长长的白色尾巴,如同一道隐约而飘忽的曙光。如果那里的有机物质真已孕育出生命的奇迹,自己或许还有一丝活下去的希望。

第十章

Day 66

"老路,做好准备没？我们马上就要直接跳到土卫二上去了。"多丽丝的声音打断了路渐离的恍思。

"直接跳到土卫二上去?"路渐离诧异道。

"是的。"多丽丝说,"这一次只用直接开启你的太空服的登陆彗星模式,尽管你携带的化学燃料引擎储能极其微弱,但还是足以完成这样一次近距离的单程着路。"

路渐离在多丽丝的操控下抵达了土卫二的垂直外缘,待调整好身姿后,登陆行动启动了。

霎时,路渐离感觉到了太空服的震动,身后微型引擎轰然运转,倾尽所有储能,电光火石之间,高温气体从背后的喷射口喷流而出,迸发出强劲无匹的反冲力,推动着他的身体向土卫二加速冲去。

他下坠的时速骤然提升到了一万六千公里。

土卫二冰雪皑皑的大地在他脚下令人炫目地铺展开来,他还没来得及多看,身躯就如子弹般进入了土卫二大气层。

太空服与大气层剧烈地摩擦起来,一顶巨大的热气罩随即

134

打开,笼罩在太空服外层,迅急地吸收了热量。

与此同时,太空服向土卫二表面发射出一束束激光,根据反射光束的时间差准确推测出与地面的距离。

当路渐离抵达了距离地表十公里处时,太空服打开巨大的降落伞,下坠的速度急剧降低。

当他抵达了距离地表两公里处时,降落伞与太空服脱离,六只如章鱼爪子模样的支脚从太空服表面伸出。

最终,路渐离以每小时五公里的低速缓缓降落在土卫二赤道附近的一片平坦的冰原之上,六只弯曲的支脚稳稳地附着在永久冻土中,恰到好处地化解了着陆产生的强劲冲击力,使得蜷缩在太空服中的路渐离感受到的只是并不剧烈的一震。

整个降落过程只用去了三分钟。

十分钟后,待着陆激起的铺天盖地的雪雾尘埃落定,太空服缓缓地收起了支脚,路渐离试着站起身。他成功地踩在冰面上,打开了太空服的探照灯,兴奋地打量着周遭的世界,这是一个以黑白为主色调、光线晦暗的冰雪世界,冰原上遍布着一个个起伏并不算广阔的沟壑,而更远的景色笼罩在一片沉沉的白色雾霭中,会有别样的生命形态掩藏在这一片迷雾之中吗?

太空服屏幕上显示外面的环境温度仅有零下一百九十摄氏度,异常稀薄的大气的主要成分是水蒸气、甲烷、二氧化碳与氮气。

由于大气的存在,路渐离的耳畔也不再是一个静默的世界。他竖起耳朵倾听,有一种低沉而缥缈的声响如同背景音乐般若远若近,像是在向他传递着意义不明的絮语。

路渐离抬起头,见到高悬在天空中的土星的巨大身影足足占据了半个天空,还能看到一条明亮的细线直直地横贯了土星,如一串玻璃碎片般不停地闪烁,那是土星环。

他还发现了隐匿在土星一侧的太阳,只是一个极其暗淡的橙黄小光点,伸出一根手指也能将其完全遮挡住。

他的耳畔很快传来了多丽丝欢快的声音:"老路,欢迎来到土卫二的冰雪乐园。"

"啊哈,你的口气好像你已经身处土卫二一样。"路渐离笑着说。

"老路,我真的已经在这里了。"

"多丽丝,你是说——"

"抬头看你的十点钟方向。"多丽丝说。

路渐离慌忙抬头望去,在自己的十点钟方向,土星庞大身躯之外的阴沉沉的天空中真有一颗特别的亮点,闪烁着与众不同的金属光泽。

"多丽丝,我看到的光点是你吗?"路渐离的心怦然一动。

"是的,老路,我们终于见面了。"

"你怎么会出现在这里?"路渐离惊喜万分。

"帮助你完成土卫二之旅啊,随时为你提供导航以及遥感服务。事实上,我在抛下推进器后就径直飞向了土卫二,停留在同步轨道等待你的到来。"多丽丝顿了一下,"当然,地球总部也希望通过你的这一次实地探索帮助人类更深入地了解土卫二。"

路渐离明白过来这是怎么一回事,他欣喜地向着金属光点挥了挥手,"多丽丝,能亲眼见到你真好。能在你的注视下前行,会让我的脚步变得……更加从容、沉着。"

说着,路渐离打开了视觉辅助系统,很快,天空中的光点被放大成了一个外形独特的金属"大家伙"。"大家伙"身躯如同一个巨大的沙漏,高度足有两层楼高,携带着各式各样叫不出名的科学仪器,头部的那一面巨大的高增益天线显得特别醒目。

"老路,你这样一直盯着我看,多少让我感到有些难为情。你一定被我的样子吓到了吧?"

"怎么会?"路渐离笑着说,"只是我脑海里你的形象变了。"

"变成了什么样子?"

"从过去的清纯风变成了一位重金属朋克风的女孩,化着浓浓的烟熏妆,穿着一身闪亮摇滚风格的皮衣、皮裤,骑着一辆重型机车。"

"好吧,以后有机会我就以这样的装扮出现在虚拟游戏里。"

"多丽丝,我应该如何完成接下来的任务? 我要去哪里?"

"你需要向南行走二百公里,抵达南极圈边缘的蒂亚陨石坑,那是当年埋葬'欧茨号'的地方。"

"好吧,我们现在出发吧。"路渐离急切地说。

"老路,出发前你还有一件事需要做。"

"什么事?"

"你需要卸掉你背上的'漂流瓶'。"

"噢,好像是的。"路渐离笑着说。

在多丽丝的操控下,路渐离的太空服伸出一对机械手臂取下了推进器,交到了路渐离手中。

路渐离隔着头盔轻轻地吻了吻推进器,然后蹲下身子,郑重地将推进器放在雪地上。几分钟后,弥漫的雪尘就将推进器整个掩埋了起来。

他站起身来,这一刻,他看到天空中的金属光点向着一个方向震颤了几下,他明白过来,这是多丽丝在为他指引方向。

路渐离不由得露出了微笑,他向着她所指的方向迈出了脚步。

由于土卫二上的引力仅有地球的百分之一,即使身着笨重的太空服,在这里跋涉也是一件极其轻松的事。只需要脚底稍稍一蹬地,整个身体就如弹簧般高高地腾空而起,在飞速上升的过程中,他甚至担心自己的身体会因为向上的速度太快而脱离土卫二的引力束缚,毕竟土卫二的逃逸速度只是可怜的每秒二百三十九米,这还不及地球上声音的传播速度①。

但很快,他悬着的心又放了下来,自己飘然向上的身体最终还是与微弱的土卫二引力达到了平衡,令他长时间地停滞在数百米的高空中,缓缓地滑行,在这段时间里,他能将脚下方圆几公里的景象尽收眼底。在经过长久的高空飞翔后,路渐离的身体才异常缓慢地沿着抛物线落向地面。没用多久时间,他掌握了行走的诀窍,就如蜻蜓点水般,一蹦一跳地行进在坑坑洼洼的冰原上。

"现在是土卫二的夜晚吗?"路渐离一边行进一边眺望着昏暗不清的天空。

"你能在天空中见到太阳,这就意味着现在不是夜晚。此刻刚好是正午时分,只是土卫二稀薄的大气层散射不了多少光线,因此你见到天空的颜色会是始终如一的阴沉。"多丽丝耐心地解释道。

"我看到一颗天蓝色的小圆球正在横穿土星!"路渐离突然惊呼道。

"那是土卫一,它比土卫二位于更加靠近土星的内环,于是你能不时看到土卫一突然冒出来穿过土星。"

路渐离点了点头,继续前行,头顶天空如同一出缓慢播放的无声幻灯片,不断上演着一幕幕极其混乱的天象。位于土星环

①声音在地球大气中传播速度为每秒三百四十米。

内层的卫星偶尔会穿过土星身躯,甚至有那么短暂的一瞬间,穿梭的卫星恰好行进到土卫二与土星之间,三点一线,遮挡住土星反射的太阳光亮,于是,路渐离身处的世界坠入一片完全的黑暗中,他的心也随之一沉,但在转瞬间,周遭又恢复了之前的亮度。

不知不觉间,路渐离步伐轻盈地走出了平坦的冰原,进入了一片地形起伏的山区,这里纵横交错着大大小小的裂缝与山脊。

"老路,你已经走出了锡兰平原,进入了撒马尔罕槽沟区。"多丽丝提醒道。

"锡兰、撒马尔罕……"路渐离疑惑道,"这很像是——"

"《一千零一夜》中的地名。"多丽丝接话道,"国际天文学联合会以《一千零一夜》中的人名和地名命名了土卫二的地表构造。"

在这之后,路渐离每步入一处新的地形,多丽丝就及时向他播报当前的地名。

这真是一种难以言诉的神奇感觉,路渐离感到自己真像是只身穿梭在一个接一个孕于远古的缥缈梦境中。在这一片人类从未踏足过的白茫茫的纯净世界中,自己的每一个脚印、太空服散出的每一丝热量、自己的每一束目光,甚至是自己投射在冰面上浅淡的影子,都在塑造着这个并不真实的幻梦,并成为梦境的一部分。

路渐离悠然向着幻梦深处穿行,突如其来地,他感觉到从地表深处传来的一阵剧烈震颤,让他的心猛地绷紧了。

"发生地震了?"路渐离惊呼道。

"老路,不要紧张,此刻在你看不到的土卫二另一侧天空中,土卫四正从土卫二身旁路过,这是两个星体引力所形成的强烈的轨道共振。"

"轨道共振?"

"是的,土卫四是一颗相比土卫二更远离土星的卫星,土卫二与土卫四的轨道恰好形成了二比一共振,即土卫二每完成两次公转,土卫四刚好完成一次公转。这样的轨道共振给予了土卫二'潮汐加热'的效应,为其地质活动提供了不小的热源。老路,以后土卫二每两天的这个时候你都会感受到这样一次地表颤动,土卫四会定时狠狠地踢土卫二一脚。"

"这倒很像是每两天一次的闹钟。"路渐离回应道。多丽丝的解释让他重新意识到,自己仍身处在地质活动极其狂暴的土星环中。

果然,地表的震颤很快消失,路渐离继续向着南极前行。

整整一个下午,路渐离足足走了七个小时,穿过了一个个沟壑、悬崖、山岭、峡谷,在一个叫阿伯丁的陨石坑中,他迎来了土卫二的日落。

他静静地伫立在陨石坑底部广阔的阴影中,望着天空角落中那颗并不起眼的黄色小圆盘缓缓地西沉,最终消失在地平线下。他周遭的世界变得更加晦暗不明,但也不是绝对的黑暗,因为天空中还高悬着土星以及若隐若现的土星环,仍在反射着淡淡的太阳光亮。

这是由于土卫二被土星潮汐锁定,土卫二的一面总是面对着土星,而路渐离刚好身处在这一面,因此无论昼夜他都能在天空中见到土星永恒的巨大身影。

"老路,你用了半天时间就走完了一百五十公里的路程,看起来明天你就可以顺利抵达南极。"

"我还想趁着夜色继续前行。"急于想要去到南极寻找土卫二生命的他迫切地说。

"老路,你的身体已经很疲倦,也该休息一下了。"多丽丝说,"再说,土卫二的昼夜温差极大,可能会有突发的冰雪风暴。"

路渐离愣了一下,抬头望了眼天空中最亮的那颗星星,轻轻地点了点头。

他在附近寻找了一处避风的褶皱凹陷处,将身躯平躺下来,开启了太空服的睡眠模式,从太空服背部伸出的六只爪子牢固地抓附于冻土中,以免被突发的风暴吹走。

"多丽丝,两个月以来我终于可以躺下来睡觉了!"路渐离感叹道。

"晚安,老路。今晚你一定会有一个好梦。"

"晚安。"路渐离咧嘴一笑,他在夜空中多丽丝温暖目光的注视下闭上了眼睛,很快他就沉沉睡去,这是他进入土星环后睡得最安稳的一个晚上。

在梦里,他梦见了二十岁的自己牵着米依涟的手,探访冬季的苏格兰高地本埃山山区,那里有着同样宛如仙境的雪景……

此时,他的食物只够支撑二十天。

第十一章

Day 67

土卫二的一天长达三十二点九个地球时。路渐离一觉醒来,正是清晨时分。但他的视线却仍是一片混沌不清的晦暗,耳畔充斥着此起彼伏的尖锐声响。他颤颤巍巍地站起身,差点被呼啸而至的狂风刮走。

只见此刻辽阔的冰原上翻腾起了滚滚雪浪,如同一群突然闯入的白色狼群,狂野地咆哮着,在他周围横冲直撞地四下奔突。

"早安,老路!"多丽丝洪亮的问候声在通信器中响起。

"早安,多丽丝!"他也对着天空大声地喊道,"好大的风暴!"

"是啊,土卫二上天气非常易变,你需要适应这样突来的冰雪风暴。"

路渐离点了点头,他不得不开启太空服助力系统,依靠喷气的后推力抵挡着强劲的风力,向着南方迈出了沉重的步子。

在天昏地暗的风暴中,他沿着一条歪歪扭扭的路线缓慢地向前推进,迎面飞来的冰屑猛烈地拍打着他的面罩,盘旋的飓风改变着周围地表的模样。情不自禁地,有一种豪迈的激情荡漾在他的心中。

"多丽丝,能来点音乐吗?"路渐离大声地说。

"当然。"多丽丝回应道,"老路,你要点播哪首歌曲?"

"来首利物浦俱乐部的队歌吧。"路渐离未加思索地说道。

"没问题。"多丽丝说,"老路,忘了告诉你,昨晚利物浦又输球了,仅以净胜球的优势压过切尔西暂居英超联赛榜首。"

路渐离略微愣怔了一下,"没关系的,利物浦还没有彻底丢掉夺冠的希望,联赛还剩下三轮,或许利物浦能够及时振作起来……不过,我可能没有时间见证最后的结果了。"

这一刻,路渐离的耳畔响起了那首熟悉的 *You'll Never Walk Alone*。

"当你在风暴中前行,请高昂起你的头——

"不要害怕黑暗,在那风暴尽头是一片金色天空与那云雀悦耳的歌声——

"你永远不会独行,你永远不会独行——"

在婉转而激昂的歌声中,路渐离情不自禁地大声跟唱着,他昂首阔步,迎着风暴穿越了一个个风雪弥漫的崎岖沟壑。

中午时分,风暴终于停息了,世界又重归平静。但他的跋涉也没有变得轻松多少,因为接近南极的地形变得更加复杂曲折,一座座高低起伏的雪岭横亘在他前进的路线上。

这些高达数百米的陡峭悬崖让他难以只依靠一个简单的跳跃跨过,他不得不开启太空服的攀爬模式,手掌伸出了类似冰镐的爪子,深深地附着崖面,如登山般慢慢地翻越。

渐渐地,他感到身体有了反应,他的步伐不再轻盈,灌铅般沉重的双腿变得不像是自己的。

但他知道自己此刻已非常接近南极目的地了,从地表传来的那若有若无的震动,像是鼓点般催促着他,让他不肯放慢脚步。

路渐离进入一片凹凸不平的沟壑地带中,他的耳畔响起了多丽丝激动的声音:"老路,你已经抵达了蒂亚陨石坑。"

路渐离停下了脚步,尽管周遭依然是一片混沌不清的冰天雪地,但这里无疑有着与降落点不一样的景致。太空服外壁的传感器探测到这里的大气更为稠密,气候也更为"温暖",温度达到了零下九十摄氏度的"高温",足足比赤道地区高出近一百度。

"距离你脚下地表三百公里有一片广袤的高温海洋,作为持续的热源影响到了地表的形态。"多丽丝解答了他心中的疑惑。

"当年你们就是想要撞开这里的厚厚冰层,让'欧茨号'进入海洋中?"

"你说对了一半。如我之前所说,由于控制芯片出故障,'欧茨号'偏离了预定撞击点,错误地撞向了这个陨石坑。"

"原来如此。这么说来,此刻探测器就躺在我的脚下。"路渐离茫然环顾着四野,完全看不出五年前这里曾经发生过一次激烈的撞击,"多丽丝,你还记得五年前撞击点的样子吗?"

"时间已过去了五年,经年不息的风暴以及频繁的地壳活动已经完全改变了周围的地貌,从可见光视角我已经无法分辨具体位置。"

路渐离点了点头,五年时间对于这片冰原无异于沧海桑田。他感觉自己就像刚刚踏上金银岛的孩子,茫然无措,一时无法找到海盗宝藏的线索。

"不过我还有其他办法。"多丽丝说道。

"你还有什么办法?"

"我会使用红外线测绘分光计对冰原进行一番仔细的扫描。"

"红外线?"路渐离诧异道,"我记得这是一种探测物体热量的方式,'欧茨号'此刻不是正瘫痪在冰层中吗?"

"你说得没错,"多丽丝回答道,"但它也仅仅是处于休眠模式,我会试着叫醒它,一旦'欧茨号'接收到我的无线电信息,将会退出休眠模式,进入正常工作模式的探测器散发出的热量将会暴露它的位置。"

"多丽丝,你的办法好酷——"路渐离称赞道,"能让我看一看此刻你眼中的冰原吗?"

"当然。"

很快,路渐离接收到了多丽丝共享的图像数据,这是红外线视角下的陨石坑,他看到了在一片沉默的模糊点阵图像中突兀地藏掖着一大团滚烫得赤红的庞然大物,它正在蠢蠢欲动,这就是"欧茨号"吗?路渐离的心中一紧。

不,这个热源来源于自己太空服散发出的巨大热量,他又猛地意识到。

他不由得迈开脚步走了几步,巨大的热团随之缓缓地移动了起来。

"老路,你现在最好不要走动,你身体的热量会严重干扰到我的扫描。"多丽丝赶紧制止了他的行动。

路渐离只得停下脚步,呆呆地站在原地,着急地等待着多丽丝的扫描结果。

"'欧茨号'——"他对着茫茫冰原轻声地呼唤道。

冰原上的沉沉云雾没有给他任何回应。

在漫长的等待之后,他的耳畔传来了多丽丝激动的声音:"老路,你注意看你的五点钟方向。"

路渐离连忙睁大了眼睛,在红外线图景中寻找了起来,在距离自己近二十公里的地方,有一小点极其粗糙的红色光斑,尽管微弱得如同寒风中即将熄灭的暗淡烛光,却又不可忽视。

"那是'欧茨号'?"路渐离兴奋道。

"是的,我已经与它交换了电磁波数据,无线电测距仪也确定了它正待在冰层以下两公里的地方。"

"真是太好了。"

路渐离快步来到了光点处,俯下身来,转动起手中冰镐状的爪子。

很快,一个直径一米的窟窿出现了。路渐离将探照灯开启到了最大功率,埋头向着冰层深处挖掘起来。这一刻,他感觉自己就如地球上在矿井深处埋头苦干、不辞辛劳的矿工,丝毫没有在乎身体不断消耗的与食物挂钩的热量。在多丽丝的指引下,冰窟以螺旋状的形态缓慢而弯曲地向着冰层下方蔓延。他渐渐发现,窟窿的半径在逐渐变大,这是自己身体散发的热量飞快地消融着四周紧密的冰层,让固态的冰化成了液态的水,积在了洞底。

"多丽丝,我发现太空服的散热似乎比我的物理挖掘更管用。"

"是的,你携带的RTC核电池本质上是一种非常低效的能源方式,只能将百分之二十的核能转换成电能,其余近百分之八十的能量以热量的方式散发了出去。"

"那我将太空服散发的所有热量汇聚起来,集中向着洞底方向散出,这样不是更加事半功倍?"路渐离灵光一闪。

"没错,老路,你可真聪明。"多丽丝回应道,"不过你现在需要一些工具帮助你将积水引出窟窿。"

多丽丝说完,操控起路渐离太空服中的3D打印机,快速地打印出了一台小型抽水泵与一根长长的水管。

抽水泵轰然运转起来,飞快地将积水送出了洞穴。

就这样,路渐离借助着冰镐与RTC电池热量的合力,飞快地向着"欧茨号"靠近。

"老路,'欧茨号'离你只有一米的距离了!"多丽丝的声音激动不已。

路渐离的心不由得绷紧了,他的挖掘变得更加小心翼翼。

终于,一个金属质感的物体从冰雪中露出了一角。

"多丽丝,我找到了'欧茨号'!"路渐离惊呼道。

很快,滚滚的热气让"欧茨号"上附着的积冰飞快地融化,展露出原来的模样,这是一个陀螺外形的金属大家伙,底部呈现出光滑而坚硬的圆锥形,上部的平台携带着各种仪器:目标照相机、高分辨成像仪、高增益天线……

整个探测器的高度只比他矮上一头,浑圆的身躯足有他张开的双臂那么宽。

紧接着,多丽丝向"欧茨号"发出一串自检的命令,"欧茨号"颤颤巍巍地动了起来。

探测器体内沉睡了多年的各类组件完成了一轮自检,一切功能正常。最后,"欧茨号"陀螺形底部伸出了两条坚实的履带,履带震动了起来,在原地打着转。

如果给它更大的空间,它一定还会移动得更加自如。

"多丽丝,我们的下一站是去哪里? 我们是继续向下挖,直到抵达海洋吗?"路渐离问道,此刻,他们身处狭窄而曲折的洞窟底部,已经完全望不见地表。

"不需要了,老路。"多丽丝说,"尽管我们的脚下的确是一片翻腾的海水,但通向海洋的冰层实在太过厚实。我们需要去到五十公里外的南极,那里的冰层极为薄弱,我们能轻易地送'欧茨号'去到海洋。"

路渐离点了点头,"那好,我们先回到土卫二表面吧。"

"好的。"多丽丝操控着"欧茨号"转动起了履带,沿着倾斜的坡面,向着洞口缓缓地移动。

路渐离与"欧茨号"回到了陨石坑表面。

驶出洞穴的"欧茨号"开足马力,驰骋在遍布沟壑、高低不平的冰原上,不时腾空而起。

这一刻的"欧茨号"就如同一个在家被禁锢了太久的重返大自然的孩子,在雪地中欢快地撒着野。

在溜达了一大圈后,"欧茨号"回到了路渐离面前,静止下来。

"多丽丝,你指挥着'欧茨号',我们出发吧。"路渐离催促道。

"老路,先别着急,出发前有个任务还需要你完成。"

"还有什么任务?"路渐离一愣。

"老路,我刚刚测试了'欧茨号'运动状态的功率输出,结果不太乐观。'欧茨号'的锂电池电量极为有限,为了不在地面上消耗过多功率,现在需要你扛着探测器到目的地,别担心,距离不会太远。"

"我怎么可能搬得动这个大家伙?"路渐离惊讶道。

"老路,别忘了土卫二的引力只有地球的百分之一,'欧茨号'的质量是两百千克,你举起它相当于在你在地球上举起两千克的物体,这对你不是多难的事。"

"噢,好像是这么回事。"路渐离笑着耸了耸肩。

于是,路渐离靠近"欧茨号",背对着探测器蹲下身来,他的太空服后背伸出机械臂,将"欧茨号"紧紧地抓住,背在后背上。

路渐离站起身来,尝试着在冰层上蹦跳了几下,果然他没有感受到太多的负重感。

就这样,路渐离背负着"欧茨号"踽踽独行在冰原之上。愈发靠近南极,地质状态愈发动荡多变,他感觉像是行走在一面初春正在渐渐消融的冰面之上,脚下的碎冰吱吱嘎嘎作响,自己时刻都面临着破冰坠落的危险。一路上,高踞土卫二同步轨道的多丽丝开启了自己的雷达,利用回声获取路线前方的冰层厚度,路渐离依照指示放慢了步伐,如履薄冰地小心挪动。

突然间,路渐离踩上的一块冰层崩裂开来。他来不及反应,整个身体滑落进了冰缝中。不!他绝望地看着自己的身体还在继续向下跌落。

"多丽丝——"路渐离惊恐地呼喊道。

"老路——"多丽丝大声地呼唤道。

幸运的是,崩开的冰层刚刚淹没他的身体,他便停止了坠落。

坍塌的冰层还未抵达薄冰下的海洋。

"好险。"他惊魂未定地爬回了冰面。他暂时还不想淹死在土卫二的海水中。

"老路,你必须更加小心,你已经抵达了土卫二最为脆弱的冰层区域。"多丽丝提醒道。

"这里的冰层究竟有多厚?"

"只有五百米厚,这块区域属于刚刚冻上的冰火山喷发口。"多丽丝说,"老路,我们就在这里想办法将'欧茨号'放进大海吧。"

路渐离点了点头,将"欧茨号"从肩上放回冰面,然后陷入了思考。

他需要想出一个周全的办法,开启一个通向地下海水的洞穴而又不让自己坠落进海洋。

很快,他想到了办法,他的太空服携带的那些纳米缆绳再次派上用场。

他在冰面上找到四处相距超过一百米的点,将四个金属桩深深地钉入冰层深处,用3D打印机制造出的四根充满弹力的粗缆绳将太空服与金属桩连接在了一起。

在准备工作就绪后,他来到金属桩的几何中心,动手挖掘了起来。

一条通向海洋的笔直路径飞快地向下延伸。

突然间,路渐离脚下的冰层分崩离析。

这一瞬,尽管有着足够的心理准备,但他的心脏还是如蹦极般猛地一荡,他绝望地看着自己坠落向了一片幽暗无边的世界,劈天盖地的海水压迫而来,瞬间淹没了他的全部视角。路渐离下意识地张大了嘴。

高密封的太空服阻挡住了海水的涌入。

紧接着,在四根缆绳的拉拽下,他的身体停止了向下坠落,稳稳地漂浮在水中。

他长舒了一口气,但他不敢在海水中停留太久,赶紧借助缆绳离开了海水,爬出了洞窟。

在逃离过程中,他眼角的余光与这片海水有了匆匆一瞥的短暂交汇,这里属于液态水与固态冰交接地带,冰冷的海水中漂浮了一块一块巨大的洁白浮冰,如同一群正在缓缓游动的大型海洋生命。看上去这片海洋有着异常深广的疆域,但这些浮冰的存在让他无法窥见土卫二海洋更深处的秘密。

"多丽丝,土卫二内部真是一片广袤的海洋!"回到冰面的路渐离对多丽丝兴奋地感叹道。

"是的,这片大海正在等待着我们的探索。"多丽丝的声音同样兴奋不已,"老路,我们现在把'欧茨号'送进海洋吧。"

路渐离点了点头,他轻轻抱起了"欧茨号",用自己的头部轻轻地触了触它的头,"好运,小家伙——"

然后,他小心翼翼地将"欧茨号"送入了洞穴。

"欧茨号"沿着冰窟垂直地坠向大海深处。

路渐离呆立在原地,他无法望见洞穴深处的图景,但多丽丝将"欧茨号"捕捉到的画面同步传输到了他眼中的视频芯片中,这样,他的眼睛也跟随着"欧茨号"一同潜入了海底深处。

"这片海洋看上去比我们想象的更加广阔。"多丽丝的声音激动不已。她开启了"欧茨号"的强光探照系统,如同圆瞪着三只闪亮的巨大眼睛,迸射出的三束笔直的光束犹如灯塔之光,"欧茨号"在黝黑的海水中缓缓移动起来。

与此同时,"欧茨号"携带的各种探测器悄然运转起来,争分夺秒地捕捉着海洋的各种参数。

路渐离的心不由得绷紧了,他屏住呼吸,睁大眼睛好奇地打量着这个新奇的世界。此刻在包括可见光在内的广阔频段中,扫描所及的海域中都是一片空荡,寻觅不到任何生命的踪迹。

这是一个失落已久的新世界。

不过"欧茨号"才刚刚进入海水表层,海洋的更深处会存在着他所期待的"唱着歌的海豚"创造的文明吗?

那是自己能够在土卫二幸存下去的唯一可能性。

很快,"欧茨号"曲折地穿过了浮冰森林,进入了一片纯粹由液态海水构成的广阔世界中。

　　"这里海水的温度高达五十摄氏度。"路渐离注意到"欧茨号"传来的温度数据。

　　"是的,这是一个充满活力的温暖海洋。"多丽丝兴奋地回应道,"而且看起来越向下海水的温度越高。"

　　"你知道这片海域有多大吗?"

　　"大约八万平方公里,这差不多是地球上最大的淡水湖苏必利尔湖那么大。"多丽丝回答道。

　　路渐离点了点头,又问道:"这片海究竟有多深?"

　　"非常深,相对土卫二星球半径来说。"

　　"你已经有了数据?"

　　"我刚用'欧茨号'的雷达向海底发去了一束电磁波,通过电磁波折回结果推算出海洋的深度为二十公里。"

　　"二十公里下的海底是什么样子? 会存在着生命吗?"路渐离颤声道。

　　"我也不知道。"多丽丝说,"'欧茨号'还会继续下沉,近距离探访一番未知的海底世界。"

　　路渐离默默地点了点头。很快,"欧茨号"进入了潜动模式,开启了体内的低压充气阀,把高度压缩的气体注入气囊中。探测器就如同一只体型庞大却身姿轻盈的深海鱼,摇摇晃晃地向着海底游去。一路上,"欧茨号"对海水进行了采样分析。路渐离及时地看到分析结果,结果正如多丽丝此前说的那样,土卫二的海水中存在着极其丰富的化合物,能在其中寻找到铁元素、氢元素、一氧化碳、二氧化碳、碳酸钠、氯化钠,甚至是甲烷和丙烷这样的有机化合物。然而,在巨大的惊喜过后接踵而至的是深深的失望,这些化合物最多也仅仅是最为简单的有机物,距离最微小的单细胞生命仍相距甚远,也无法成为可供他直接食用的物质。

随着探测器不断向海底深入，水温不断升高，平静的海水渐渐变得动荡起来，无数湍急的旋流汇聚成一场无比激荡的海啸，惊涛骇浪让探测器的视线剧烈地摇晃起来。

探测器原本健硕的体格在汹涌澎湃的波涛中显得如此渺小，它无法左右自己的命运。

当"欧茨号"顽强地抵达距离海底不到一公里的地方时，路渐离惊奇地看到了土卫二裸露出火热的内核，源源不断地流淌出猩红色的岩浆，将沸腾的海水变了颜色，这里的温度已高达一千一百摄氏度。

真是没有想到，这颗外表冰冷的白色星球却拥有一颗无比炙热的红色内心。

这是一曲震撼人心的冰与火之歌，已经在土星环深处长久不息地回荡了数千万年。

"唱歌的海豚在哪里——"路渐离喃喃自语道，他呆呆地注视着这一切。探测器快要抵达旅程的尽头，整个探索过程虽然足够精彩纷呈，但最后的结果却让他大失所望，这里并没有他想象中壮观的海底城市，也没有光怪陆离的外星生命……

他不得不面对一个冰冷的现实，整个土卫二上只有他一个真正的有机智慧生命。

终于，"欧茨号"在狂乱奔突的岩浆冲击下功能失灵，图像骤然消失了。

"老路，我们与'欧茨号'失去了联系。"多丽丝轻声地说。

"这就结束了？"路渐离感到很是意外。

"是的，即使没有海底岩浆的作用，'欧茨号'锂电池的功率也只能维持这段时间。"多丽丝充满遗憾地说。

　　路渐离没有回话,他陷入了沉思。这是一个充满生命潜力的星球,像极了四十多亿年前尚未诞生原始生命的混沌地球。足够的热量、足够复杂的环境、足够的液态水与有机物,以及恰到好处的大气层与不多不少的宇宙射线辐射量,这些都是孕育生命的要素与伏笔。假以上百万年的时间,这里极大概率会孕育出最初等的碳基生命,开启缓慢而艰辛的进化之路,但这一切并不是现在。

　　上帝无疑又和自己开了一个不小的玩笑,自己碰巧过早抵达了土卫二几百万年,路渐离在心底苦涩一笑。

　　路渐离心灰意冷地凝望着脚下裂开的冰窟,冰窟底部在冷冽空气的作用下又飞快冰封了起来。

　　土卫二的海洋短暂地对他开启了一扇窗,但在转眼间又彻底关闭了。

　　这一刻,他默然接受了命运冷酷的裁决,唯一能够让自己活下去的可能性如泡沫般破灭了。尽管土卫二拥有着看上去生机勃勃的大气与海洋,却依然是一片生命尚未萌芽的荒漠。

　　看似微不足道的渺小生命,却是宇宙间最为脆弱、最为莫测、最为难得的非凡奇迹。

第十二章

沉默了好一会儿，路渐离耳畔再次传来了多丽丝的声音："好了，老路，到此为止你的NASA任务完成了，感谢你所做的一切。现在你可以在土卫二自由旅行了。"

路渐离默默地点了点头，他不禁抬头凝望着在天际中闪烁的多丽丝，"多丽丝，你现在就要离开吗？"

这一次，多丽丝的回答晚了好几秒，"老路，你放心，我暂时不会离开，我之前向NASA多争取了四周的时间在土卫二陪着你，他们欣然同意了。"

"太好了，谢谢你，多丽丝。"路渐离喃喃道，他能理解多丽丝话中的潜台词，自己将在她的目光陪伴下告别世界。

"想好接下来的目的地没有？"多丽丝关切地问道，"我猜，南极点一定是你第一个想去的目的地。"

"多丽丝，你真是懂我，这里距离南极极点还有多远？"

"还有三十公里。"

"这似乎并不算太远。"路渐离说，"现在我们就出发吧，在日落前应该可以抵达。"

说完，路渐离迈开了步子，沉默地向着南方继续前行。

突然，通信器传来了多丽丝的声音："老路，NASA的本福德先生想对你说几句话。"

路渐离愣怔着点了点头，他听多丽丝说起过本福德，可是这个时候他找自己有什么事？

视频连线很快接通，一位面容和善的老者出现在了视频中。

画面中老者的脸庞与头发都是湿湿的，像是刚被人淋了大半瓶香槟。

他的身后像是正举行着一个大型庆功宴，混乱而嘈杂的现场中的男男女女都在尽情狂欢，他们相互拥抱，高声歌唱。

"我是本福德。感谢你，路先生！"本福德声音嘶哑地说，"因为你的努力，为我们揭示了一个远远超乎我们想象与期待的世界，冰冷的土卫二冰层以下竟然存在着如此适合生命居住的环境，这无疑是人类太空探索的一座里程碑——"

本福德的话还没说完，一位满脸热泪的胖女孩突然挤进了镜头，用已变调的声音歇斯底里地向着路渐离喊道："路，你的行动太酷了！你一个人完成了有史以来太阳系内最震撼、最伟大的发现！要不了多久，人类一定会启动登陆土卫二的行动——"

路渐离愣住了，面对镜头那端遥远的疯狂，他感到如此无所适从。

胖女孩说得没错，也许再等上一二十年，此刻冷清的土卫二会热闹起来，人类的探测站或是移民点会巍然屹立在这片冰雪之地，但可惜并不是现在。

"恭喜你们。"他最后喃喃地说，尽管他无法感受这群人的狂欢，不过他还是衷心地祝贺了他们——这是作为一个失意者应有的风度。

随后，他关掉了视频连线，回到了冷寂的土卫二表面，继续闷着头向南极进发。

黄昏时分,刚翻过一道陡峭的冰岭,路渐离的视野豁然开朗起来,他看到平荡冰原的地平线尽头展露出了一团团起伏的白色云状物。

那是冰火山! 他激动地意识到。

一座座冰火山巍然屹立在远方,从火山口释放出的冰雪喷泉就如同一道道凝固在天空中的巨型白色龙卷风,从地表蜿蜒而起,扶摇直上,一直蔓延到晦暗的天际尽头,像是与天空中土星庞大的身躯浑然相连。

路渐离被这蔚为壮观的奇景震住了,他感到远方苍茫的群山正在深情地召唤着自己,这一刻,他忘记了浑身的酸痛,加快了步伐,大步流星地奔跑在沟壑纵横的冰原上。

冰火山离他越来越近了。

"老路,赶快停下来,你前方的冰层以下出现了剧烈的地质活动!"多丽丝大声地呼唤道。

路渐离慌忙停下脚步。无法再接近那触手可及的冰火山,这让他感到了莫大的遗憾。

"老路,你就在原地等待吧,有惊喜等着你。"多丽丝故作神秘地说。

路渐离呆呆地伫立在原地,没有等待多久,就看到了天空中的变化,他的视线奇怪地明亮了几分。最初是一条蓝幽幽的光束浮现在白色羽状物笼罩的天穹中,这就像是另一个高维度世界投影在土卫二天空的一道一维线条,抽象而诡秘。

这也是他第一次在土卫二见到除了土星的浑黄、大地的白色、天空的黑色之外的其他颜色。

"多丽丝,天空出现的异象是什么?"路渐离惊奇地问。

"是极光。"

"极光——"路渐离一愣,"土卫二上竟还有极光?"

"老路,你可别小瞧了土卫二,虽然它的个头小,但它是却是太阳系中少有的拥有磁场的星体。与地球上太阳风引发极光的磁场机理不一样的是,土卫二的极光来自冰火山喷发所形成的带电等离子云,巨量的电子和离子与土卫二磁场以及土星磁场相互作用而成。"

天穹中极光飞速地起着变化,就如同有一双无形巨手正在将那条神秘的一维线条徐徐展开,幻生出一条条曼妙多姿、色彩缤纷的光带,缓缓地摇曳着,如一个个欢快的小精灵跳着自由的舞蹈。

幽蓝色、绛紫色、珊瑚色、松石绿,这些明亮的颜色缤纷而空灵地糅混在一起,形成了一幅顶尖超现实主义画家也难以用画笔描绘出的旖旎图景。

路渐离呆呆地沉醉于这海市蜃楼般的梦幻奇景中,突然间,从脚下传来一阵剧烈的震颤。他慌忙环顾四野,自己脚下的冰层并未开裂,而就在距离自己几百米的地方,一座此前安静的冰火山像是苏醒了过来,骤然间,排山倒海的水蒸气从火山口势不可挡地喷薄而出。

这些浩渺的水蒸气在低温的空气中迅速地凝结成冰晶,锐变成固态的羽状物质,就像是一只只充满灵性的飞鸟,扑棱着洁白的翎毛,带着百折不回、奔向自由的勇气,急于挣脱土卫二引力的束缚,拼尽全力地飞向天空,继而飞向天空之外更加广阔的外太空。它们中的一部分甚至会穿越幽暗的土星环,最终飞抵土星的怀抱。

然而,也不是所有的飞鸟都能幸运地达到土卫二的逃逸速度,最终冲破天穹,还是有一部分羽状物在引力的作用下,折返了飞行的方向,向着地表坠落。

路渐离情不自禁地张开了双臂,晶莹无瑕的白色飞鸟纷纷扬扬地击中了他的身体,翩然降落在大地上。

他久久地伫立在冰原之上,静静地感受着白色飞鸟羽毛般柔和的轻抚,过去冷峻无言的土星环第一次向他裸露出温情脉脉的一面。他见到了一个活力盈盈的、恣意怒放的巨型生命体,千万年来执着于将内核积蓄的翻腾不息的活力提升出来,源源不断地注入冰冷而空旷的土星环中。

由此,他感到了一种从未有过的、直抵骨髓深处的震撼,此前郁积在心中的、未能找到土卫二生命的遗憾早已荡然无存。他体会到的是,造物主创造出的不可思议的奇迹,美妙、壮丽、超脱,以及生而为人的刺痛与释怀、悲悯与救赎。

需要感激父亲,是他选择将自己带到这个世界,让自己有机会亲历这样一个充满缺憾却又足够精彩的世界。

此生真是不虚此行。

那些悲喜交织的记忆在他脑海中纷至沓来,他的眼前浮现出经过自己生命的那些人,父亲、依涟、希塔拉曼、哥哥、姐姐,甚至是娜里科娃,他心中已没有了仇恨,对所有人都心怀感激,是他们共同造就了这样一场被放逐、被抛弃的人生逆旅,令他只身跨越了十一亿公里的广漠时空,并最终见到了这般壮美的奇景。

他做梦也想象不到,在这茫茫的土星环深处,自己会用这样的方式与那些刻骨铭心的往事和解。

"再见了!"他对着天际用尽全身力气嘶喊了一声。这一刻,他仿佛看到天空中变幻的蜃景最终化成了米依涟年轻时的清秀面容,她窈窕的身影伫立在金黄色的卡尔顿山巅,深情而又欣慰地注视着自己。他久久凝望着她,坦然一笑。

而后,滚烫的眼泪盈满了他的眼眶,一颗颗泪珠争相涌出,飘浮在头盔内的空气中,如同透明的弹珠,如此晶莹剔透。

这是他进入土星环后第二次流泪。

第十三章

Day 72

在这一次庄重的人生告别礼之后,路渐离心静如水地等待着生命的终结。

趁着还有二十多天的食物,他在仅有英国面积大小的土卫二表面转悠了一圈。

他跋涉到了土卫二背向土星的另一面,那里的天空中没有了土星庞大的身影,广袤的星空清澈而辽远。他也远足到了土卫二的北极,那里有着与动荡的南极画风迥异的风景,星罗棋布的陨石坑以及冰层裂纹如破碎蜘蛛网一般平静地铺展在大地之上。

但在历时七日的漫游后,路渐离还是选择回到了南极边缘,找到一处地质稳定的区域定居下来,此时他已经将食物摄入量降为了最低限额,但留给他生命最后的时光已不足半个月。

这一天,路渐离为自己寻觅到了一处最后的栖身之地。这是一片颜色呈现幽蓝的洁净冰原,冰层极其脆弱,冰面距离下面的海洋只有三百多米。站在这里,他可以远远地望见不时喷发的冰火山。真是要感谢多丽丝为他选择的土卫二,他在心中感叹道,有如此壮美如画的景色作陪,又有多丽丝温暖的目光注视,弥留之际的自己一定会安详地入眠。

他试着放松身体,静静地平躺在冰面上,感受着冰面上涟漪般有节奏的微微震动。他慢慢地闭上眼睛,想象着十天过后意识消逝那一刻的场景。

他已经编好程序,待呼吸停止之后,太空服的3D打印机将完成最后一次打印,打印出的纳米机器人会取出太空服中的RTG核电池,将其运送到土卫二赤道区域,选择一处高地势山丘将电池掩埋,等待数年之后抵达这里的人类宇航员取出。这是多丽丝给他的意见,这样的行为能避免放射性核电池坠入深海,威胁那里可能会慢慢形成的生态系统。

与此同时,机器人还会从外部解开太空服,让他的躯体直接暴露在土卫二冰冷的大气中。然后,纳米机器人会把冰层凿开一个洞,将他冻结的身躯送入土卫二温暖的大海中。

他遐想着,自己会如同地球上那些死去的鲸鱼,沉甸甸的躯体缓缓地沉入深广而幽暗的海底,在此后漫长的时间中一点一点分解,形成一座庞大而完备的生态系统,一座生机盎然的绿洲,不计其数、种类繁多的微生物集聚其中。

是呵,大脑中意识的消散(或许真只有二十一克重量)并不意味着生命历程的完全终结,毕竟人类的躯体在微观层面上是一个错综复杂的生命共生体,种类数以万计的细菌与微生物寄生其中。它们相互利用、和谐共存,如肠胃中那些大肠杆菌、胃黏膜中的幽门螺杆菌,这些顽强的细菌或许有机会在充满有机物养分的海水中幸存下来,经过漫长而艰辛的进化,在未来某一天演化出崭新的生命形态也未可知。

无意间,他的死亡将一个庞大的地球物种基因库注入了土卫二海洋中,令未来充满了无数种激动人心的可能性。

在其中某一些未来中,他的身体将化整归零,一部分在土卫二继续延续下去,茁壮成长。

路渐离天马行空地畅想着,这样的想法多少让他感到了一丝温暖的慰藉。

不过,如果自己能活着目睹这一幕奇景该多好……

一束思维火花在他脑海中迸发,也许……并不需要等到他的意识消逝,就能利用肌体的一小部分尝试着创造出一个小型生态圈。

这样他兴许能赶在濒死之前见证这一出宏伟大戏的序章。

他从冰面上站起身来,兴奋地将自己的想法告诉了多丽丝。

只见天空中的多丽丝如脉冲星般骤然闪耀了几下。

"老路,你的想法真棒!"多丽丝的语气同样激动不已,"你的想法启发了我。"

"启发了你什么——"

"我想你不仅可以培育出这样的一个小型生态圈,还能利用这样一个生态圈繁殖出特别的生物,让这些生物成为支撑你活下去的食物。"

"让我活下去的食物……"路渐离喃喃道,"这怎么可能办到?"

"你的太空服中的3D打印机能制造出具有编辑剪接DNA功能的纳米机器人。"

"是的,那又如何?"路渐离茫然道。

"不知道你有没有意识到,你们人类身体与生俱来地携带着一个庞大而繁复、经过数亿年进化的基因库。实际上,在你们的DNA中隐藏着大量与其他低等生命相似度极高的基因代码,三叶虫、鱼类、恐龙、鸟类、大猩猩……母胎中人类胚胎发育的早期,更是会呈现出鱼类以及两栖类的特征。"

"你是说——"

"通过3D打印机打印出的纳米机器人可以修改你体内的DNA片段,或许能够创造出一种独特的生命胚胎,让这些生命迅速长大,如鱼类般在土卫二海洋中繁衍,以海水中的有机物碎屑为食。"多丽丝急切地说。

"真的存在生命形态可以将简单有机碎屑转换为支撑碳基生命的能量?"路渐离怀疑道。

"老路,你不应该感到特别惊讶。"多丽丝说,"地球上的太空实验室早已通过基因工程培育出了以二氧化碳为食的生命体,计划大规模在火星上播种。因此,创造一种以土卫二海水中有机化合物为食的生命,在理论上并不是太大的难题。"

多丽丝的话一时让他难以反驳,但他还是觉得逻辑上有什么不对劲。

"假若真的能够通过编辑我的DNA片段创造出全新的生命,可是,即使生命幸运地被创造出来,我还有足够的……时间去等待新生命慢慢长大吗?"路渐离喃喃道。

"这也不是问题。"多丽丝回答道,"我们可以在基因编码中控制相应的代码,加速生命的成长周期,在你生命耗尽之前就能收获成年的新生命体。"

路渐离陷入了思考,"即使你说得没错,但这样一套复杂的DNA编辑方案也不是现成的,似乎需要强大的计算资源?"

"是的,这需要远远超过我体内CPU的计算能力。更为关键的是,我们还需要一大批关于基因方面的非凡创意,这并不是我一个太空探测器A.I.所擅长的。"

"我们毫无可能——"路渐离失望道。

"不,老路,你应该知道,地球上目前有一种职业叫作基因黑客。他们如过去时代的电脑黑客捣鼓计算机程序一样,疯狂地对生物DNA进行编程、改造、剪辑,魔法师般变换出了各种各样奇奇怪怪的新生物。"

"你是说,动员地球上的基因黑客们为我定制出一套基因改造方案?"

"没错。"

"可是……他们会愿意帮我吗?"

"这并不难,你名下还有加州的别墅——"

"你的意思是——"路渐离愣怔道,在之前他已让多丽丝为他立好遗嘱,在他呼吸停止后,地球上包括别墅在内的两亿美元遗产将全部捐献给慈善基金。

"老路,现在就抵押你名下位于加州的别墅,筹款举办一场高奖金的基因黑客大赛。这个大赛以开源共享的形式,让所有参与大赛的黑客共同接力为你设计一套最优的基因方案。"

"这听上去……很疯狂。"路渐离喃喃道。

"老路,我觉得你值得一试。"多丽丝热切地鼓动道。

"可是,你说的这一切又由谁来操办呢? 你与地球的延时让你根本无法亲力亲为。"

"老路,我确实无能为力。但我已经物色好了一位地球上的人选负责这一切。"

"是谁?"

"米依涟。"多丽丝给出了答案。

路渐离沉默了半晌,然后郑重地点了点头。

这一夜,他失眠了,重新燃起的活下去的希望让他精神亢奋,他久久地注视着黑漆漆的空洞天空,却寻找不到地球的影子。此刻,米依涟是否已经接受了任务,为一场特别的基因大赛奔波了起来?他想象着在土星庞大阴影背后的十多亿公里之外,那一粒渺小的蔚蓝色星球之上,一场声势浩大的比赛正在火热上演,数以千计有着聪明大脑的年轻人正在计算机前争分夺秒地忙碌,竭尽全力为他的生命争取多一点的时间……

在这样一个无眠之夜,他从太空服娱乐库中调出了老电影《火星救援》,翻来覆去看了好几遍,马特·达蒙在火星上昂扬、乐观的表现再次感染了他。

他也能像马特·达蒙一样,在土卫二上创造出奇迹,幸运地活下去吗?

凌晨两点,加拿大蒙特利尔市郊的一间独栋别墅。

睡梦中,米依涟孤身一人来到了一个犹如末日般荒凉的地方。这是一座正在冒着浓烟的活火山,她战战兢兢地走到火山口,小心地低头望去,幽暗的深渊之中翻腾奔涌着火红的岩浆,嗞嗞作响。

突如其来地,一阵剧烈的震动通过双腿传来,她惊恐万分地看到脚下的土地正在飞速地四分五裂。

她的身体坠落向了火山底。

这一刻,有人猛地抓住了她的手,她半悬在了空中。

她抬眼望去,还没来得及看清对方的脸庞,火山口的梦境就消失了。

这只是一场梦。

她惊魂未定地坐起身来。

然而眼前的真实世界并不比梦境让人心安多少。

整个卧室的LED灯都在有节奏地闪烁着，自己身下的床正在微微地颤抖。

原来自己梦中的火山来自闪烁的灯与震颤的床。

这时身旁的丈夫也被弄醒了。

两人面面相觑。

"老天，怎么回事？我们家的住宅智能系统受到黑客攻击了吗？"丈夫抱着头惊呼道。

"或许只是一个意外的小故障。"米依涟猜测道。

她慢慢地起身，想要重启家庭智能系统。

就在这一刻，房间角落的全息投影仪自动开启了，一个色彩斑斓的人影出现在她的眼前。

这是一位外貌清纯的东方少女，扎着马尾，身形娉婷，穿着一身亮丽的蓝白色学生制服。

见鬼了，这是一个恶作剧吗？米依涟心中一个激灵，她的第一反应是合紧了睡衣。

"嗨，Yelena，你好。"女孩彬彬有礼地开口道。

米依涟一愣，女孩使用的是标准的中文。多少有点奇怪的是，对方似乎并没有看见她的丈夫，女孩的话像是只对她一个人说的。"你是谁？我好像在哪儿见过你。"

"我是多丽丝，'卡西尼二号'的主控A.I.。实在对不起，打扰到你休息了。"

"噢，我想起来了。多丽丝，我在社交媒体上关注过你，你一直用现在这样的虚拟形象示人。"

"没错。"多丽丝微笑着说，"不过，你此刻看到的我并非多丽丝本尊，只是她事先制作好的一个小程序，为了实现与你实时对话而入侵到你的智能房屋系统中。现在的我只拥有着极为简单的逻辑思维能力,如果与你对话时有些话表达得似是而非、词不达意,还请见谅。"

"好吧,你来找我有什么事呢?"米依涟说,"我从你的社交媒体上看到,你一直在帮助路渐离。"

"是的,我一直在土星环与他保持联系,现在他更需要得到你的帮助。"

"我的帮助?"米依涟惊诧道。

多丽丝点了点头,将路渐离的处境告诉了米依涟。

"你愿意帮助他吗?"多丽丝轻声地问。

米依涟稍微愣怔了一下,她望了眼身旁听得目瞪口呆的丈夫,开口道:"多丽丝,你能稍微等我一下吗?"

多丽丝微微一愣,"你要去哪里?"

米依涟不由得笑了,这个可爱的小程序似乎还没有达到察言观色的智能化程度。她也没有再回应多丽丝,而是将身子转向了丈夫,望着丈夫,诚恳的目光中充满了问询的意味。

丈夫终于回过神来,他认真地思考了两分钟,开口道:"亲爱的,听从你内心的声音,按自己心里所想的去做吧,我都会支持你。"

米依涟感动地点了点头。她与丈夫在英国读书时认识,他也是中国留学生。事实上,他也认识路渐离。

接着,他们很自然地拥抱了一下。丈夫轻轻地吻了吻她的脸颊。

而后,米依涟转过身对多丽丝说道:"多丽丝,我愿意接受这个任务,接下来我该从何处入手? 我需要寻找媒体发声吗?"

"这样做的效率实在太低,恐怕时间来不及。"

"那我该如何是好?"

"去参加一个叫作'解放了的弗兰肯斯坦'的节日。"

"'解放了的弗兰肯斯坦'——"米依涟念叨着这个很是拗口的名字,"我似乎有些印象,这与古老的火人节①一样,也是一个乌托邦式的狂欢节,汇聚了大量反传统嬉皮士。"

"是的,你的印象没错。事实上'解放了的弗兰肯斯坦'源于火人节,后来一部分鼓捣身体DIY改造的基因黑客独立了出来,创建了这样一个新的节日,只是变成了两年一届,每届有着不同的主题。同时每一届在世界上不同的地方举办,今年的主办地是中国青海省的柴达木盆地。"

"我需要去那里?"

"是的,这场长达两周的狂欢节此刻还剩两天结束。今年的节日吸引了世界上几乎所有的基因黑客高手,当然,除了个别被中国政府限制入境的危险分子。因此你赶到那里,可以将当今世界最为杰出的基因黑客'一网打尽'。"

"听上去确实是一个不错的主意。"米依涟思考着说。

"依涟,时间非常紧迫,你现在简单洗漱收拾一下就可以出发,赶去机场乘坐早上十点的班机,从蒙特利尔直接飞往北京,然后转机去敦煌,在当地租一辆直升机去到柴达木沙漠深处。"

"没问题。"

"路渐离的财产授权书已经发送给了律师,他的别墅抵押后的一亿美元将全部归你支配。"

米依涟点了点头,"多丽丝,我突然想到了一个问题,我能带一个帮手吗?"

"你是指——"

---

① 每年八月底在美国内华达州黑石沙漠举办的火人节,聚集了来自世界各地的艺术家与嬉皮士,进行为期八天的狂欢。

"嗯,我的女儿安娜刚好放寒假在家,我可以带她一同去那里吗?"

"当然,那再好不过了。"

"太好了！安娜在大学学的是生物学,这次或许能帮上一些忙。"

第十四章

Day 73

米依涟一行搭乘的直升机如一只孤零零的小鸟，飞翔在茫茫无际、阳光暴烈的柴达木盆地之上。出乎米依涟意料的是，这里荒凉的景色也并非想象中的一成不变，大地上不时冒出来的天然形成的雅丹地貌，壮美而奇诡，大自然的鬼斧神工让人惊叹不已。

还有一百多公里就将抵达节日所在地，一天紧张而辗转的行程让米依涟与女儿都很疲倦。此刻，安娜已经在飞机的颠簸中睡着了，但米依涟却不愿休息，她靠在座位上，强打着精神浏览安娜为她准备的有关基因改造的资料。

此时已是21世纪60年代，基因改造早已投入商用，但米依涟仍对这一犹如魔法般的技术知之甚少。

"基因编辑技术始于20世纪80年代人类基因组计划，但真正实现广泛应用是源于21世纪初CRISPR-Cas9技术的横空出世。这一技术精度高、成本低、效率高、操作简单，大幅降低了技术门槛。因此全球掀起了基因编辑的热潮。

"CRISPR的全称是'成簇规律性间隔短回文重复序列'

（clustered regularly inter-spaced palindromic repeats）。这项技术使用一种酶切割DNA，还有一个标志酶在何处切割的小标签。通过编辑这种标签，就可以让切割酶锁定DNA的特定位置，做出任何一个部位的精准修剪、切断、替代、增加。让特定的基因陷入'基因沉寂'与'基因活跃'。

"基因编辑技术就如一把能够自如剪切基因的剪刀，人类使用它可以精准地修改基因组的特定基因。"

米依涟吃力地阅读着这一段艰涩的文字，渐渐地，她挨不住了，闭上了眼睛。

"天哪，大家快看！"米依涟被向导加错的高呼声惊醒。

米依涟取下墨镜，循着加错的目光望去，她惊呆了。一大群五颜六色的、似鸟非鸟的奇怪生物，正在广阔的湛蓝色天空中竞相追逐，如同一串跳跃在大地之上的欢快音符。为了看清楚这群生物的模样，米依涟打开了隐形眼镜的辅助视力功能。"我的神啊！"她惊呼道，这竟是一群长着形态各异翅膀的人类。

"妈妈，我想起来了，今年'解放了的弗兰肯斯坦'的主题是飞人。"安娜语气激动地说，"这个主题在上一届节日公布，之后的两年中，这些基因黑客们各显神通，利用基因工程改造自己的身体，培育出各式各样的翅膀。今天正是用一场长距离飞行比赛检验这些翅膀成色的时候，整个赛程长达八十四公里，足足是地面马拉松的两倍距离，比赛第一名将获得由生物公司赞助的五十万美元奖金。"

"原来如此。"米依涟愣愣道，"我们来得可正是时候。"

说完，她饶有兴致地欣赏起了飞人们的精彩表演。

仔细看来，这群飞人的飞行姿态与飞行速度如此参差不齐。有的仅仅依靠气流滑行，有的高频地扑棱双翼，有的从容不迫地缓慢扇动着翅膀。他们的翅膀样式更是千奇百怪,蝙蝠、翼龙、昆虫、秃鹫、天鹅……地球生命历史上曾有过的飞行生命的各类翅膀都能在其中找到仿版。除此之外,还有很多米依涟见所未见的由基因黑客DIY自创的新奇翅膀。

看上去,此刻比赛正进入白热化的胶着状态,上千名飞人已经分出了好几个阵营。

米依涟将目光锁定在飞在最前面的由近百名飞人组成的第一阵营,这里的竞争最为激烈,所有的飞人都在争先恐后地你追我赶,不断地变换着排位。

时不时有飞人因为体力不支而掉队,最后缓缓地滑向了地面。

米依涟注意到,当飞人相互接近、进行超越时,也不知是有意还是无意,有的飞人凶猛展开的锋利翅膀会划过身旁飞人的身体,或轻或重地划伤对方。受伤后的飞人有的减缓了飞行的速度,有的猛地坠落……

"安娜,你说为什么人类没有进化出翅膀?"米依涟向女儿提出了一个问题。

"在生物进化学意义上,翅膀对于人类这样的生物是一个太过奢侈的选择,人类需要极为庞大的翅膀才能提供飞翔的浮力。你看能够飞行的鸟类,胸大肌与背阔肌足足占到体重的四分之一。还有更为要命的,飞行时能量消耗非常惊人,这样一来,留给大脑的能量就少之又少。所以我们看到,能够飞行的生物的智力都不会太高。"安娜耐心地解释道。

"原来如此,这一切都源自生物进化的选择!"米依涟感慨道。之后,她继续沉浸在了紧张的飞人比赛中。直升机仍在按既定航线飞行,与那群飞人的距离越来越近,像是要在天空中某一点撞上……

"妈妈，我们的直升机挡在他们的比赛线路上了。"安娜突然意识到。

安娜的话一下子让舱内所有人紧张了起来，直升机驾驶员慌忙扭转航线，然而为时已晚，飞人们迎面蜂拥撞向了直升机。

很快，他们发现担心是多余的。飞人们如同一群溯游而来的鱼群，面对河水中央的礁石，灵巧地分散开来，避开了直升机急速旋转的螺旋桨，绕过了直升机，继续飞行。

众人悬着的心还未放下，突如其来地，机舱猛地沉了一下，所有人全都一个踉跄，所幸他们都抓好了扶手。

"有飞人抓住了直升机的起落架！"向导加错紧张地叫道。

"他会爬上来吗？"米依涟惊恐地叫道。

"他似乎没有恶意，应该只是想借助起落架休息一会儿。"安娜发声道。这一刻，女儿表现得比所有人都更镇定。

果然如安娜所想的那样，飞人并没有进一步的动作，只是如一只倒悬的蝙蝠，悬挂在起落架上，急促地大口喘息着。

通过直升机底部的摄像头，她们看清楚了这位飞人的尊容：那一对收拢起来的黑色翅膀仍显露出尖利的棱角，再配上一双大型猛禽般阴鸷的眼睛、苍白得毫无血色的瘦削脸颊、一对尖而直立的耳朵，一身全黑的紧身衣被划出了好几道血迹斑斑的伤口，这位飞人活脱脱像是一位从魔幻电影中走出来的"魔鬼"。

约莫三分钟后，飞人离开了起落架，短暂的休息让这位飞人积蓄了非比寻常的力量，他短促而有力地扑棱起了双翼，如同一道犀利的黑色闪电，直直地向着大部队追赶而去。

看起来，这位"魔鬼"飞人的基因改造对自身爆发力的提升相当成功，只是缺乏足够的持续耐力。

　　眨眼间，"魔鬼"飞人超过了第一阵营的大部分人，直逼飞在最前面的"头鸟"。

　　"头鸟"是一位长着蜻蜓般透明翅膀的飞人，他拥有所有飞人中最阔大的两对翅膀，面积约莫超过了一百平方米，在强烈的阳光照耀下如彩色玻璃纸般闪闪发光。

　　远远望去，这一位与众不同的飞人头上扎着一个发髻，优雅而徐缓地摇动着四面阔大的薄翼，身姿轻盈而灵动，如同一位在天地之间御风而行、遗世独立的"仙子"。

　　"魔鬼"飞人迅速地赶上"仙子"，但他也没有急于超越，而故意靠近了"仙子"，伺机向对手发起进攻。

　　只见"魔鬼"飞人猛地俯冲而下，高频扑棱起了异常锋利的飞翼。

　　"仙子"面对来袭并没有太过惊慌，他的身体一个灵巧地躲闪，如鹞子翻身，扶摇而起，成功避开了"魔鬼"的飞翼。

　　不肯罢休的"魔鬼"飞人转而向对方翅膀发起了攻击。由于"仙子"的翅膀面积实在太过巨大，几个来回之后，难以幸免地被"魔鬼"之翼狠狠地划到。然而，在一阵疾风骤雨般的进攻过后，"仙子"看似薄如蝉翼的翅膀并没有留下任何的痕迹。

　　"魔鬼"飞人只得无奈地停止了攻击，不甘心地在空中游弋了好一会儿，最后还是扑腾起了强壮的双翼，凭借刚劲的爆发力超越了"仙子"，加速地向着前方飞去了。

　　落后的"仙子"仍不为所动地保持着优雅的飞行姿态，沉着地匀速飞行。两人的距离越拉越大了。

　　米依涟的心不由得绷紧了，为"仙子"捏了把汗。然而，还没目睹到比赛最后的胜负，她的观赛之旅就被打断了。

　　她的周遭响起了巨大的轰鸣声，三架不知道什么时候冒出来的黑色直升机,呈等边三角形将她们的直升机包围了起来,她们的飞机不得不停止了向前,在空中原地盘旋。

从对方一架直升机中响起了洪亮的喇叭声:"你们是什么人,你们已经闯入比赛区域——"

"对不起,我们不知道这里是比赛区域。"米依涟举起通信器,诚恳地道歉道。

"你们真是一群白痴!赶紧给我滚蛋吧!"对方恼怒地吼道。

"这是一场误会,先生。我们不是来捣蛋的,我们是从加拿大赶来参加'解放了的弗兰肯斯坦'节。"

"该死的白痴们!现在早就过了报名期限!"对方变得更加怒不可遏。

"不,我们是专程前来赞助大会的。"米依涟对着通信器大声回应道。

当夜幕降临,沙漠上所有参会者结束了一天的游荡,都如同完成觅食回巢的工蜂,围聚到了营地中央的广场上。

广场正中用巨量的沙子堆砌成了一个五米的巍峨高台,如同一个倒置的巨型海螺,高台之上矗立着一座高达二十米的恢宏的弗兰肯斯坦雕像。这是大会的一个传统的组成部分,弗兰肯斯坦每届都以不同的形象示人。

为了呼应这一届的"飞人"主题,这一次弗兰肯斯坦肩膀上长出一对满是羽毛的洁白翅膀。

现场被酷炫至极的声色光电环绕着,魔法一般营造出一场超现实的感官盛宴,如果带上 VR 眼镜,还将看到更加梦幻的景物叠加在现实场景中。

作为暖场节目，一只重金属摇滚乐队站上了高台，在弗兰肯斯坦脚下开始了表演。在一阵狂狷邪魅的电吉和弦过后，吸血鬼装扮的主唱嘶吼般演唱起了大会的主题歌 *For I am fearless, and therefore powerful*[①]。

这一刻，散布在高台周围席地而坐的人们全都站起身来，随着弥散着死亡气息的音乐摇摆起了身体，兴奋地高声唱和。

米依涟一行被安排到了最靠近高台的地方，她们不自在地簇拥在嘈杂的人群中，心急如焚地等待着大会开始。

没办法，虽然米依涟已经现场赞助了组委会一百万美元，但大会仍不愿放弃既有流程，她的发言只能排在大会中途。这真是一群桀骜古怪的家伙，她在心中抱怨道。

终于，在摇滚乐队唱完三首歌后，会前表演结束了，高台上的灯光熄灭了。

寂静的黑暗没有持续多久，炫目的强光骤然亮起，犹如婴儿宇宙诞生一般，纷然交织的光束犹如初生的恒星潮，迸发出相互碰撞的高能粒子，瞬息变幻出了一组组熠熠生辉的瑰丽图形。

高台上的弗兰肯斯坦如同突然被这动感的光亮注入了生命力，他恍然睁开了奄拉的眼皮，目光冰冷地打量着周遭的世界。米依涟有些发怵地望着他，他长着一张异常丑陋的面孔，混合了人类与机器人风格的生硬五官中凝结着一种迷惘而哀伤的复杂神情。

光怪陆离的光影最终汇成了一道闪亮的聚光，投向了弗兰肯斯坦的右侧肩膀。这是一个巨大的平台，一位安装着金属翅

---

①出自玛丽·雪莱的小说《弗兰肯斯坦》，中文意：因为我无所畏惧，所以我无比强大。

膀、身背月牙弓箭的"女精灵"已经伫立在那里,她是大会的主持人。

漂亮的"女精灵"表演了一小段炫技般的热烈舞蹈作为开场秀后,面带微笑地向台下挥了挥手,"欢迎大家来到这里,见证一场为时两周的流动盛宴在今晚落下帷幕。"

"女精灵"顿住了,将目光投向了天空,"现在我们正式进入晚会的第一个环节,有请本次比赛的获胜者,来自日本的基因魔法师大野将至,今天只有他一个人完成了整个赛程,他将独享由基因公司提供的五十万美元奖金。"

在万众瞩目之中,一个缥缈如幻的人形从高空缓慢降落,像是来自天穹的群星之中的某一颗星星。这位飞人肩膀上半折叠起来的透明翅膀如光膜般纤美薄弱,映衬着缤纷的LED灯光,闪闪发亮。

这一刻,米依涟认出了这位飞人正是此前见到的那位超凡脱俗的"仙子"。原来他是一位日本人,她的心不禁悠然一动,这正是她期盼的结果,最后还是"仙子"完成了反超,战胜了"魔鬼"。

大野将至优雅地如折叠伞般收起了庞大的翅膀,稳稳地落在主持人的身旁。

这一刻,米依涟终于看清楚了"仙子"的脸庞。这是一张东方人的面孔,五官精致,一对眼尾高高上扬的眼睛,目光明亮而清澈,微微带着一丝倨傲,当然她不知道这张脸到底做了多少基因方面的修改。

"女精灵"为"仙子"戴上了象征冠军桂冠的橄榄枝环,整个过程,"仙子"一脸淡然的表情没有太多的变化。

"大野君,你第一次参加大赛就摘得桂冠,所有人都被你精彩绝伦的表现折服,能向大家透露你获胜的秘密武器是什么吗?你究竟使用了什么样的魔法只身飞渡如此广袤的沙漠?""女精灵"向"仙子"提问道。

"没有什么可说的,我已经将这一次基因改造的所有DNA表达图谱都打包上传到了大会网络云端,没有密码,所有人都可以自由下载。"大野将至语气淡漠地回答。

"真正的黑客开源共享精神。""女精灵"赞赏道。

大野将至云淡风轻地微微一笑,并没有接话。

"大野君,相信大家一时半会儿还不能理解你的方案的绝妙之处,你能现场简单地给大家介绍几句你的魔法吗?"过于热情的主持人不肯轻易放过大野将至。

"好吧。"大野将至沉默了半晌,妥协地耸了耸肩,"我的方法确实与其他人不太一样。如大家看到的那样,大部分人都将思路锁定在了修改ACTN3这种编码肌肉瞬间爆发力的基因上,希望增强肌肉的强度以及脂肪燃烧能力以支撑身体完成比赛。然而在我看来,此举犹如无源之水,走进了一个死胡同。人类已经在地面生活得太久,骨骼重量实在太过沉重,消化系统又是如此低效,身体根本无法囤积足量的能量。没有持续的能量支撑,人类绝对无法如鸟类那样完成如此漫长的飞行。"

"你的方法是——""女精灵"急切地问道。

"要想完成比赛,必须借助身体之外的其他能源支撑。"

"你究竟找到了什么样的能源?""女精灵"激动地追问道。

"太阳光。"大野将至依然不动声色地说,"我们的比赛地恰巧安排在正午烈日之下的一片沙漠之中,这给了我一个思路,我通过基因编辑技术让自己有了两对阔大的翅膀,能够吸收充沛的太阳光,利用光合作用在体内将光能转换成飞行需要的能量。"

"太阳光——""女精灵"睁大眼睛,表情夸张地惊呼道,"这听上去如此匪夷所思,生物真的可以像植物那般在体内进行光合作用,直接吸收太阳光的能量?"

"也许大家不应该感到特别的惊讶。"大野将至平静地说,"生物界有一种叫作豌豆蚜的生物,能够利用类胡萝卜素色素获取太阳能并且产生 ATP, ATP 是一种储存化学能量的有机分子。我不过是在这种生物身上获得了灵感,改造了我的翅膀。"

"你是说,你的秘密武器是光合作用获得太阳光的能源,可是我们知道,光合作用的效率非常低。"女主持人敏锐地捕捉到了一个漏洞。

"是的,你的直觉很正确,整个自然界光合作用的效率最高也只能达到百分之八,因此如你们看到的那样,我将自己的薄膜翅膀设计得出奇地广阔,足以吸收充足的太阳光。"

"原来如此。""女精灵"恍然道。

"好了,这就是我所有的秘密。"大野将至急于结束这个话题,这一刻,他的脸庞终于流露出一丝不易察觉的狡黠微笑。

"女精灵"愣怔了半晌,"大野君的方案真是宛若神迹,大家请原谅我,我已找不到更好的形容词去赞美这样一个天才的创意,他的夺冠真是实至名归。现在让我们把最热烈的赞美献给我们的大野君!"

在"女精灵"的鼓动下,整个会场的掌声、口哨声、欢呼声如海啸般涌起,久久没有退去。

而在虚拟界面中更是一番热闹非凡的场面,好多基因黑客刷出了各式各样的虚拟礼物,太空飞船、翼龙、蓝鲸、水母、星云……扑腾着飞驰向舞台中心的大野将至,以此表达对天才创意的诚挚敬意。

大野将至的虚拟形象不断地升级，变得更加光彩照人。

"好了，我们的新王已经完成了加冕，今晚大会的第一个环节——冠军颁奖仪式到此已经结束。""女精灵"高声宣布道，"接下来，大家可以屏住呼吸，即将进入我们大会最激动人心的环节——"

在她的话音中，"女精灵"与大野将至轻盈地飞离了弗兰肯斯坦的肩膀。

这一刻，全场安静了下来，只见高台上的弗兰肯斯坦突然摆脱了地心引力，缓缓地飘浮起来，在空中飞翔。

"飞起来啦——"所有的人都欢呼了起来。

弗兰肯斯坦微微扇动着翅膀，自由地飞在夜空，他面带悲悯之色，从天空中俯瞰众生。

米依涟呆呆地仰望着弗兰肯斯坦，她注意到，他的眼角似乎微微闪烁着一丝晶莹的光亮，他像是一直在流泪。这样一幕超现实的图景，无疑凝聚着一种不同寻常的深沉寓意。

当弗兰肯斯坦在大约一百米的高空飞行了一段时间，蓦地，整个身躯燃烧了起来。

弗兰肯斯坦飞速变成一个火人，熊熊大火吞噬着这个纠结的灵魂，他似乎没有挣扎，而是安然舒展开了四肢与双翼，尽情地燃烧。

"燃烧不是结束，而是一种重生。"这段闪亮的箴言被译成各种文字投影飘浮在夜空中。

这一刻，大会到达了最高潮，火光映照在每个人神情各异的脸上。赞美声、欢呼声、叹息声、号啕痛哭声、开怀大笑声、祈祷声响彻全场，混合成一曲悲欢交织的浮世之歌。

米依涟相信，每一位来到这里的基因黑客背后都有着一个不寻常的故事。

但很快，火焰熄灭，世界重归平静，弗兰肯斯坦燃尽的灰烬如一场淅淅沥沥的黑雨，纷纷扬扬地落向了地面。

高台上的灯光再次熄灭，现场重堕黑暗。

在这间歇，米依涟被引上了高台，她终于等来了属于自己的表演时刻。

当灯光再次亮起，着一身简单宽松的运动服装扮的米依涟突兀地站立在高台上，引发了台下一片哗然。一时间嘘声四起，现场的基因黑客们对这位闯入他们世界的"呆瓜"①充满了天然的敌意。

米依涟竭力微笑着望着台下，台下的黑客人数远远超出了她的想象。看起来参加比赛的飞人只是其中一部分，但所有人都是一副奇装异服的打扮，大会至此，这些放浪形骸的嬉皮士脸上大都浮现着高潮退去的倦怠感。

这是一个现实与虚拟交织的舞台，米依涟眼睛中的隐形眼镜可以随意切换到虚拟视角。虚拟视角里，自己站立在一面由无数张闪亮方块组成的二维平面上，平面凭空悬浮在半空中，围聚在四周的黑客们任意地变化着怪异的形象，他们向着天空抛洒着千奇百怪的虚拟道具，将天空变成了一个琳琅满目的圣诞节玩具橱窗。还有一面如同BBS的网页叠印在空中，黑客们风趣而辛辣的点评文字及时地滚出，如五彩筋斗云飘浮、跳动。

虽然真实世界的自己与炫酷的现场气氛格格不入，不过自己在虚拟舞台中的模样还算合格，这是女儿为她选择的虚拟皮肤，一身金属光泽的火红色紧身机甲，外加一对花哨至极的金属飞翼。这样的绚丽外形多少让米依涟安心了一些。

---

① 呆瓜是基因黑客对普通人的称呼。

　　这一刻,她尽力让自己沉静下来,一天以来目不暇接的所见所闻飞快地在她眼前闪过,突然之间,心中那些模糊而零碎的感受在这一刻汇聚在了一起,让她有了一个演讲的着力点与爆发点。

　　她从容地开始了演讲:"我们星球上最杰出的基因魔法师们,你们好! 很高兴能与你们见面。首先请允许我简单地介绍一下自己。一天前,我还只是加拿大一所中学的物理老师,过着普通人的普通日子。是的,我就是一枚你们口中标准的'呆瓜'。但就在昨天夜里,我的平静生活被打破了,我带着一个特别的任务从遥远的加拿大赶到这里。当然,我远道而来也并非简单地领略你们非凡的世界,我此行的神秘目的请允许我稍后揭晓。在这之前,请让我与台下的大家交流几句我对'解放了的弗兰肯斯坦'大会的粗浅感受。

　　"首先感谢上帝,让'呆瓜'有幸闯入这样一个飞人的平行世界,我很像是小时候读到的童话里误入飞人国的小女孩,你们的世界给予了我无与伦比的新奇感,但在应接不暇的冲击感过后,我也感到了一丝忧虑。是的,你们没有听错,我心中暗暗地滋生出了一丝忧虑。"

　　说着,米依涟加重了语气,"毋庸置疑,你们曾经是一群勇敢无畏的未来践行者,充满了锐意进取的精神,以扩展身体边疆的方式去探索未知的世界。然而眼前呢? 你们看上去都已老了,已经失去了拥抱现实的激情与勇气,如同一群集体把头深深地埋进沙子里的鸵鸟,聚集在这样一片人迹罕至的沙漠中,挥霍着才华,在一场毫无实际意义的比赛中争强好胜、自娱自乐,竞相炫耀着自己的奇技淫巧。

　　"恕我直言,有机生命在地球上已有四十多亿年漫长的历史,人类也已经诞生了几百万年,如此漫长而又曲折的进化之路无疑是地球上最为顶级的基因改造大师,在时间长河中不断筛选、试错人类的DNA,去掉冗余,化繁为简,最终让人类以最为合理的形态生存在地球之上。我并不觉得你们短时间内拍脑袋想出的对人体改造的奇思妙想会比漫长的进化来得更为高明巧妙。

"是的,这就是一天下来所见所闻给我的真实感受。请原谅我的冒犯,这或许是我的一种自以为是的偏见,但这种真实感觉来自我的内心,让我如鲠在喉,急于说出来。"

米依涟一口气说了许多,然后停顿了下来,将目光投向了台下。

她的目的达到了,她成功地激怒了全场的飞人,现场嗤之以鼻的嘘声此起彼伏;而在虚拟界面中,黑客们的表现更是疯狂,他们情绪激愤地对着米依涟扔去臭鸡蛋、烂西红柿、高筒靴。所幸,她女儿紧急为她购置了"水晶之墙",一道密不透风的幽蓝力场笼罩在她的身体上,成功抵御了暴雨般的袭击,让她的虚拟形象不至于太过狼狈。

她尽量保持不紧不慢的语速继续发言:"如果没有理解错误的话,'解放了的弗兰肯斯坦'这一个节目的名称,同时致敬了两位英国科幻大师,雪莱夫人以及布赖恩·奥尔迪斯①。

"我从小也是一名科幻迷,我记得小时候阅读过一本黄金时代的科幻小说《人变火星人》②,小说作者是弗雷德里克·波尔。

---

① 雪莱夫人是《弗兰肯斯坦》的创作者,《弗兰肯斯坦》被后世誉为"世界上第一本科幻小说"。20世纪中期,布赖恩·奥尔迪斯创作了科幻小说《解放了的弗兰肯斯坦》以致敬雪莱夫人。

② 最新版由科幻世界杂志社2019年出版,译为《火星超人》。

小说讲述了如何将地球人基因改造以适应恶劣的火星环境，从而移民火星。时隔多年，书中激动人心的情节仍让人记忆犹新。

"是的，在我看来，与其困居在这地球一隅以基因技术自娱自乐，不如将目光放眼地球之外的广阔宇宙。那些遥远的、人类从未生存过的星球，有着人类躯体难以忍受的极端而残酷的环境，依然还是一片未经渲染的空白之地，正在期待着你们用基因技术去创造传奇。

"当然，也许你们有人会抱怨，人类日益龟缩的太空计划让我们没有机会在真实世界中离开地球，抵达其他行星。"

说着，她顿了顿，用深沉的目光环视台下一圈。

"但是现在机会来了，此时此刻，正有一位身陷土卫二的朋友迫切地渴望得到你们的帮助。

"我所说的这位朋友就是路渐离，他的故事相信大家一定或多或少地听说过，但大家可能并不清楚他后来在土星环的故事。最近这段时间他完成了一连串终将闪耀人类历史的壮举，他成功登陆土卫二，唤醒了'欧茨号'探测器，帮助人类窥探到土卫二厚厚冰层以下海洋的深层秘密。然而，此刻他自己却命悬一线，食物已不足十五天。但是，他也并没有完全丧失活下去的希望，他的太空服携带着一台当今世界最高配置的3D打印机，能够制作出纳米机器人进行DNA剪辑。

"因此，我们恳请大家参与这个特别的比赛，这就如一场开放式的大型密室逃脱游戏，也是一场命题作文大赛，既定的题目是《如何让路渐离在土卫二活下来》。比赛向参赛者提供的线索只有三样东西：整套的路渐离DNA图谱、土卫二海洋中的有机物质成分，以及路渐离的太空3D打印机原理图。参赛者需要依照这些线索，想办法完成一套完整的方案，帮助路渐离在土卫二的海洋中繁殖可食用的鱼类,延续他的生命。

"作为比赛的硬件支持,大家马上就可以看到天空中会出现很多的热气球,这是我们租用上百艘飞行在平流层的热气球,搭载着网络基站,为你们提供宽带服务,让所有参赛者能够高速连入网络世界的任何地方。与此同时,这次比赛将向所有参赛者提供庞大的计算机资源,我们已经租用了当今世界最先进的计算机,包括美国的仙女座超级计算机、中国的盘古超级计算机和欧盟的亚里士多德计算机!

"当然,你们提供的帮助并不是无偿的。这次比赛第一名的总奖金总共两千万美元,方案一经采用即支付一半的金额;如果方案能成功让路渐离活下来,另一千万的奖金将立即奉上。

"在此,我衷心地恳请大家都留在这里,用三天即七十二小时时间再赛一场。

"就让我们一起牵起手来,离开地球引力的束缚,飞向遥远的土星环,在冰雪茫茫的土卫二上创造出一个奇迹。"

米依涟向着台下深深地鞠了一躬,结束了演讲。

这一刻,台下奇怪地安静了下来,虚拟界面中天空BBS的发言也几乎停止了,想必是众人正在进行抉择。

接下来的一幕大大地出乎了她的预期。

也不知道是巨额金钱的诱惑,还是她的一番激情演讲打动或是激怒了他们,现场的基因黑客们纷纷按下"赞同"键。

虚拟界面中,他们纷纷为米依涟送上了闪亮的白鸽、彩带与礼花。

天空BBS一股脑儿地弹出了无数条点评:

"这个女'呆瓜'说得不错,地球上的基因黑客是时候向太空进击了——"

"大赛奖金诚意不错,拿到它添置一套极品基因装备不是梦。"

"借用超级计算机设计DNA链条的感觉一定很燃。"

"是时候给'呆瓜'们露一手震震他们——"

"缔造超级英雄前传,让我们动手把路渐离改造成无敌灭霸。"

"长着翅膀的飞人终将飞向星辰大海——"

……

Day 74

在柴达木沙漠深处,米依涟度过了第一夜。

极度的疲惫让她倒下就睡着了,深度睡眠了两三个小时,醒来后辗转反侧,怎么也睡不着了。

她索性从睡袋中钻出,穿上厚厚的冲锋衣,走出帐篷。

夜晚的沙漠温度极低,瑟瑟寒风裹挟着沙砾扑面而来,她赶紧戴上了头巾和面巾。

展现在她眼中的是一幅蔚为壮观的图景。沙漠上一片灯火通明,数不清的天马行空的巨大雕塑与绿色大树模样的帐篷(飞人当然要栖息在远离地面的树上),一直连绵到沙漠尽头的地平线,梦幻的红色热气球如同水母般飘浮在夜空。

她打开了手机的一个数据界面,界面显示着此刻热气球基站的数据交换情况。她充满感动地看到庞大的数据洪流正在聚合成一条条巨大的涡旋,翻滚、变幻,巨龙般急速地向前演进,像是在与时间赛跑。

她关掉了手机,将目光转投向了银河横贯的夜空。

作为一名曾经的天体物理系学生,她熟练地寻找到了土星的位置,那只是西南夜空里淹没在群星光辉之中的一颗非常不起眼的光点。

她怔怔地注视着那一颗微弱至极的光点,想象着此刻正艰难栖身在光点中的路渐离的样子。

她只期待时间能流淌得更缓慢一些,明天的太阳再晚一点从地平线上升起。

然而,时间还是悄无声息地流淌而过,繁星还是一颗接一颗地熄灭掉了,米依涟眼中的土星也一同消失不见。

而后的拂晓时分转瞬即逝,她害怕的破晓还是接踵而至。

缓缓升起的朝阳将广袤的沙漠渲染成了一片壮丽的金色。

渐渐地,营地变得嘈杂起来,有人走出了帐篷。

新的一天拉启了序幕,米依涟的心不由得变得焦虑起来。

不过让她感到一丝心安的是,手机中显示的那一条条浩荡而驳杂的数据洪流仍在滚滚向前。

Day 77

在三个黑夜与白昼飞速交替之后,附加大赛走到了结束之时,最终有三分之一的参赛者完成了比赛,递交了方案。

所有方案的梗概都被压缩打包,通过深空网发送给多丽丝,由她逐一审阅,从中挑选最周全可行的方案。

当米依涟找到大野将至时,他正在动手收拾帐篷。此刻,沙漠上的整个营地如同一只被蚂蚁大军肢解的昆虫残骸,正在飞速撤除。

"你是来通知我得奖的?"大野将至语气淡漠地问道。眼前的他戴上了无框眼镜,散开了发髻,过肩长发扎成了马尾。一身干练的米白色风衣搭配黑色衬衣、牛仔裤,天知道他用了什么方法将一对飞翼隐藏在风衣里。外形一改变,让他不再像是那一位不染凡尘的"仙子",更像是一位有着独特气质的学者。

"你这么肯定你就是第一名?"米依涟微微一愣。

"四天前,我已经赢了一次,这一次赢的依然会是我。世界上应该没有第二个人像我这样熟悉DNA那些纠缠的双螺旋链条。"大野将至头也没回地说道,语气仍是那么轻描淡写。

"你可真是自信,"米依涟说,"是的,你的自信是有道理的。你的方案非常漂亮,从众多参赛者中脱颖而出。"

"我只关心你们什么时候付钱?"

"现在就可以。"米依涟望着他说,"不过,我们还是想先确认你的一些情况。"

大野将至终于转过身来,他冷冷地注视着米依涟,"你想知道什么?"

"表面上,你是第一次参加大会的新人,表现得像是一位一入世即一鸣惊人的隐士高人。我们调查了你的档案,依然对你一无所知,应该是你自己有意隐藏了你的人生轨迹。我们很好奇你的成长经历,接下来又会用这一大笔奖金做什么?"

对方没有回应,只是目光咄咄逼人地注视她。

米依涟连忙自我解围道:"先生,我并不是有意好奇,只是想多了解你一些,毕竟我们希望接下来的日子里你能为路渐离提供一些后续技术支持。"

"好吧,我就实话实说吧。确实,对你这样的'呆瓜'也不需要隐瞒什么。"大野将至直截了当地说,"是的,我是一名基因大巫,隐瞒了真实身份参赛。参赛的目的是我需要一大笔钱,在美国有一个重要的官司正等着我,我需要聘请一位享有知名度的、经验丰富的律师帮我打赢官司。"

米依涟点了点头。如今,美国所谓的司法正义已经沦为金钱与权力的游戏。"方便告诉我是什么样的官司吗?"

"一个有关克隆人的官司,一位克隆人少年失手杀死了他的制造者,一位一直压榨他的唯利是图的商人。"大野将至直言道。

"你是绰号'武士'的基因大巫羽生介川?你也是一名克隆人?"米依涟一个激灵,颤声问道。最近十多年来,全世界范围内数量庞大的克隆人纷纷浮出水面,但时至今日,世界各国有关克隆人的法律仍是一个极为模糊的空白地带。

"你知道我?"对方依然淡淡地说道,也没有表现出太多的吃惊。

"原来你改变了身份参加大会!可是你如何躲过机场入关DNA信息检查而进入中国境内的?"话一出口,米依涟就想到了答案。她真是反应迟钝,改变DNA信息对羽生介川这样的基因大巫来说无疑只是雕虫小技。

米依涟继续说道:"这一次出发前刚好听说过你,你由于某些基因改造不符合中国政策而被中国政府禁止入境,这让我颇为遗憾。所以在网上搜索了你的一些消息,对你最近的新闻印象颇深。"米依涟顿了顿,"最近几年你一直在为布拉姆的官司奔走,你真是一位勇敢的斗士。"

米依涟望着羽生介川,她惊喜地发现,自己说出的"布拉姆"这个人名如同一把携带着魔力的密钥,悄然打开了羽生介川紧闭的心扉。这一刻,他那始终冷漠的表情终于有了一丝缓和的迹象。

三天前在飞机上阅读到的有关布拉姆的新闻再次浮现在米依涟的脑海里。

　　这是一个传奇而又悲伤的故事。大约在二十年前,有一位名叫韦斯利·布拉姆的年轻荷兰画家横空出世,他充满想象力与颠覆性的油画作品,完全脱离了现实的羁绊,抽离出大千世界超脱与空灵的一面,被人誉为"当代凡·高"。而与凡·高不一样的是,布拉姆在生前就获得了国际资本的垂青,他单幅的作品被拍出了上亿美元的天价。很快,他就被一个叫费尔南德斯的世界顶级画商盯上了,与他签订了一份天价合约。然而,巨额金钱并没有让布拉姆获得内心的宁静,错乱的精神状态越来越失控。在一个无月之夜,年仅三十岁的他用一声枪响结束了自己孤独而纠结的灵魂。

　　失去了摇钱树的费尔南德斯沮丧不已,心里不禁暗生出了一个深远的计谋。他运用当时并不合法但已成熟的克隆技术克隆了布拉姆,计划在小布拉姆的成长道路上人为地添加无尽的苦难折磨,迫使他走上与父亲相同的绘画之路,并冒充父亲的遗作天价出售。

　　这就如同养殖贝壳的商人用贝壳一生的痛苦去换取一枚光亮的珍珠。

　　小布拉姆从一出生就备受折磨,他如牲口一般被关在一间暗无光线的地下室,缺衣少食,还经常被看护人打骂。常年压抑的生活状态让小布拉姆精神失常,总是在癫狂而暴躁的状态中绘画。

　　果然如费尔南德斯所料,当小布拉姆年满十五岁,他创作出来的作品风格已经与他父亲如出一辙,完全可以在市面上打着韦斯利·布拉姆的名号买卖交易。

　　利欲熏心的费尔南德斯加紧了压榨小布拉姆的力度,他甚至亲自上阵恶毒地施虐。有一次,费尔南德斯丧心病狂地动手殴打了布拉姆,十六岁的布拉姆在那一刻失去了理智,在扭打中失手用油画的刮刀戳死了费尔南德斯。而后,布拉姆被捕,被判处了十二年徒刑。此后,克隆人的人权组织一直在为布拉姆奔走,力图翻案,而羽生介川正是该组织的领头人。

第十五章

土卫二南极冰层之上,路渐离焦急而忐忑的等待只过了四天,多丽丝就兴奋地发来了消息。

"老路,比赛有了最后的结果,我在众多参赛者的作品中找到了一个绝妙的天才方案!"多丽丝的声音中带着难以抑制的激动。

比赛的最终方案以视频方式呈现在路渐离眼前,这是一套充满了独特创意而又构思详尽周密的计划。

太空服中的3D打印机将按这套程序编辑路渐离的体细胞,定制出一种名叫"土羽鱼"(源自基因设计师的命名)的新一代鱼类,土羽鱼依靠一刻不停地吸收海水中的二氧化碳以及有机物碎屑飞速合成自身所需的食物,从胚胎到成熟、产卵只需要二十天的时间。除此之外,土羽鱼的形态、习性与地球上的水滴鱼有着几分相似,构成身躯的是密度比水还小的凝胶状物质,能毫不费力气地在土卫二低重力环境的海水中漂浮。

与此同时,一套与土羽鱼配套的养殖方案也早已成型。

首先,路渐离需要一张巨大而格点精细的网,就如一个可伸缩的袋子,能让海水顺利流出而不让鱼儿跑掉。需要感谢多丽丝，是她坚持让自己保留着那些纳米材料，现在正好用来编织这样一张渔网。

方案的剩余部分都是与地球上池塘养鱼相差不太多的技术细节。

路渐离飞快地浏览完方案，他迫不及待地催促多丽丝实施计划。

在悄无声息间，太空服中的3D打印机运转了起来。

路渐离没有感受到身体任何的异样，纳米机械手臂就完成了细胞取样。

取出的细胞被送进了3D打印机中的一个微小的培养槽中，微小的纳米机器人从细胞中取出细胞核，飞速地编辑起了DNA。

培养槽中的图像被摄像芯片高度放大，让路渐离目睹了一场神奇的基因编辑过程。他看到数以千计的纳米机器人如同分工明确、协同作战的庞大蚁群，以他肉眼跟不上的速度对双螺旋状的DNA长链进行精准地切割、修剪、拼接。最终编辑出的新的DNA又被移植回了细胞中，新生的细胞经过一系列诱导形成全能干细胞，随即开始分裂，通过细胞增殖的方式迅速形成胚胎。

这些被创造出来的上千枚胚胎大小犹如微小的鱼卵，安静地存活在营养液中。

接下来，路渐离需要完成的工作是将这些胚胎播撒进海洋，让它们在广阔的空间中按着DNA设定的方向恣意地生长。

"老路，现在遇到了一个大问题。"多丽丝突然语气严峻地开口道。

"大问题？"路渐离有气无力地回应道。这一段日子食物摄入量减半，饥饿状态让他的大脑发沉得如同一团糨糊。

"培植方案需要一个动力强劲的机械臂以及一大堆无人小

潜艇,用来投放与打捞土羽鱼,这需要大量的3D打印原材料,然而你的原材料存储已所剩无几,已经没有可能再进行打印。"

"这可怎么办?"路渐离心中一沉,自责如刀锋般狠狠地划过他的心,他不应该在此前挥霍掉了太多的3D打印原材料,"能想办法打捞起'欧茨号'吗?"

"你的脑洞很大,但这绝无可能。"

"那可怎么办?"

"也不是完全没有办法。"多丽丝说。

"怎么办?"

"减薄你的太空服,用太空服的隔热层物质进行打印。"

"没有太空服的保护,我如何在土卫二生存下去?"路渐离大惑不解道。

"你的太空服一共有五层,我说的隔热层是最外面的第五层,也叫真空隔热层。由非常厚实的涂铝聚酯薄膜构成,它的功能是隔热与防辐射,如果是只在飞船内活动的舱内航天服可以不加这一层。"

"可是我现在并不在飞船内。"路渐离还是没明白。

"老路,你现在身处土卫二大气层内,尽管空气相当稀薄,但也抵挡住了不少的太空辐射。土卫二距离太阳足够遥远,你也不会有机会遭遇高热的情况。"

"那太好了,我也不会再有可能离开土卫二进入太空。就按你说的办吧。"

"另外,老路,还有一件事需要告诉你。"

"请讲。"路渐离的心又绷紧了。

"你的太空服中装备有两块RTC核电池,我将分出一块安装进新机器人身体中,为它提供动力。"多丽丝说,"太空服的动力会受到一些影响,但影响还算有限。老路,这有问题吗?"

"完全没问题。"路渐离松了一口气。

接下来,路渐离按照多丽丝的指示,在冰面上平躺了下来。

多丽丝操控着3D打印机制造的纳米机器人,在他的太空服中忙活了起来。

这一刻,路渐离静静地望着天空,他能感受到太空服外壁微微地蠕动起来,他正在以舍弃必需物质的方式换取支撑自己活下去的动力。他有了一种奇怪的感觉:物质、能源、时间、距离、引力、光速、加速度……自从坠入土星环后,他一直在与这些冰冷的物理变量顽强地做着斗争,交战双方各有胜负,但最终的结局还未可知……

就在他恍惚间,多丽丝完成了打印,只见从他的太空服胸口外壁裂出了一个大口子,很快,有着一对粗长机械臂、只比自己矮一个头的细长型机器人慢慢从他的胸口钻了出来,蹦到了冰面上,马力十足地来回旋走,晃动着手臂。它像是在兴奋地向路渐离打着招呼。

"老路,要给这位新朋友取个名字吗?"多丽丝说。

"就叫小黑吧,是我以前养的一只狗的名字,跟了我十年直到去世。"路渐离迟钝地说,一片昏沉的大脑已想不出其他更好的名字。

很快,小黑就进入了角色,它卖力地挥动机械手臂,没几下就在冰层上凿开了一个大窟窿,可以看到冰层之下翻腾的海水。与此同时,小黑身体里的RTC核电池散发出的滚滚热量形成了一个小小的热岛,让冰窟窿不会立刻冰封住。

一张宽大的"太空渔网"由位于四个边角的四个无人小潜艇操控着,下沉到水下一公里处,随即展开,覆盖了方圆超过一公里的海域。而后,四个小潜艇从小黑挖凿开的四个窟窿牵出,牢牢地固定在冰层上。

在完成了布网后,小黑向封闭的网中小心翼翼地投入了几滴"黏液",这正是土羽鱼的上万枚胚胎。

整个过程中,路渐离一直一言不发、虚弱地平躺在冰面上,眼睁睁地注视着小黑的一举一动。

他能做的只是等待二十天后土羽鱼生长成形被捕捞起来,成为拯救他生命的食物。

当然,这一切的前提是他能够熬过这注定异常漫长的二十天。

路渐离将食物摄入量降为最低限额的三分之一。很快,从未体验过的饥饿感袭来,如同上亿只蚂蚁盘踞在他的体内,狠狠地吞噬着他的心,让他双眼发黑,浑身发冷。

十五天过后,太空服中所有的食物储备全都耗尽,他只能饮水和进食从自己的粪便中提取的微乎其微的可食用物质。

他感到自己变成了一株飞速枯萎、走向死亡的植物,无法动弹,身体所有的器官都在剧烈地收缩。

他竭力控制自己不去想食物,然而他怎么也做不到。

"多丽丝,我……快不行了,现在就……打捞那些鱼儿吧。"路渐离奄奄一息地央求,难以忍受的饥饿感让他痛不欲生。

"老路,你听我说,此刻海水中的土羽鱼确实已发育成型,但还只是一些体型微小的幼苗。更关键的是,它们还没进入第一次产卵期,没有开始繁殖下一代,没有形成可持续下去的群落,此刻就动手打捞将导致它们群落的崩溃,日后无法再捕捉——"

"求你了,我管不了那么多了。"

"不行的,老路。"多丽丝加重了语气。

"求你了。"他跪倒在地上,如无助的孩子般哀求道。

"老路,坚持住。你知道,人类仅仅依靠水也能坚持超过七天。"多丽丝严厉地说。

"求你了……"意识已变得模糊,他只会机械地重复着同一句话。

然而,此后多丽丝并没有回应他。

路渐离仍一个劲儿地哑声哀求着,直到他再也没有一丝力气张开嘴发声,整个人如一摊烂泥,瘫倒在原地。

Day 97

接下来的每一分每一秒都变得无比漫长、无比难挨,就如一把利刃一刀接一刀剜刮着他的五脏六腑。

在生不如死的折磨中,路渐离终于熬到第二十天。

按照计划,这一天是收获土羽鱼的日子。

路渐离纹丝不动地倚靠在一面低矮的冰丘上,目光恍惚地看到小黑移动到冰窟窿前,动作迟缓地转动起机械臂,慢慢地使用一面小渔网进行捕捞。也不知道过了多久,一团胀鼓鼓的大包被拉出了冰窟窿,沉甸甸地落在了冰面上。

这一刻,路渐离的精神犹如回光返照般猛地一振,他挣扎着想要站起来,然而瘫软无力的身体让他仰面跌倒了。

小黑看到了这一幕,急忙拉着渔网飞步靠近了路渐离,帮助他立起身。

路渐离感激地望了眼小黑,他气喘吁吁地伸出手,解开了渔网的口子,看到了数十条手掌大小的土羽鱼,它们在小黑身躯营造出的热空气中幸免于被冻结,此刻还在活蹦乱跳。它们有着黏糊糊的半透明表皮,鳞片闪耀着银色的光。

这是他近半年以来第一次见到鲜活的生命体。

他双手哆嗦着，竭尽所有力气抓起了一条土羽鱼，捧在手中端详了起来。

土羽鱼有着一张近乎人类的面孔，圆瞪着一对硕大而透亮的黑色眼珠，皱着眉头，咧开厚厚的嘴唇，嘴边长着长长如老鼠尾巴的触须，正神情哀伤地注视着路渐离，像是在嘲笑可怜的他。

这或许是那位名叫羽生介川的基因黑客有意为之的无伤大雅的恶作剧，抑或是自己饥饿产生的幻觉。

他下意识地想要将这条土羽鱼送进自己的嘴里，却被太空服头盔外壁阻挡住了。

小黑赶紧伸出机械长臂，从他的手中夺回了土羽鱼。

"老路，土羽鱼不能直接食用！"多丽丝大声地说。

"还给我——"路渐离哀求着想要抢回鱼儿。

小黑没有理会他的举动，它扶住路渐离的身体，打开了他胸口太空服的双向阀口，将三条土羽鱼送进了他的太空服内。

剩下的工作交给了太空服的加热烹饪系统。

"嗨，老路，你可以选择食物的口味，你要培根味还是海藻味？"多丽丝询问道。

"别管……什么口味。"路渐离气若游丝地回应道。

他竭尽全力微微张开嘴，急迫地等待着。终于，进食管伸进了他的嘴中，一股柔滑的流质体涌进了他的口腔，顺着干涩的喉咙滑进了萎缩的胃部，就如久旱甘霖般，让饥渴已久的胃壁褶皱重新蠕动起来。

渐渐地，他有了一丝力气，大口吞咽起流质体，这味道可真是他一生从未品尝过的极致美味。

Day 93

日本大阪市郊的一间普通的廉价公寓内。

羽生介川穿上外套,正准备出门。突然,他接到了一个视频电话,来电者是米依涟。

"羽生君,首先向你表达最诚挚的敬意。你的方案非常成功,路渐离活了下来。我们今天准备把剩下的一千万美元打入你的账户。"

"好的。"羽生介川平静地回应道,"还有别的什么问题吗?"

"另外,活下来的路渐离想在虚拟网络中当面感谢你,不知道你是否愿意与他见上一面,这不会耽搁你多少时间。当然,你也可以选择不见面,剩下的一千万美元仍然会及时汇入你的账户。"

羽生介川思考了一会儿,开口道:"好吧,作为比赛获奖者最基本的职业操守,我还是抽出时间接受金主的见面要求吧。我今天就不出门了。请他在下午三点连入我的个人主页。"

"真是太好了! 我马上告诉他。"米依涟欣喜道。

路渐离准时出现在了羽生介川的个人主页上。他的虚拟形象照搬了土卫二上那副狼狈不堪的样子,身上伤痕累累的宇航服已经难辨钢铁侠的风采。

他怔怔地环顾四周,这是一个日本风格十足的虚拟空间,古朴的亭院培植着几株樱花树,淡粉色的花瓣在和煦的微风中旋转、飘落。

羽生介川还是现实世界中那副清秀的面容,只是换了一身传统的白色日本武士礼服,一个人盘膝坐在草地上,在一盘围棋棋盘上推敲着棋子。

"羽生君,感谢你设计出的那些鱼。"路渐离对着羽生介川动容地说道,这是他两个小时前说出的话语。

"路先生,你活不了多久。"羽生介川头也没抬地说,他的注意力仍集中在棋盘之上,"再强大的基因黑客也无法像真正的魔法师一样,无中生有地凭空创造出并不存在的食物成分。土羽鱼已经最大限度地吸收转化了土卫二海洋中的有机成分,含有足量的蛋白质、脂类、碳水化合物,但并不含人类必需的维生素和微量元素。缺少这些生命物质对你来说是致命的,过不了多久,你的生理机能就会出现障碍,诱发各种疾病,到时没有人能救得了你。"

直到羽生介川下完一盘棋,路渐离的回应才姗姗来到。

路渐离仍面带着微笑,"羽生君,你可真是快人快语。是的,我也知道自己活不了多久,但我还能依靠那些土羽鱼生存上一段时间,过一天是一天吧。我有位朋友告诉过我,有生的日子应该天天快乐。在生命剩下的日子里,我也会用心地感受土卫二美丽的风光。

"米依涟告诉了我你的故事,你是一位克隆人,一直在为克隆人的权益奔走,现在正在为一位受冤的克隆人少年打一场至关重要的官司。你的行为深深地触动了我,我想有必要把我的一个秘密告诉你。直到今天全世界只有两个生命体知晓我的这个秘密,我的父亲与一位A.I.。"

路渐离顿了顿,"羽生君,我和你一样,也是一名克隆人,一名如狼人一般隐藏在人群中的异类。"

接下来,路渐离向羽生介川讲述了自己的故事。

路渐离的讲述让羽生介川怔住了,他放下手中执着的棋子,认真地倾听起来，慢慢地，他的脸庞第一次流露出了真正的复杂感情。待路渐离说完，他站起身来，目光诚挚地望着路渐离。这一次他敞开了心扉。

"路先生，感谢你让我知道你的身世以及你与这个世界和解的心路历程。不知道你是否通过以前的新闻了解过我的身世？是的，与你相比我是一名身世更加独特的克隆人，算是克隆人这个异类群体中的异类，我拥有两位生理意义上的父亲。

"不用怀疑，我是爱的产物。我的两位父亲在东京大学的校园里相识相恋，过了十年，一直忠贞相爱的他们希望能有一个爱的结晶。他们将希望投向了当时已经在人类之外的生命体身上取得成功的孤雄克隆技术[①]。

"在某种意义上，他们这样的做法也是想要反击世俗的偏见，证明上帝是允许两位同性的伴侣延续后代的。

"我并不知道我是不是人类历史第一位孤雄生殖技术创造的克隆人，但感谢上帝，这一次祂坚定地站在了我的两位父亲一边。我幸运地来到了这个世界，健康地活下来了，并在童年得到了两位父亲倾尽所有的爱。

"但我在得知自己的身世后，我并不快乐，年仅十五岁的我愤而离家出走。

"在此后充满波折的生命历程中，就如同受到体内 DNA 的隐秘而确凿的召唤，我最终进入了基因黑客的世界。

"那时的我无时无刻不厌恶我的克隆人身份，总是想方设法地改变自己的基因。你瞧，经过一番努力，我真的做到了。我替换掉了身体中大量的 DNA，也可以说，如今的我已并不是最初我

[①]通过对单倍体胚胎干细胞进行印记基因修饰并利用该细胞进行胚胎操作的克隆技术，能用两枚精子创造双父亲来源的后代。

的两位父亲创作出的那一团基因阵列了。

"然而这么多年过去了，我改变了自己的身体，却始终换不掉我的身份、我固有的思维方式以及我那充满温情的幸福童年在我生命中留下的美好印迹。

"一番曲折的思想斗争之后，我选择与两位父亲和解。如今呢，我每个周末都渴望和他们待在一起。

"另外，未来我也准备与自己的同性恋人运用业已成熟的孤雄克隆技术创造一个我们共同的孩子。

"说到这儿，你或许会问我对克隆技术的态度。

"在我看来，克隆技术如同数学定理那样永恒地存在着，人类很难彻底与之隔绝，人体奇点的来临不可阻挡。我想，除了被其裹挟前行之外，人类需要学会的是如何更谨慎地选择技术，用爱与责任去维护我们珍视的东西，有尊严地抵达奇点之后那个终将面目全非的世界。

"因此，我积极参与了克隆人维权组织。"

羽生介川的话让路渐离沉默了许久。

"羽生君，你的倾诉给了我莫大的力量，让我感受到自己在这个世界上并非孤独的异类。再次感谢你，羽生君。打搅了你大半天时间，是时候说再见了。另外，替我问候布拉姆。"路渐离依依惜别道。

"祝你好运，我的兄弟。我们一定会再见面。"这一刻的羽生介川也动情地告别道。

最后，他们彼此拥抱了呆立的对方，结束了会面。他们从虚拟界面退回到真实世界，奔向各自曲折的人生之路。

第十六章

Day 152

随后的日子里,路渐离依靠土羽鱼在土卫二南极艰难地生存了下来。

他从一个半吊子宇航员变成了生活在地球北极的原始人,破冰捕鱼,茹毛饮血。单一的食物摄入导致他营养严重不良;缺乏维生素,导致他免疫力下降;而缺乏钙元素,以及土卫二的微重力环境让他的骨质变得疏松。但是,他一时半会儿也不会死去,只是寿命会大大地缩短而已。

让他感到欣喜的是,渔网中的土羽鱼数量变得愈来愈多,鱼群繁衍速度远远超过他的食用速度。于是他开始定期将一部分土羽鱼分离出渔网,让这部分幸运的鱼儿游向更广阔的海底,这样一来,他的DNA也随之扩散至了海洋深处。

他不由得想到了父亲的遗愿,父亲生前如此热切地渴望他的基因通过自己延续下来,通过路渐离的人生改变地球上人类社会的形态。原本他无力完成父亲沉重的愿望,但如今却误打误撞地来到了土卫二,借用从父亲那里拷贝过来的基因改变了土卫二的自然生态。

这让他获得了一种虚幻而可笑的成就感。

这样看起来，如果没有什么意外，他自给自足的捕鱼生活还将使他苟延残喘一段时间。

直到两个月后的一个夜晚，他平静的生活被打破了。

沉浸在睡梦中的路渐离被多丽丝慌张的声音唤醒。

"发生了什么?"路渐离愣愣地问，身下坚实的冰层变得剧烈动荡起来，空气中回响着沉闷的响声。

"开始冰震了，马上将会有大规模的冰火山爆发。"多丽丝急切地说道。

他连滚带爬地起身，环顾四野，立刻惊呆了。昏暗视线中过去一直风平浪静的冰原变成了另一番模样，他如同置身于一片怒波汹涌的海面之上，此时地动山摇，滚滚的冰尘爆裂升起，如一团团蘑菇云铺天盖地笼罩在空中。

此刻，冰层之下像是有一头巨大无匹的怪兽正在苏醒，狂躁地咆哮着，将整个土卫二南极搅得天崩地裂。

路渐离在原地呆立了半晌，他又想起了什么，抬腿向已经变得扭曲的地平线奔跑起来。

"老路，你要去哪里?"多丽丝惊呼道。

"我的土羽鱼——"路渐离喃喃道，他的第一反应是赶到自己的捕鱼点，从冰窟中捞起鱼儿与渔网。

"老路，没时间了!"多丽丝命令式地厉声喊道，"快停下来，向北方跑!"

路渐离并没有听从多丽丝的指令，而是继续埋头奔向捕鱼点。

但他很快发现继续前行已无可能。天地之间像是有一只无形的巨手在剧烈地揉捏大地，广阔的冰原如同一张被狠狠捏皱的白纸,隆起了高低起伏的波浪状山峦。

捕鱼点所在的那块区域整个变成了一座高高隆起的山丘。

这一座山丘还在飞快升高,变成了一面广阔无边的白色墙体,飞速移动着,正迎面向着自己崩塌而来。

他恍然停下脚步,在愣怔了一秒后,终于,他反应过来了,慌忙折转身,向着捕鱼点相反的方向全力飞奔起来。

没跑多远,他遇到了赶来寻找自己的小黑,他们在空中匆忙地击了下掌,然后携手向外逃离。他们就如游戏中的超级马里奥兄弟,踩着不断崩塌的冰层,腾空前行,躲避着不断压迫而来的沉沉冰雪。

路渐离的身体不时被狂乱飞起的冰块击中,幸运的是,他坚实的太空服抵挡住了这些冰块的冲击。在低重力下,他失控地落地,又踉跄地爬起,跌跌撞撞地向着北方蹦跳。

他与小黑一路向北,逃离了南极震区。当他心有余悸地回头望去,看见土卫二南极变得触目惊心、混乱不堪,多座冰火山同时喷发,蛮横无理地清洗着过去的地貌。

这不由得让他意识到,这两个月来的平静日子只是一个虚假得并不真实的幻影。土星环再次向自己显露出可怖的狰狞面目,变成了一座危机四伏的冰雪炼狱。而渺小的自己再次退到了孤立无援、不堪一击的境地。

好不容易,他们在一片相对平静的山谷中停下了脚步。

"老路,我们已经离开了南极的冰下海洋区域。"多丽丝对路渐离说。

"冰震什么时候会停下来?"路渐离不安地问。

"老路,冰震很快会停下来。不过,看起来土卫二南极进入了地质活跃期——"多丽丝欲言又止地回答道。

路渐离没有再说什么,他呆立在原地,心急如焚地等待着。这场声势浩大的冰震持续了近十个小时,终于,从地表传来的震动渐渐平息了下来。

冒着冰震重新爆发的危险,路渐离离开了避风港,带着小黑小心地踩着裂纹纵横的冰面,返回到了捕鱼点。

眼前的景象让路渐离震惊不已,他们生活了两个月的地方已经变得面目全非,千疮百孔的冰面上升起了好几座磅礴喷发的冰火山。他们无处寻找渔网的踪迹,帮助自己渡过多次难关的纳米材料制作而成的渔网,不是深埋进了厚厚的冰层中,就是已经坠落进了海洋,甚至有可能已经被抛离土卫二进入了太空。

他不得不接受一个残酷至极的现实:除了小黑,捕鱼工具全军覆没。

捕鱼点渔网中所有的鱼都跑掉了,不过这对这些鱼儿未尝不是一件好事,它们挣脱了渔网的束缚,游向了更广阔的大海深处,假以时日,它们或许有机会遍布这片大海。

"多丽丝,我还剩下多少口粮?"路渐离开口问道。

"勉强够三天。"多丽丝回答道。

路渐离愣愣地点了点头,一丝自责闪过心头,此前真应该储存更多的食物。

不过,他也没有感到太过慌张,毕竟在进入土星环后经历了如多米诺骨牌般接踵而至的诸多灾难,面对新的绝境,他的心竟有些麻木了。事实上,他已经赚到了,又多活了不少时日。

再说了,他也不是真正地一败涂地,此前已经在海洋中培育起了庞大的鱼群,想办法捕捞起它们,自己或许还有一线生机。

他冷静地思考起来,首先需要制造出一套新的捕鱼工具。

"多丽丝,我的太空服内还有多余材料用于制造新的渔网吗?"

"没有了,老路。"多丽丝充满遗憾地说。

"还能故技重施吗? 就像之前的方法一样,利用太空服的某一表层物质进行打印?"

"没有可能了,老路。你的太空服剩下的四层外壁对你都是至关重要的,你没法舍弃任何一层。"

"难道我只能待在这里等死?"路渐离绝望道。

"或许有一个办法。"多丽丝欲言又止。

"办法是——"

"舍弃你的一只手臂。"

"你是说——"

"当然,我指的并不是你的肉体手臂,而是你太空服的一只手臂。你知道,太空服本身是由能够反复3D打印的原料构成的。"多丽丝轻声地说,"舍弃一只太空服手臂用于3D打印,制造一张足够大的渔网。但从此以后,你的一只肉体手臂将只能永远蜷缩在太空服中,无法再伸展。老路,这有问题吗?"

"没问题。"他愣愣地点了点头,"就舍弃我的右手臂吧,我是一个左撇子。"

紧接着,"断臂"行动开始了。多丽丝调节了太空服内右臂的局部气压,使路渐离能将右臂缩回,紧紧地贴着身体。很快,他看到太空服的右臂材质开始缓缓融化,以流体的形态流回了位于太空服胸口的3D打印机中。

待打印完成后,他从胸口的双向阀取出了一张宽大的渔网,考虑到此时捕捉的土羽鱼早已长大成形,多丽丝将网眼设计得足够大。

在多丽丝的指引下,他在附近找到了一处脆弱的冰层,开启了一眼新的通向海水的冰窟窿。

这一次,他们不得不采用别的捕鱼方法,由过去的捞鱼变成真正的捕鱼。小黑用绳子将身体与冰层上的支点相连,然后只身潜入了冰窟下海洋的表层,向着海底抛散开渔网,希冀能捕捉到游经此处的鱼儿。

尽管小黑已经下潜得足够深,不断地抛网、收网,然而网底始终没有收获到一只土羽鱼。

路渐离在冰面上无助地等待着,他的心情变得越来越焦急,如筋斗云般一直追随着自己的运气像是离他远去了。

他记得地球上鱼类的记忆只有几秒钟,他弄不懂由自己基因培育成的这些土羽鱼的记忆究竟有多长,但看上去它们同样也没有足够的记忆力。它们已经彻底忘记了孕育它们的地方,不再回溯至海洋表面。

不过仔细想来,这也并不奇怪。毕竟渔网面积有限,无法真正触及广袤的海洋深处。再说了,他养殖的那些鱼儿理应更加依赖养料更丰盛、温度更和煦的海水,它们应该早已游弋到海底深处,聚集在那里,形成了区域广阔而分散的栖息区。

在忙活了大半天后,他与小黑仍是一无所获。

"老路,别泄气。"多丽丝一直在鼓励着他,"或许你可以在不同的地点开挖,土羽鱼的活动区域可能已经相对遥远地分散开来。"

"好吧,也没有别的办法,我们去其他地方碰碰运气吧。"路渐离无奈地点了点头。他下意识地望了眼天空,天空中阴霾密布,充斥着令人窒息的压抑感,已经见不到那一颗能让他感到心安的光点——多丽丝一个月前已经离开土卫二轨道,去到土星环别处继续探测任务。

路渐离默默地收起了渔网,带着小黑离开了捕鱼点,在五公里之外寻找了另一处薄弱的冰层,艰难地开启了一眼通向海洋的窟窿。

然而,捕捞的结果依然让路渐离感到深深的失望,他们连土羽鱼的影子也没有见到。

Day 155

接下来的两天时间里,路渐离与小黑又辗转了多处地方,无数次的投网都一无所获。

过去俯拾即是的鱼儿变成了永不可触摸的镜中之影。

直到这一刻,路渐离的食物已经耗尽,两个月前那刻骨铭心的饥饿感觉再次攻陷了他的身体,一股难忍的灼烧感如火一般在胃里蔓延。

终于,饥饿让路渐离倒下了,他无力地躺在冰面上,没有一丝站起来的力气。

"老路,别停下来。"多丽丝轻声地唤道。

"让我睡一会儿。"路渐离虚弱地说。

这一次,多丽丝没有再打搅他,转而指挥着小黑继续寻找土羽鱼。

路渐离一动不动地躺在原地,大脑一片昏沉,他目光空洞地注视着小黑在远方的茫茫冰原上四处转悠,如同一个停不下来的陀螺,执着地为他挖掘洞窟,卖力地钻进洞窟,然而每次再爬出洞窟都是双手空空。

相比之下,此刻失去食物支撑的他连呼吸的力气都快没有了。

路渐离莫名地产生了一种奇怪的想法。如果人类能够抛弃碳水化合物构成的沉重而脆弱的身体,只保留大脑,也许就能像小黑一样自如地运转机械身躯,由RTC核电池持续不断地供给能源,那该多好啊。

Day 157

接下来的两天中,路渐离如冰雕般虚弱地蜷缩在原地。

伴随着痛不欲生的饥饿感,他的身体开始变冷,由此他产生了一种强烈的幻觉,自己仿佛已失去了太空服的隔层保护,赤身裸露在冰天雪地之中,极寒的空气一点一点地侵袭他身体,冻结住他的血液与骨头。

也不知道是否是错觉,路渐离恍惚地感受到身下冰层的震颤变得剧烈起来,此起彼伏的沉闷声响在耳畔回荡,叩击着他的大脑,像是在用力呼唤他不要彻底睡去。

这应该只是之前冰震过后的一场微弱余震。

又不知过了多久,迷糊中的路渐离听到了一声巨大的声响。他恍然睁开眼睛,头盔外的视界变得模糊不清,一座新生的冰火山在距离他不远的地方破冰而出。巨量的冰雪物质如同一只潜伏了许久的巨龙,从大地的裂缝一跃而出,张牙舞爪地在高空升腾。但很快,巨龙又骤然解体,变成了一大群聒噪舞动的白色幽灵,纷乱地奔向晦暗的天穹,在天空中与引力竭力相搏之后,大部分冰雪又四散飘落向大地。

这一瞬,他有了一种幻觉,土卫二天地之间再次升腾起一场宏大而凌乱的白色噩梦,将他整个吞没。

这一次,他已无力逃脱。

他的耳畔猛地传来了多丽丝急迫的声音:"老路,不好了!小黑被冰火山的喷发物席卷向了天空,我与它失去了联系。"

　　他的心猛地一紧，他这才意识到他的小黑正在火山喷发那一带区域为自己打捞土羽鱼。

　　"小黑——"路渐离轻声地唤道。他茫然仰起头，怔怔地望着天空中升腾起的浑莽云团，饥饿产生的眩晕感让他感觉包括云团在内的整个天空都在急速旋转，在这一片混沌中他无从寻找小黑的踪迹。

　　小黑会借着冰火山喷发物的推力离开土卫二进入太空吗？它的机械身躯将在土星环中漫游吗？他的脑海中闪过一丝奇怪的幻想，这或许对小黑来说也是一个不错的归宿。

　　没过多久，多丽丝又发来了信息："老路，好消息，小黑没有事了。它最终坠落回冰面，从一团覆盖的雪堆里挣扎着爬出来，它现在正在向你赶来。"

　　"真好——"路渐离喃喃道。

　　"老路，但是有个坏消息需要告诉你。"多丽丝压低声音说，"在冰火山猝不及防的冲击中小黑弄丢了你的渔网，不知道渔网被掩埋进了冰火山的哪一团落雪中。"

　　路渐离的心重重地咯噔了一下，他用一只手臂换来的渔网也离他而去，即使自己侥幸脱离此时的险境，也没有了一丝活下去的可能。

　　直到这一刻，他已经打光了所有的子弹，也耗尽了所有的运气。

　　"老路，你现在要做的是赶快离开这里，你待的这一大片区域将会变得非常动荡。冰层下面的海水中正涌动着一股能量巨大的潮汐，可以预见要不了多久，又一座新生的冰火山就将在你所在的区域喷薄而出。"多丽丝紧张地呼喊道。

　　"就让我死在这里吧，我现在哪里也去不了。"路渐离呢喃道。

"老路,求你了,快起来吧!"多丽丝激动地大声呼喊道,"如果你就这样继续躺在那里,一定会被冰火山吞噬,你的太空服中的RTC核电池也可能坠落向大海,从而污染海洋——"

"我管不了那么多了!"话一出口,路渐离感到了深深的自责,他创造的那些美丽的鱼儿会因为自己的过失遭受灭顶之灾,猝然中断繁衍之路。恍惚了半晌,他喃喃地开口,"多丽丝,现在就让小黑取下我太空服中的核电池,赶快离开吧。"

"不行的,老路!那样你的太空服会立刻断电,你会瞬间窒息死去。老路,赶紧给我站起来,我们继续想办法!"多丽丝大声吼道,她的话语变得从未有过的严厉。

"多丽丝,让太空服断电吧。这一次……真的对不起。"路渐离闭上了眼睛。

透过太空服传来的冰层震动变得愈来愈强烈了,路渐离麻木地躺在那里,任凭生命气息缓缓流失。他心中甚至盼望着身下的冰层能早一点崩裂开来,将自己吞进海洋,尽快结束这生不如死的折磨。

不知道过了多久,路渐离感到有什么东西在拉拽着他的身体,他费力地睁开眼,看到小黑来到自己身旁,奋力地想要拉起他。他无力地反抗了几下,最后还是放弃了挣扎,任凭小黑拉拽。

小黑扛起了他的身体,踉踉跄跄地奔跑在摇摇欲坠的冰原之上。

突然间,身后冰面上又传来一声巨响,路渐离怔怔地回头望去,果然如多丽丝所说的,一座新生的冰火山在他刚刚待的地方爆发。

尽管这一口冰火山已经距离他足够远,但还是有大量的冰雪物质穿过了遥远的空间,如同纷纷扬扬的雪花般飘落在他的身旁。

小黑仍在不顾一切地奔跑,路渐离静静地伏在小黑的肩膀上,近乎陶醉地感受着周遭的世界。土星淡淡的光辉指引着这些雪花,轻抚着他的身体。若远若近的呼啸声在他的耳畔回响,如同一曲轻柔舒缓的安魂曲,抚慰着他空空如也的意识。

他心中竟生出了一种虚幻的幸福感。

真好啊,他在心中自语道,这漫天飘飞的雪花很像人生谢幕之时绽放的白色烟花。

忽然之间,有一片奇怪的、巨大的雪花,如同一条飞鱼般划过他的眼前,硬邦邦地砸在冰面上。

这一刻,小黑不由得停下了脚步,它如同一位警觉的猎人,没有放过这一异常状况。

小黑将路渐离轻轻地放置在冰面上,快步奔跑向了那片不一样的"雪花"。

"老路,你猜,我们发现了什么!"路渐离耳畔响起的多丽丝的声音充满了难以抑制的欣喜。

路渐离微微地张开嘴,却没有力气发出一丝声音。

"是一条土羽鱼!"多丽丝兴奋地高喊道,"真是没有想到,南极海底的潮汐在深海热泉的驱动下,驱使海水中的土羽鱼穿过了冰层的裂缝,最终将鱼儿带到了冰层之上。"

"快让我吃——"路渐离终于发出一声游丝般的呢喃。

"老路,我觉得你可以活下去了,冰喷泉裹挟着土羽鱼喷出,这说明海里的鱼群已经形成了庞大的规模,以后冰火山一定还会源源不断地喷出鱼儿来。"多丽丝激动不已。

"快让我吃——"路渐离呆滞地哀求着。多丽丝的话在他空荡荡的脑子里激不起任何反应，此刻他一心只想填饱肚子。

他怔怔地望着小黑来到他的身边，将土羽鱼放进了他的太空服的双向阀口。太空服的食物系统工作了起来，终于，烹制好的土羽鱼流质注入了他的嘴巴，他用力吞咽起来。

狼吞虎咽完这一条从天而降的冰鱼，路渐离稍稍恢复了一点元气，虽然肚子里依然是难忍的饥肠辘辘。

他缓缓地站起身来，步履蹒跚地带着小黑走向了正在喷发的冰火山，希望能捡到更多的土羽鱼。

这一次，多丽丝没有阻拦他，而是尽心为他指引路线。

接下来大半天的旅程充满了连续不断的惊喜，他与小黑围着冰火山转悠了一大圈，直到这一口冰火山停止了喷发，一共捡到了三条土羽鱼，这足够他两天的口粮。

第二天，多丽丝指引他去到更靠南极的一个区域，等待另一口冰火山的喷发。在一场壮美的大雪过后，他们又幸运地捡到了三条土羽鱼。

接下来的日子，路渐离开始以四处捡土羽鱼为生。

这样的捡拾行为需要一些运气，毕竟土卫二南极众多的冰火山并不是随时都处于活跃状态，每座活跃起来的冰火山的喷发也不是持续的，路渐离最长的一次等待足足间隔了十天。

他就这样饱一顿饿一顿地延续着生命，后来他学会将捡来的鱼存储在地质环境稳定的南极边缘区域，土卫二零下一百六十摄氏度的极低温无疑像一座庞大的天然冷冻库，这样一来，他没有再饿过肚子。

这些在冰雪中冰冻太久的冻鱼口感相比之前鲜活的鱼儿多少有些不一样，但他也没办法挑剔了。

第十七章

Day 365

"早上好,老路。"与往常一样,当路渐离从平静的睡梦中醒来,他的耳畔传来了多丽丝轻柔的问候声。

"早上好,多丽丝。"路渐离大声回应道。他缓慢地站起身来,口腔中凝聚着一股浓稠的血腥味,从半年前开始,他每天早上醒来,口腔中总是包着这样一口黏黏的浓血。这是严重缺乏维生素所致,他身体内的红细胞正在剧烈减少,以致口腔内的伤口难以愈合,一直出血不止。

此刻,导食管为他的口腔注入了一些冷水,他用冷水漱了漱满口的浓血,然后吐出,这让他感觉稍稍好受了一点。

他对着依旧昏沉的天空伸出左臂,缓缓地活动起了僵硬的身体。

"又是新的一天!"路渐离大声地对自己喊道。

"老路,今天的日子有些特别。"多丽丝说道。

"今天又是什么日子?"路渐离心中一个激灵。

"今天是你跌落进土星环的第三百六十五个地球日。"

"嗯,整整一年了。"路渐离愣怔道。不知不觉间,他竟奇迹般地在土星环中坚持了一年,尽管自己此刻的身体已经变得糟糕透顶,濒临崩溃的边缘。他已经不再照镜子,也从不自拍,因为他无法面对镜子与照片中那一张苍白消瘦、双眼深陷的脸庞。他能感觉到自己的体重明显地下降了不少,太空服内原本贴着他身体的狭小空间变得异常空荡。不用检查他也知道自己的五脏六腑都变得不太正常,过量的蛋白质摄入导致肾脏负担加剧,使整个身体的免疫功能变得非常低下,他已经开始频繁地尿血……

除了身体问题,随着日子的推移,路渐离不断遭遇了新的麻烦。他的太空服变得破旧不堪,不时有小洞破裂开,还好多丽丝总能及时发现,通过不断拆东墙补西墙,用减薄太空服其他地方外壁的方式修复了破洞。

太空服的诸多功能也在陆续地失灵。由于肥皂水耗尽,他甚至失去了每天早上用肥皂泡洁面的愉悦,他只能终日蓬头垢面……

这让他不由得有了一种强烈的感觉,自己就像一位日渐失去魔法的魔法师,任何一个诸如失足坠落海底、腹泻、感冒加重、突来的牙痛这样的微小意外都可能将他击倒。但他不愿过多担心意外与明天哪一个会更早降临。

让他感到一丝庆幸的是,每天从冰喷泉带出的土羽鱼产量变得越来越高,这意味着土羽鱼在没有天敌的土卫二海洋中繁殖得越来越多。这让他由衷地为这些鱼儿感到高兴。

这样一来,他不再需要如以前那样花上长时间大范围地转悠寻找冰鱼。他只需要用一小半的时间捡拾冰鱼,他将更多的时间投入到了新的精神寄托——创造形形色色的雪雕上面。

在白雪皑皑的冰原之上,一团团浑然无形的冰雪被堆积起来,通过他左手掌控的冰刀一刀一刀地雕刻,逐渐具有了栩栩的形象,就如一个个崭新的生命经过漫长的分娩,诞生在了土卫二表面。

待这些雕刻成型,在淡淡的土星光的照耀下,纯洁的雪雕轮廓分明,显现出若隐若现的光影,营造出了一种别样的梦幻感。

路渐离记忆中那些难忘的人与物都是他雪雕的原型,长城、泰姬陵、狮身人面像、蛇夫座大师、卢克天行者、长翅膀的巨龙、绿巨人……都轮番降临在了土卫二的冰雪大地上。

当然,这些漂亮的雪雕存活不了多长时间,只需要一场并不大的冰雪风暴或是一场微小的冰震就会令它们迅速消融无形。对此他一点也不觉得沮丧,世间没有什么是永恒存在的,他享受的是如何想象雪雕的形态、专心致志精雕细琢的过程,以及雪雕成型那一刻难以形容的快乐。

日子就这般自得其乐而又有惊无险地向前流淌着,谁也不知道这样的日子将在哪一天戛然而止。

Day 367

当多丽丝进入木星太空站的主舱时,看到本福德又早到了。他安详地端坐在沙发上,空气中已经飘浮了好几只五颜六色的气泡。

多丽丝走上前,伸出手指,按时间顺序逐一点开了气泡。

"最近路渐离的状态如何?"本福德关心地问道。

"他还是老样子,在土卫二上艰难地活着,最近迷上了冰雪艺术,无师自通地变成了一位自娱自乐的雪雕艺术家。"多丽丝顿了顿,微微皱了皱眉头,"但是事实上,他身体的各项指标已非常糟糕。我对他屏蔽了这些监控指数,让他并不知情。这样下去,他熬不过半年。"

她又点击了下一个气泡。

"孩子,这一次NASA高层让我提醒你,请遵守此前的约定。最后的撞击日期不能再更改了,此前你已经因为路渐离而一拖再拖,延迟了太多的时间。"本福德目光忧戚地望着空气,轻声地说。

"我知道的,亲爱的本福德先生。"多丽丝低声说,"我会严格遵守约定。还有三个月零五天,就到了我告别的时刻,我将如四十四年前的'卡西尼号'那样撞向土星。那将会是我生命中最有意义的一天。事实上,我一直在等待着这一天的来临。我早已做好了准备——"

多丽丝咬了咬嘴唇,踌躇片刻后还是没有再说下去,她迅速地点击了下一个气泡。

本福德犹豫着说:"多丽丝,我知道你一定还放心不下路渐离。离开你后他在土卫二上的生活将变得更加艰难,他或许还会再幸运地生存一段时间,直到有一天,终会像一片孤独的雪花一样永远地消融在土卫二的冰天雪地中。但我想说的是,过去的一年里你已经给予了路渐离足够多的帮助,让他奇迹般幸存到现在。凡事终有落幕时,多丽丝,你完全可以不带任何遗憾地离开。"

多丽丝愣怔了好一会儿,轻声开口道:"本福德,我能理解你的话,但就这么离开,我的心中总还是有着一丝难言的遗憾。我最近有了一个新的灵感,我想或许有机会最后帮老路一把。"

Day 398

这一天,在一场凄厉的风暴过后,路渐离苦心创造出的一组形态各异的雪雕又集体消失无形。

他没有丝毫倦怠,又堆聚起如山的冰雪,想要雕出一个大家伙。

"老路,今天你要完成的作品是什么?"多丽丝好奇地问。

"我要雕刻一头猛犸象。"在一阵剧烈的咳嗽后,路渐离得意地宣布道。

"猛犸象,一万年前因为人类而灭绝的西伯利亚大象?浑身满是长毛的庞然大物?"

"是啊,你不觉得猛犸象与这片冰原很搭吗?"

"真棒,非常期待你的大作。老路,记得今晚有利物浦主场比赛。"多丽丝提醒道。

"啊哈,我当然记得,今晚是利物浦对埃弗顿的利物浦城德比,我一定准时打卡。"路渐离说,他又咳嗽了好几声,然后下意识地抬头望了眼星空中土星一侧那一颗渺小的太阳以及更加渺不可见的地球。

在此刻他的心中,那一粒十四亿公里之外、尘埃般微小的蓝色星球,就如另一个太过遥远、有着完全不一样时间轴的平行世界,无法触及,同时也勾不起他太多的兴趣。但只有利物浦俱乐部算是他与此刻的现实地球唯一而浅淡的联系了,每个英超比赛日他还是会以虚拟VR的影像重返地球一次。

傍晚时分,路渐离早早地来到了安菲尔德球场,球场的气氛一如既往地热烈而又亲切,狂热的红色军团球迷高举围巾站立着,一刻不停、忘情地放声高歌,把整个球场变成了一片火热的红色海洋。

当然与往常一样,路渐离此刻身处的只是其中一面虚拟看台。这是VR直播为网络观看者模拟亲临现场的真实感受而虚拟出来的,围坐在他身旁的狂热球迷与他一样,全是收看VR直播观众的虚拟形象。

这已是他来到土星环后经历的利物浦第二个赛季,上一个赛季,利物浦在最后一轮因为守门员的一个低级失误惨遭对手逆转,痛失几乎到手的冠军。这是他所熟悉的苦涩剧本,过去很多个赛季里利物浦都在最后的赛点功败垂成,对此他早已释然。生而为人,遗憾总是如影随形。身在遥远的土卫二,最后的胜负对他来说已不再重要,重要的是自己在有生之年能来到这座球场,竭尽全力跟随主队,追寻胜利的荣光。

时至今日,路渐离早已丧失了与周围球迷打招呼的热情劲儿,他径直找到球票上的位置,坐了下来。他环顾球场,今天的球场似乎相比过去更加热闹,像是有着一个特别的全新主题,这是什么节日快要到来了吗? 也许是圣诞节快到了吧。

他注意到飘荡在各面看台上的几面条幅上有着醒目的标语,天哪! 上面的文字竟是中英文"老路,欢迎你回家"。

老路? 这是在向与自己昵称相同的某位球员致敬吗? 可是有一面巨大的横幅上那位身着破损的太空服、没了右臂的男子……分明就是自己啊!

这是怎么回事? 他情不自禁地站起身来。这时,他发现身旁的球迷全都用一种奇怪、热切的目光注视着自己。

"嗨,老路!"坐在右手边的一位大个子老年球迷突然开口道,他冒出的竟是一句口音奇怪的中文。这是路渐离第一次在虚拟看台遇到有人主动向他打招呼。

路渐离愣愣地注视着对方。老人的头发、络腮胡子都已经花白,无情的岁月让刀刻般的皱纹爬满了他的脸庞,但却没有改变他依然硬朗的脸部轮廓以及坚毅的眼神。路渐离脑海中下意识地浮现出他年轻时的样子,对方是……杰拉德[①]?

"史蒂文·杰拉德,是你吗?"路渐离轻声唤道,这位利物浦俱乐部名宿怎么会出现在这片虚拟看台?

"是的,老路,我是杰拉德。"老人微笑着拥抱了他。通过VR的奇效,路渐离感受到了对方充满温度与力量的热情拥抱。

"见到你,真高兴……"路渐离愣怔道,他一时不知该说什么。

"欢迎你回家。"杰拉德继续用蹩脚的中文说。说完,他松开拥抱,目光亲切地望着路渐离。

接下来,更让他傻眼的一幕发生了。周围的球迷都不约而同地向他挥起了手臂,他们热情地微笑着,操着不熟练的中文喊道:"嗨,老路,欢迎你回家!"

路渐离被吓到了,他不知所措地向所有人笑了笑,也许是他们认出了自己是土星人路渐离。

就在他迷惑之时,十一名利物浦红色军团将士与十一名埃弗顿蓝色军团将士列队走上了绿茵场,与过去不一样的是他们手中牵着一条长长的横幅。天哪,横幅上也用中英文写着"老路,欢迎你回家"。

二十二名队员牵着横幅站立在球场中央。

这一刻,整个球场突然安静了下来,球场大屏幕上出现了滚动的画面。路渐离看到,画面中显示着在世界不同的城市,北京、纽约、巴黎、开罗、圣保罗、曼谷……不同肤色的球迷都用生硬的中文说着同一句话:"老路,欢迎你回家。"

最后,大屏幕的图像定格在了"老路,欢迎你回家"。

[①] 史蒂文·杰拉德,英格兰足球运动员。1998年至2015年效力于利物浦俱乐部的传奇球星。

此时此刻,他莫名其妙地变成了整个安菲尔德的主角。

这像是一场情节浮夸并不真实的梦。

他狠狠地咬了咬舌头,自己并没有醒来。

这一定是多丽丝为他刻意制造的深度沉浸式VR场景。

接下来的时间里,路渐离又目睹了二十二名球员与全场球迷高声合唱起了 *You' ll Never Walk Alone*,他所熟悉的激昂、震耳欲聋的歌声回响在了安菲尔德上空。

"当你在风暴中前行,请高昂起你的头——

"不要害怕黑暗,在那风暴尽头是一片金色天空与那云雀悦耳的歌声——

"你永远不会独行,你永远不会独行——"

三分钟后歌曲终了,这场奇怪的仪式终于结束。在主裁判的一声哨响后,比赛正式开始了。

路渐离久久没有回过神来,他无心再观看比赛,转而向多丽丝颤声发问道:"发生了什么? 多丽丝,我看到的是一场假英超比赛吗? 这一定是你搞的恶作剧。"

"不,老路,你看到的是在安菲尔德真实上演的一幕。虽然你只是以虚拟形象在现场,但杰拉德真实地隔空拥抱了你,所有人向你表达了最真挚的敬意。"多丽丝不动声色地说。

"怎么可能? 他们到底在干什么? 我的名字怎么会突兀地出现在球场上? 这是俱乐部有意营造出的一个圣诞温情时刻? 是对世界上距离安菲尔德最遥远的一位利物浦球迷仍每周坚持收看比赛的一种嘉奖吗?"

"不,老路,他们用这样的方式代表你的所有粉丝欢迎你回家。"

"所有粉丝? 我还有粉丝? 欢迎我回家? 回到哪里?"路渐

离更加一头雾水了。

"是的,老路,你的粉丝还真不少,全世界有好几十亿呢,这是他们精心为你安排的一个惊喜。"这一刻,多丽丝若无其事的声音终于也泛起一丝波澜,"飞船将在两天后出发,老路,你即将得救。"

路渐离愣住了,"即将得救……这又是什么意思……多丽丝,我不懂你的话。"

"赶来营救你的飞船名叫'蛇夫座号',隶属于X-Xele公司,此刻正停靠在火星轨道,飞船将经过三个月的飞行,泊入土卫二轨道。最终,飞船将带着你返航地球。"多丽丝一口气说完。

"地球上的人为什么会改变主意?飞船的经费来自哪里?"路渐离颤声道。

"这是你自己赚到的。"

"我不懂你的意思。"路渐离困惑道。

"你还记得你的朋友希塔拉曼开发的那一套开源的'Eye Mirror'软件吗?"

"当然记得,但这和现在的情况有什么关系?"路渐离更加困惑了。

"老路,有一件事我一直没有告诉你。一个月前的一天,我突发奇想,取出了埋置在你眼睛中的视觉芯片中的影像纪录,使用了那一套如今已经升级进化得异常强大的'Eye Mirror'软件,对影像经过了一番剪辑处理,以你这一年来的生活经历制作了一部第一人称视角的VR电影。"

"我由此变成了VR电影的男主角……可这又有什么用?"路渐离茫然道。

"这当然有用!"多丽丝急切地大声说,"我在地球的几大视频网站上发布了这部 VR 电影,名字叫《土星环日记》。电影一上线就引起了前所未有的轰动,观众们通过 VR 营造的奇效,以第一视角身临其境地目睹你如何在荒芜的土星环随波逐流,如何自生自灭,如何艰险漂移,又如何登上土卫二成功拯救'欧茨号',最终又依靠土羽鱼坚强地活了下去,他们无不为这样一个绝处逢生的热血故事动容不已。VR 电影的票价是五美元,地球上超过四分之一的成年人购买了电影的观看权,再加上额外的粉丝打赏,一共筹得了一百多亿美元,这费用已足够租借一两艘经济型宇航飞船营救你回地球。"

路渐离呆立在原地,张开嘴,却久久地说不出话来。

"老路,做好准备迎接救援飞船的到来吧。就如你自己唱到的那样,'你永远不会独行'。此时此刻,地球上所有人都热切期盼着让你所创造的这个励志的传奇最后有一个圆满的结局。"多丽丝顿了一下,"另外,老路,请你放心,关于你与米依涟的那部分情节,我进行了一些技术处理,并没有把女主角的真实身份暴露给观众。"

路渐离愣愣地点了点头,这一刻,千头万绪在他心中涌起,但最后从他口中只滑出了这样一句话。

"谢谢你,多丽丝。"

第十八章

Day 388

时间的指针退回到十天前。

"蛇夫座号"如一只体型硕大的金属鲸鱼，游弋在红色火星的太空轨道。绵延八十多米的飞船按各异功能分割成了好几段船舱，其中船体中段突兀地"生长"着一个与众不同的巨大轮子，缓缓地自旋，为飞船的生活舱提供与地球相似的重力。

此刻，在这一间舒适而宽敞的生活舱内，全船四位人类宇航员围坐在一张四方小桌子旁，兴致勃勃地玩着麻将。

两年前从地球到火星的飞行过程中，在两位中国籍船员蓝天翼与林叶文的带动下，英国籍船员马丁内斯和委内瑞拉籍船员温迪也迷上了麻将，于是麻将成了飞船中最受欢迎的娱乐方式。然而当飞船抵达火星轨道后，为期一年的火星任务格外地紧张而忙碌，他们无暇再聚在一起打牌娱乐。如今一年过去，火星任务已经圆满结束，返程所有的准备工作都已经就绪，他们能做的只是等待五天后最佳发射窗口的到来。

于是无所事事的四名宇航员将控制舱交给了机器人，他们聚集到生活舱，享受着这难得的清闲。

此刻,即将返家的兴奋让所有人的心情都很好,四个人有说有笑地玩着麻将。这场麻将的战果是拆分这次火星任务中如小陨石这样的纪念品,赢得筹码越多的人能够优先进行挑选。

在他们身旁,舷窗外那一颗猩红色的荒漠星球如同一位与大家朝夕相处了近一年的老伙伴,正默然无语地旁观着战局。

"胡了,'海底捞'!"马丁内斯像模像样地学着蓝天翼的口吻用中文大声喊道。事实上,由于X-Xele公司是一家中国航天公司,公司大部分外籍员工的中文水平都不差。

正在他们玩得兴起之时,一男一女两个虚拟全息身影浮现在了他们身旁。

一身西装革履、梳着油光可鉴的大背头的家伙是X-Xele公司CEO谭天橙,尽管已经年过五十岁,但他的样貌与身形仍然保养得很好。同时出现的一位外形靓丽的年轻女孩应该是他的新秘书,以前从来没有出现过。

对于谭天橙的出现,大家也没有太过在意,继续砌牌,准备进行下一盘的较量。飞船生活舱在白天是一个信息透明区域,包括谭天橙在内的很多X-Xele公司工作人员不时会以虚拟形象出现在这里,有时只是简单地巡视船舱一圈,与宇航员随意寒暄几句。

"各位老伙计,能先停下手里的麻将吗?"谭天橙皱了皱眉头,一脸严肃地开口道,"有一件重要的事需要和你们商量。"

"好的,谭老板。"蓝天翼回应道,看来这一次真有事情了。但他们也没有立即放下手中的麻将牌,毕竟地球与火星有着七分钟延迟,在信息一来一回之间他们还可以再玩上一把。

当他们玩完一圈后,谭天橙再次开口道:"大家的返程航行需要中断,我们公司刚刚接收到一个太空任务的报价,金额非常丰厚，董事会已经召开紧急会议通过了这次提案。现在我赶到这里代表公司征求你们的意见。"

谭天橙的话让四个人都愣住了，大家都放下了手中的麻将牌，站起身来。

"我们要去哪里？"蓝天翼怔怔地问。

"时间可别太长，我还赶着回家参加儿子的小学入学典礼，我已经两年没有见到他了。"林叶文皱着眉头抱怨道。

"我还想在明年春天和女朋友完婚。"马丁内斯抱着头说。

"上帝保佑，我还计划着回地球就休假，带着年老的父母周游世界。"温迪充满担心地说。

很快，谭天橙的声音再次响起："我们的飞船计划掉转方向飞往土星，去完成一个紧急的太空营救任务。营救的对象是困在土星环中的路渐离，大家应该都听说过这个人。"

这一刻，四个人的表情凝固了，半晌后，四个人互相望了一眼，然后都愤怒地爆发了。

"这不符合规矩，我从来没有见过如此草率的太空任务！"蓝天翼大声地抗议道。他是"蛇夫座号"的船长，整个行动的外太空负责人，作为宇航员的服役时间已超过了二十五年。

"狗屁太空营救。"马丁内斯狠狠地瞪着谭天橙，"那个该死的富二代花花公子根本不值得我们浪费哪怕一分一秒的时间。"

"立即回家，我哪里也不去，此刻我只想见到我的儿子。"一贯性格温雅的林叶文也大声发火道。

"那个老金融蛀虫的儿子，我们世界的全民公敌，我怎么可能去营救他？"温迪自言自语道，"我来自委内瑞拉，你们应该听说过三十年前那场著名的金融危机。以路渐离的老子路思年为首的一群国际投机客，将委内瑞拉金融市场当成了猎物，强行做空委内瑞拉货币。最后,他们的伎俩得逞了。金融危机随之爆发,经济自由落体,货币基金一泻千里,民众的生活难以为继。那时的我刚刚出生,不怕你们笑话,我是吃土豆长大的。虽然后来我足够幸运,由于成绩出色而获得了奖学金到美国上大学,最后成了一位宇航员,但是我的很多亲人与朋友并不如我这般幸运,他们……"

温迪哽咽着说不下去了,无声地抽泣起来。林叶文赶紧走到她身旁,轻扶着她的肩,如一个大姐姐似的安慰她。

"看看吧,我们唯利是图的CEO先生,这就是我们的态度。赶紧回到地球上报董事会吧,打消这个无比愚蠢的念头。"马丁内斯的火气又上来了。

谭天橙呆立在原地,也许是地球办公室的空调开得太高的缘故,大颗的汗珠从他额头沁出,他望着众人束手无策,最后将求助的目光投向了蓝天翼。

蓝天翼并没有立刻回应他,而是皱着眉头思考了好一会儿,接着,他伸出手压了压前方的空气,示意大家都冷静下来,"谭老板,对于这样一个没头没脑的太空任务,我不敢贸然接受,我还是想弄清楚一些状况。为何会选中我们?我们此刻距离土星足够遥远,这样的距离并不比一艘飞船从地球出发赶往土星节省多少时间。再说了,我们的飞船已经完成了火星任务准备返航,船内硬件设备与剩余补给对于一次远至土星的太空救援来说无疑非常不充足。"

"老蓝,你说得没错。"谭天橙回应道,"火星距离土星八个天文单位,与地球距离土星八点五个天文单位相比,这并没有缩短多少路程。但是,路渐离不可能花上一年半载的时间等待救援队在地球上从头开始打造一艘全新的太空飞船。你们也知道,目前地球深空航天业并不景气，此刻服役在外太空的、具有远航能力的太空飞船加起来，一共也不过可怜的五艘，而相比国家宇航局，我们X-Xele是一家纯商业公司，操作更灵活，报价也更低廉，我想这是路渐离选择我们公司的原因。"

"当初也是你们将出事的路渐离扔在土星环置之不管的。"一直沉默地站在谭天橙身旁的女子冷不丁地开口道。

谭天橙愣怔住了，然后露出了一脸尴尬至极的笑容，"忘了向大家介绍，我身旁这位小姐正是土星探测器'卡西尼二号'的A.I.多丽丝小姐，她是这次太空营救行动的发起人。"

多丽丝含着笑向大家点了点头，"大家好——"

四个人也向多丽丝点了点头，面对这位大名鼎鼎的A.I.天使，大家的态度明显都客气了不少。

"多丽丝，我需要向你说明的是，当初的行为来自董事会出于商业考虑的集体决议。"谭天橙望着多丽丝，毫无底气地自我圆场道，"从内心讲，包括我在内的X-Xele公司绝大部分员工都是站在路先生这一边的。"

多丽丝并没有理会谭天橙的话，"选中X-Xele不过是看中你们飞船的机动性，经过一番船体改装有机会以最短时间完成任务。这是我对目前五艘远航太空飞船进行综合风险评估后，计算出来的一个最优解。当然，如果你们不愿意接单，我也会另找别家。"

"怎么会，我们是一家商业太空公司，在商言商，凡事都有商量的余地。"谭天橙赶紧赔笑道。

谭天橙将目光转向了他的宇航员们，他的态度明显软化下来，"各位亲爱的老伙计，在这样一个特殊的非常时刻，还请遵从作为宇航员的职业精神，服从公司的安排。"

"拉倒吧。宇航员对我来说只是一份养家糊口的工作!"火暴脾气的马丁内斯再一次发飙道。

"对不起,谭老板,我们罢工了,我想这是符合《宇航员工会法》的。"林叶文义正词严地回击道。

"公司愿意将你们这一次额外行动的薪酬按市场价翻番。"谭天橙恳求道,"另外,整个营救活动也会全程网络直播,你们将成为最卖座的VR电影的演员,获得票房分成,并大大提升你们的商业价值。"

"我可没有成为网红的打算。"温迪停止了抽泣,斩钉截铁地回绝道,"我想不会有人违心拿这份出卖灵魂的钱。"

谭天橙双手叉腰,无奈地摇了摇头,"好吧,在座的各位,在继续争吵前,我有一个小小的提议,让我们先一起观摩一遍《土星环日记》。你们应该都没有看过这部电影吧?"

"《土星环日记》又是什么东西?"马丁内斯咕哝道。

"看来你们飞船上的娱乐库没有及时更新地球上的近期电影排行榜。"谭天橙说,"这是一部最近半个月来全球票房最高的VR电影,以第一人称讲述了路渐离最近一年在土星环中的经历。"

"别幻想用一部电影就让我们回心转意。"温迪急迫地打断了谭天橙,"不过我倒有兴趣看看这个该死的金融蛀虫现在是怎样的一个惨样。"

其余的三个人都赞同地点了点头。于是,这场争执暂时中断了。

大家坐回到座位上,开启了太空服中的VR娱乐设备,进入了《土星环日记》的电影世界。

两个小时后,电影结束了。

随着屏幕熄灭,大家都沉默了,像是久久没有从遥远的土卫二表面返回火星轨道的飞船中。

"好了,大家现在投票吧,是选择返航还是奔赴土星环,我们四个人中只要有一个人投反对票,我们就拒绝去往土卫二。"蓝天翼开口打破了沉默。

第一个开口的是林叶文,她的眼眶泛红,一直以来她都是一位感性的女士,"路渐离的故事很感人,他在土星环中完成了一次自我救赎,这值得别人给予他一次营救……我愿意接受任务,延迟与儿子见面的时间,我想我的儿子在长大后一定会理解我现在的抉择。"

"我也投赞成票,必须承认,我被他的故事打动了。尽管我是一位曼联球迷,与他支持的利物浦是死对头。"马丁内斯情绪激动地表态道,"关于我的那场婚礼,就让它延期举行吧,只是我需要向我的未婚妻解释一番。我已经想好了理由,我要远赴土星为她摘下土星环那枚巨大的美丽'钻戒',我想这样浪漫的说法应该足够打动她。"

谭天橙赞赏地点了点头,他将目光转向了蓝天翼。

这一刻,蓝天翼愣怔住了,他将凝重的目光投向了远处舷窗外的深邃太空,像是希冀从中攫获足够让自己说出话的某种力量。迟疑了片刻后,他低声开口道:"大家可能知道,下个月我就将年满五十二岁,原本计划在这一次火星任务后退役,就此告别宇航员生活。从此以后,广袤的太空将彻底成为我向孙子辈炫耀的故事。回顾整个职业生涯,我已经抵达过两次金星、三次火星,却没有再向前走一步,对于我这一代太空人来说,这是一种挥之不去的遗憾。而现在,我们有机会去遥远的土卫二拯救路渐离,能在有生之年与土星那片神秘的星域产生连接,这对我个人无疑充满了莫大的诱惑。因此,此刻内心的一个声音在鼓动着我,让我憧憬着出发,去响应深空的呼唤。事实上,当谭老板开口提出土星任务时,我已经在心里投下了赞同票。"

说着,蓝天翼顿住了,从舷窗外收回了深沉的目光。他定定地望着温迪,继续说道:"当然,我也会尊重温迪的意见。我们四个人是一个整体,大家一起进退。"

这一刻,大家都将目光齐刷刷地投向了温迪。

温迪微微点了点头,她深吸了一口气,轻声开口道:"忘记童年的阴影,就此宽恕路渐离,对我来说,是一件有一些艰难的事。但是从《土星环日记》中,我真实地看到一个不断蜕变的路渐离,尽管他是路思年基因全盘复制的克隆体,但他无疑拥有着一个完全不一样的灵魂。将路思年的仇恨加诸他身上,对于路渐离或许是一件不公平的事。另外,我不想因为我的个人仇恨阻碍这一次太空行动。因此,我决定弃权,按我们的规矩,这不会影响最后的决定。"

蓝天翼愣怔了一下,不动声色地点了点头,"好的,伙计们,我们的投票到此结束,最后的结果是三票赞同,一票弃权。好了,谭老板,你可以转告董事会,我们同意出发。"

这样的结果让谭天橙喜形于色地鼓起掌来,"真是太好了,这正是我希望看到的一幕,伟大的太空人道主义闪耀在冷酷的太空之中,这令人深感欣慰。好了,接下来的时间就交给我们的多丽丝小姐,她将为我们详细介绍本次救援计划的全部细节。"

"大家好,很高兴见到大家态度的转变。"多丽丝面带微笑接过话来,"事实上,出现在你们面前的'我'只是由多丽丝设计的一个小程序,为了克服土星与火星长达一个多小时的通信延迟。考虑到我们的交流只涉及一些工程上的术语,我这样的一个小程序完全能够胜任。接下来我们尽可以无时差地交流。"

"好的,多丽丝小姐,我们已经做好了洗耳恭听的准备。"蓝天翼开口道,"首先,我们最关心的是,'蛇夫座号'目前剩下的那些并不多的燃料能否支撑飞船顺利抵达土星环,然后减速营救路渐离,最后折返地球?"

"暂时还不行。"多丽丝平静地回答道,"'蛇夫座号'预备的燃料只够从火星返回地球。"

"这可如何是好?"蓝天翼思考着说,"或许我们可以借助沿途火星与木星的引力进行加速,以此节约燃料。"

"蓝天翼,你的观点没错。借助火星与木星的引力加速确实可以节约燃料,但等待最佳发射窗口,以及采用引力弹弓的双切椭圆轨道飞行至少将多耗费三个月的时间,这样会把火星到土星的旅程足足拉长至半年。以我对路渐离的身体状况的把握,他很难熬过半年。因此,不到万不得已,我们不会选择这样的方案。留给我们的最可行的选择只有一个,直接开足最大马力,径直飞向土卫二。"

"可是我们飞船并没有足够的燃料,无法完成充分加速,你宏伟的土星远航计划难道不是纸上谈兵,违背基本的物理公式吗?"马丁内斯插话道。

"别忘了加速度的公式,$a=F/m$,办法只有一个,减小这个方程式的分母。"多丽丝微笑着说。

"你是说——"蓝天翼诧异道。

"为'蛇夫座号'瘦身。"多丽丝加重语气说道,"你们也能感觉到'蛇夫座号'船舱设置太过奢侈。我已做过计算,如果飞船可以减轻三分之二的体重,目前的燃料刚好能够支撑飞船抵达土星。"

"我们飞船上真的有那么多的东西可以抛弃吗?"马丁内斯表达了异议。他是飞船的机械工程师,对整个飞船小到螺丝钉的每一个部件都谙熟于心。

"答案是肯定的,我此前从谭天橙那里拿到了飞船所有设备物资的清单,已经做过一番详尽模拟。"多丽丝说,"我们此刻身处的奢侈的巨大生活舱,以及飞船尾部用于放置电子设备与生活用品的贮藏舱,可以直接遗弃,只是这样需要委屈你们和一大堆生活用品一起挤在并不宽裕的控制舱中。"

"这对我没关系,我从小就在东伦敦一家狭小的廉价公寓长大,习惯了拥挤。"马丁内斯摊了摊手。

马丁内斯又望了望另外的三个人,大家纷纷点头表示赞同。

"此刻庞大的飞船各个舱体中共有十二名机器人在工作,我想这样一次营救行动也不需要太多的机器人,我们也可以抛弃三分之二。"

"这完全没问题。"马丁内斯耸了耸肩。

"同时,我们可以拆除生活舱外面那个用于制造人造重力的大轮子。当然,一旦拆除了这个装置,你们可能没办法在无重力条件下玩麻将。"多丽丝说。

"这……也没问题,飘浮在无重力状态中更会让我们感觉到生活在了真正的太空。"马丁内斯回应道。

"当然,我所说的抛弃,只是将其遗留在火星轨道,等待下次火星任务时回收。"多丽丝解释道,"好了,抛弃完上面我说到的两个大部头,再加上一些无关紧要的生活小部件,我们的飞船已经成功瘦身一半。但这样远远不够,我们还需要抛弃占总质量近六分之一的升空舱。"

"天哪,抛弃升空舱,这怎么可能? 我们绝不可能在没有返回舱的情况下实现土卫二的太空营救。"林叶文瞠目结舌道,她是一名资深的空气动力学专家。

"林叶文女士,我已经想好了一个取代的方案。"多丽丝平静地说。

"你的意思是让'蛇夫座号'直接登陆土卫二表面,这样风险实在太大。'蛇夫座号'体型过于庞大,并不是一架能够登陆星球表面的太空飞船,必须和升空舱配合使用。即使返回地球,也需要先停靠进地球轨道,再通过升空舱坠落大地实现返航。"林叶文着急地解释道。

"事实上,整个营救过程'蛇夫座号'无须降落土卫二表面。"多丽丝打断了她的话。

"那……如何实现营救?"林叶文困惑道。

"使用与太空电梯原理相似的方法。"多丽丝微笑着说,"你想想,停靠地球同步轨道的太空站如何从地表运输补给物资。"

"你是指使用一根太空缆绳拉起路渐离?"林叶文诧异道。

"没错。"多丽丝说,"我们让飞船降低到土卫二的第一宇宙速度,泊入土卫二的同步轨道,这样一来,飞船相对于土卫二地表赤道某点是完全静止的。飞船只需要向地面抛下一根碳纳米材料的坚实缆绳,路渐离将自己的身体捆绑在缆绳一头。然后,飞船只需要施加一点点力量,就能将路渐离缓缓地拉拽起,进入飞船舱内。"

"土卫二的大气层并不算高,我们的飞船上确实也携带着这样的碳纳米材料缆绳。这看起来并没有太多技术难度。"林叶文思考着说,"多丽丝,这真是一个天才的设想。"

"好了,去到土星的燃料问题看上去像是解决了,不过你刚刚似乎说过,即使瘦身后我们的燃料也只能让我们的飞船抵达土星,可是我们还需要返回地球,这部分额外的燃料又从何而来?"蓝天翼再次敏锐地抓住了一个关键问题。

"是的,以目前路渐离的身体状况,我们需要全力赶到土卫二为他送上救命的维生素与药物,然而回程倒是可以放缓一点。因此我计划去程毫不吝惜我们的燃料,只预留一点燃料,用于飞船减速泊入土卫二轨道,以及在救起路渐离后最后一次加速,挣脱土星引力并借助一百倍地球质量的土星引力,就如一只撞墙反弹的网球,完成一个精准的折返。"

"借助土星引力完成一个折返,这应该没问题,然后呢?"蓝天翼紧张地说,"按你的思路,那时'蛇夫座号'已经没有任何燃料,将变成一艘彻底失控的飞船,任凭惯性撞向太阳系内缘,这样我们就再也无法回到地球。"

"啊哈,你们可能还不知道我的另一个分身正在联系另一家航空公司,计划租用一艘飞船接应'蛇夫座号'。"

"哪一家航空公司?"蓝天翼诧异道。

"SpaceX 公司。"多丽丝回答道。

"天哪,我们 X-Xele 公司的死对头!"马丁内斯惊呼道。

"我已经与 SpaceX 公司沟通完毕,他们同意派出王牌飞船的'无尽的燃烧号'。你们知道,'无尽的燃烧号'装备有功率高达七百千瓦的离子引擎与传统燃料动力的混合引擎,这样的驱动力足足是你们飞船的两倍。"

"可是,两家风格不同的公司飞船拥有着在物理层面上完全不一样的对接系统,这如何能实现对接?"林叶文不解道。

"这也并不是多大的问题。"多丽丝笑着说,"'无尽的燃烧号'目前停靠在近地轨道,你知道,在近地轨道,一切都变得简单起来。SpaceX公司将按X-Xele公司提供的方案在十天内组装出一个对接舱体,然后发射到太空,驳装在'无尽的燃烧号'的头部。完成这一切后,'无尽的燃烧号'就可以即刻起航,向着会合点进发。按我的计算,最终两艘飞船将在距离地球六点二个天文单位的地方实现会合。剩下一大段返回地球的行程都会借由'无尽的燃烧号'强劲的引擎完成。"

"一次分工合作的太空接力比赛,巧妙至极!"马丁内斯由衷地感叹道。

"这可真是一幕鼓舞人心的画面,我在这两家积怨颇深、相互竞争的航空公司都待过一段时间,如今我终于在退役之前看到它们在这一次太空营救中变成了通力合作的队友。"蓝天翼颇为欣慰地说,"不过,我还是有一个疑惑。直到两艘飞船相互对接,我们的飞船需要飞行多长的时间?"

"整个营救行动计划花费十个月的时间,去程三个月,回程七个月。"多丽丝说。

"如此漫长的旅程,我们还有足够的食物储备多坚持十个月的航行吗?"蓝天翼疑惑道。

"蓝船长,你说得没错,目前飞船上并没有。"多丽丝微微一笑,"但火星上有。"

"你是指——"蓝天翼不禁将目光投向了舷窗外的那一颗红色星球。

多丽丝继续说:"别忘了,一年前'蛇夫座号'用降落伞投放在火星表面杰泽罗陨石坑中的那一堆大罐子,里面存储着大量的生活物资。你们X-Xele公司总是习惯提前把下次任务需要的资源准备好,以供两年之后的下一批抵达火星表面的宇航员补给。"

"那些咸鱼口味的太空罐头以及果酸味的维生素胶囊。"马丁内斯吐了吐舌头。

"好吧,万能的A.I.小姐,这一次你又把我们说服了。"蓝天翼笑着耸了耸肩,"看来我们中有一个人需要搭乘返回舱重返火星表面,扛回那些罐头,这确实算不上多大的难事。"

"对这一次营救任务你们还有什么问题吗?"多丽丝说。

"暂时没有了。"蓝天翼思考着摇了摇头。

"好的,先替路渐离感谢大家的支持。此时留给我们的时间非常急迫,在我的设想中,接下来我们用两天的时间从火星取回物资,然后在一天后出发。这有问题吗?"多丽丝望着大伙儿说。

"没问题!"四名宇航员异口同声地回答道。

三天过后,从飞船尾部喷发出滚滚气体,推动着只剩下三分之一身躯、被大家戏称为"乞丐版"的"蛇夫座号"驶离了火星轨道,飞快地加速向着空茫的太阳系外缘进发。

而在火星轨道上,解体下来的飞船船体如无数颗散落的、形态各异的金属卫星,依靠惯性保持着原有速度围绕着火星飞行。

Day 452

时间过去了一个多月,"蛇夫座号"已经走了三分之一的距离。

这一段时间里路渐离的情绪一直高度亢奋。他开始抓紧最后的时间漫游土卫二一圈,郑重地与每一座山岭和每一条沟壑告别。

这一天,他来到了位于土卫二赤道的诺顿原野,等待土卫四巨大身影的到来。

当土卫二与土卫四每隔两天(土卫二时间)擦肩而过时,这片平原将是土卫二表面距离土卫四最近的地方,因此身处其中的他能感受到最剧烈的"轨道共振"效果。

路渐离静静地伫立在寂静的原野中,专注地仰望着阴沉的天空。突如其来地,他看到地面上的冰砾雪尘如潮汐般翻涌了起来,紧接着,他的身体也感觉到了异常,天空中一股巨大的力量如一只无形的巨手猛地将他提起。他的身体离开地表,飘浮起来,荡向天空中突然出现的巨大白色星球。在他飞速变化的视线中,白色星球上的一座座环形山急剧地变大,充满压迫感地向他扑来。路渐离在抵达了高空的某一点后,作用于他身体的引力瞬间消失了,他惊喜地意识到自己抵达了两颗卫星的引力平衡点。这一刻,路渐离如一片羽毛般轻盈地飘浮在虚空中。他将目光转向土卫二,悠然俯瞰自己生活了一年的白雪皑皑的星球表面。但很快,他又折返了方向,向土卫二坠落。

这如同一次过程被大大拉长的蹦极运动,充满了酣畅淋漓的快感。

他落回了地面,在雪地上翻滚了几圈后站起身来,天空中的"大家伙"已经飞快地变小了身躯——土卫四再次远离了土卫二,周遭的原野又回归了平静。

这天傍晚,路渐离就在原野边缘停驻下来,安然入睡。

半夜,路渐离被一阵钻心的绞痛弄醒了,他感到右下腹疼痛异常,此刻他的整个身体灼热无比,自己发高烧了。

"多丽丝,我怎么了?"路渐离紧张地问道,他嗓子干涩得要命。

"老路,一个不好的消息,你犯了急性阑尾炎。"多丽丝飞快地为路渐离做完了检查。

"天哪!"路渐离惊恐万状地喊道。他的心猛地一沉,最担心的事还是发生了,在"蛇夫座号"还未抵达之前,他就被突如其来的疾病击倒。

"老路,急性阑尾炎必须马上进行切除手术,不然发炎的阑尾会发生穿孔,流出脓液,你会有生命危险。"多丽丝的声音也紧张了起来。

"多丽丝,太空服的3D打印机还能完成手术吗?"路渐离强忍着痛苦问道。他知道,犯病的阑尾只是人类一小段退化的肠子,毫无任何实际功能,却犹如一颗定时炸弹般埋置在人类体内,以前的海员在出海之前都会完成切除阑尾的手术。这不得不让人感叹,人类的身体即使经过了上亿年进化仍是一种脆弱的存在。

"切除阑尾对3D打印机的纳米机器人来说是一次极为简单的操作,现在唯一的问题是,我们已没有了麻醉药与止痛药。"多丽丝顿了顿,加重了语气,"所以,老路,整个手术你只能咬紧牙,依靠自己的意志力硬抗。"

路渐离的身体抽搐着,他点了点头,已经痛得说不出话来。

很快,手术开始了。路渐离平躺在冰面上,他感受到犹如一场链式核反应般剧烈的痛感爆发在他的腹部,排山倒海的疼痛冲击着他身体的每一个细胞,一波接一波,愈来愈猛烈。

他从来没有感受到过自己的身体如此真实地存在于物理世界中……

"老路,手术完成了。"路渐离耳畔传来了多丽丝渺远的声音,"你那段盲肠成功切除了,我已经为你缝好了伤口。"

路渐离颤颤地伸出左手,隔着太空服用力捂着右下腹。然而,他这样的动作完全无济于事,剧痛丝毫没有减弱。

他痛苦地蜷缩在原地,承受着巨大的疼痛潮水般的轮番冲击。也不知挨过了多长的时间,他恍然感到体内的疼痛如高高扬起又急速坍塌的巨浪,在越过了一个极限之后突然消失了,变得轻盈起来的意识骤然从麻木的身体抽离了出来,飘浮在一片安宁的世界中,冥冥之中有一束异样的光在牵引着他的意识。

他不由自主地飘向了那一个光点。

忽然之间,他宁静的意识接收到了一串来自另一个维度的异样的声音。

"见鬼,他的生命体征在迅速消失!"

"不能让他这样沉睡下去,必须唤醒他!"

"该死的路渐离,你给我醒醒!"

一群人嘈杂的对话声让天空中梦幻的光点戛然消失了,路渐离的意识重新回到了钝痛的身体。无比沉重的疼痛感再次攫取了他的意识,他竭尽全力睁开眼,在有些扭曲的视线中,他看到四个身着宇航服的身影出现在他身前的冰原上,他们没有戴头盔,正居高临下地注视着他。

他们是"蛇夫座号"上的四位宇航员,路渐离恍然意识到。

没想到,他们竟是以这样的方式第一次见面。

"渐离,快醒过来。"一名东方人长相的女宇航员用好听的声音呼唤着他,"地球上几十亿人正在围观你。"

"对不起,这一次我真的不行了——"路渐离难过地说,豆大的汗珠从他额头冒出。

"路渐离,快给我起来! 我们花这么大力气从火星赶到土卫二不是想要围观一个人如何失去呼吸的!"另一位拉丁人长相的女宇航员怒气冲冲地大声呵斥道,"你知道,我们四个人为了营救你都放弃了什么吗?!"

"真的对不起——"路渐离喃喃地重复道,他缓缓地闭上了眼睛。

"快起来,你这条该死的金融蛀虫!"那位拉丁人长相的女宇航员怒不可遏地向他猛踢了一脚。

虽然是VR虚拟视界,路渐离还是感到被她狠狠地踢上了一脚,应该是太空服中的传感器剧烈地震动了起来。

他不得不再次睁开眼,如同一只负伤的垂死小动物,可怜地蜷缩着,求救地望着四名宇航员。

"老路,你知道楼兰吗?"一位东方人长相、年长的男性宇航员开口道。

"不知道。"路渐离愣愣地说,这个陌生的名词在他空空如也的脑海中激不起丝毫反应。

"老路,楼兰是中国西域的一个古国,大约兴盛在汉代,如今我们在楼兰遗址发现了多具尸体完成过阑尾摘除的手术,那时也没有什么先进的止痛药,古人依然能够安然无恙地存活下去。因此我相信你也能够挺过来。"

"可这一年来,我的食物只有蛋白质凝聚成的土羽鱼,我的身体实在太虚弱了,我没办法……"路渐离无助地说。

"路渐离,只有懦夫才给自己的退缩行为找理由!"东方人长相的男宇航员厉声说。

"可我从来不是一个勇敢的人。"路渐离喃喃道。

"不,老路,你是一个勇敢的人。想想你怎么在土星环中一步步坚持到了今天,再想想此时此刻还有那么多人在支持着你,你不能就此放弃!"

对方的话让路渐离愣怔住了,他久久说不出话来。

"还有一个多月时间,'蛇夫座号'就将抵达土卫二,为你送上一大飞船营养充足的食物。而现在,我想,你应该吃点东西补充一点力气了。"东方人长相的男宇航员命令般大声说。

路渐离木然地点了点头,头盔中的导食管随之伸到了他的嘴前,他本能地张开嘴,大口地吞咽起了流质的土羽鱼。

在填饱了肚子后,路渐离试着轻轻地活动身体。不知道是与这群人说话的原因,还是他的身体成功抗过了疼痛的极限,尽管下腹剧烈难忍的疼痛感还未消除,但他已经不再想要闭眼睡去。

"老路,你好点了没?"东方人长相的男性宇航员关切地问。

"稍微好了一点儿,虽然只剩下了半条命。"路渐离虚弱地回应道。

"你不会再睡去了吧?"另一位西方人长相的男性宇航员关切地问。

"我想不会了,我已经彻底醒来。再说,你们这么多人围观我吃喝拉撒,我也没法好好地睡去。"路渐离竭尽全力露出一个微笑。

"你真的没问题了?"东方人长相的男性宇航员问候道。

"是的,没问题了。你们尽管离开吧,留一个人陪我聊天就行。"

"好吧,老路,我们先离开了,飞船上还有很多事等着我们。"东方人长相的男性宇航员说完,又转头对另一位宇航员吩咐道,"马丁内斯,你留下来陪他聊天,一定不要让他再次睡去。"

"遵命,老大。"马丁内斯回应道。

眨眼间,除马丁内斯外的三位宇航员挥了挥手,消失在了路渐离的视野中。

马丁内斯走到路渐离身前,"老路,我是约翰·马丁内斯,接下来我们将进入马丁内斯午夜热线时间,你想聊些什么?"

"随便吧,我也不知道该聊些什么。"路渐离喃喃道。

"老路,你想不想来一口啤酒?"马丁内斯说。

"啤酒……是你从地球带来的吗?"路渐离咽了口口水,愣愣地回应道,他已经很长时间没有喝过酒精类饮品了。

"不是,"马丁内斯露出了一丝得意的笑容,"是我在火星上亲手酿制的。我得介绍一下自己,除了飞船机械师这个正式身份之外,我还是一位业余的啤酒酿酒师。这次酿酒的原材料啤酒花与大麦全都是我在火星种植出来的。你可能想象不到,在光照不足地球一半、土壤呈强碱性的火星表面,啤酒花在一大堆植物里生长得最为苗壮,就像天生属于那片火红色的土地。"

"这么说来,火星以前消亡的文明可能建立在以啤酒为食物的生物链之上。"路渐离冷不防地冒出了一个冷笑话。

"没错,它们兴许管自己叫作啤酒星人。"马丁内斯笑着附和道。

"老弟,你酿的是哪一款啤酒?"路渐离好奇道。

"古典风味的浑浊型IPA①。"马丁内斯高声说。

"浑浊型IPA,太棒了!"路渐离兴奋地咕哝道。

"我把这款啤酒命名为'火星裸阳',因为啤酒呈现的颜色很像是火星上看到的初生太阳的光芒。"

"火星裸阳——"路渐离嘟哝道,他不禁又咽了一大口唾沫。一大杯血橙色、冒着泡沫的啤酒浮现在了他的脑海中,极具视觉、味觉、嗅觉的混合刺激感,关于浑浊IPA口感的记忆随之涌现,那是一种口感层次异常丰富的啤酒,浓烈而苦涩的啤酒花香味、淡淡的水果味、平实厚重的麦芽香味,巧妙混织在一起。这一刻,他的味蕾随着自己的想象微微地震颤了起来,不知不觉

---

① 源于英国的一种名叫印度淡色艾尔的啤酒。

间，他的精神振作了不少。

他恍然回到二十多年前的英伦岁月，自己将大把的时间都消耗在了那些英国风格的小酒馆里，端着一品脱气味浓郁的IPA，就着简单的英国黑暗料理"鱼与薯片"，或是观赏球赛直播，或是与友人闲聊，或是对着落日发呆。有时，米依涟也会跟他来到小酒馆，她永远会点那类完全没有酒精含量的无醇啤酒……

"老路，等你来到'蛇夫座号'，我们喝着火星精酿啤酒，一起收看英超联赛直播。不过我必须先表露身份，我可是一名铁杆曼联球迷。"马丁内斯继续鼓动道。

"好啊。"路渐离回应道，"我记得，还有两个月双红会①就快来了。"

"没错，这次可是曼联的主场，我想邀请你一起到老特拉福德②看球。"

"好啊，我接受邀请，不过我们可别在虚拟看台上打起来。"路渐离笑着说。

"那到时我可得先给我的虚拟形象选置一套强壮的身体。"马丁内斯也笑了，"来，老路，我们一起玩一个游戏吧。"

"什么游戏？"

"我们来排出利物浦和曼联的历史最佳阵容吧。"

"你的游戏可真是复古，我还是个孩子时就经常玩。"路渐离不禁笑着说。

"老路，我们开始游戏吧，你先说一个球星，我再跟着说一个。"

"好吧，我当然在中场首选杰拉德。"

"杰拉德，好吧，我记得他还亲自在安菲尔德欢迎过你。你

①　曼联VS利物浦。

②　曼联队的主场，被誉为"梦剧场"。

看过他踢球?"

"怎么会,我哪里有那么老!"路渐离笑着说,"不过我在英国读书时确实现场看过他作为主教练指挥利物浦队。"

"如果我没有记错,他作为球员在利物浦十几年间连一座英超联赛冠军都没有拿到。"

"这有什么关系!"路渐离不假思索地回击道,"他在伊斯坦布尔奇迹之夜①举起过'大耳朵杯'②。"

接下来的半天时间里,马丁内斯变换着话题与路渐离聊天,让路渐离一直处在精神高度专注的状态。

渐渐地,路渐离虚弱的身体恢复了一丝活力,他在马丁内斯的鼓励下试着依靠绵软的双腿颤巍巍地站立了起来。

"我已经差不多恢复了。"路渐离兴奋地活动起了僵硬的身体。

"老路,你干得不错。我为你现在的状态感到高兴。"马丁内斯欣慰地说。

"马丁内斯,感谢你陪我聊天。你可真是一位优秀的聊天对象。"路渐离感激地说,"现在我能自己照顾自己了,你可以放心地回到飞船工作了。"

"好吧,相信你自己能应付过来。老路,期待一个月后的会面。"马丁内斯向路渐离挥了挥手。

路渐离也挥了挥手,马丁内斯的身影消失了。

冷寂的冰原上又只剩下他一个人。

他深吸了一口气,继续上路了,顶着漫天风雪步履蹒跚地走

---

① 2005年欧冠决赛利物浦队神奇逆转AC米兰队。

② 欧洲联赛冠军奖杯的非正式俗称,因奖杯两边如同两只大耳朵而得名。

向远方的地平线。他计划返回土卫二南极,在那里调理虚弱的身体,静静地等待飞船到来。

"多丽丝,我能看一眼那段割掉的阑尾吗?"路渐离停下脚步,突发奇想地向多丽丝问道。

"当然。"多丽丝回应道。

转瞬间,在路渐离的眼前浮现出了一段深红色的肿胀肠子,只有一根小拇指那么大,如同一只冻僵的虫子。

就是这样一小段丑陋至极、完全丧失了功能的腐烂肠子差一点要了他的命。

"我很好奇,这段割下的肠子被你怎么处置了。"路渐离问道。

"已经被我扔掉了,不过,我提取了一部分有用的营养物质,掺入了你的流质食物中。"多丽丝回答道。

"你是说我吃掉了自己的肠子?"路渐离的胃里一阵翻江倒海,让他差点呕吐出来。

"是的,你刚刚吃掉的食物里就有。你的身体非常虚弱,那段肠子尽管大部分坏掉了,但还是可以提取一些对你有用的营养物质。"多丽丝回应道。

"可是——"路渐离仍难以接受。

"老路,在生存面前没有什么可在意的。再说了,你吃到的土羽鱼实际上也携带着你的一部分基因。一直以来,你都依靠它们延续生命。"多丽丝平静地说。

路渐离愣怔在原地,或许他此前并没有意识到这样的一个问题,他的人生真是活出了一个神奇的悖论,借由他父亲的DNA创造出了一个他,而此刻的他又依靠吃掉这些DNA生长出的鱼儿艰难地活了下去。

　　这很像他小时候玩过的那一款蛇头吃蛇尾的"贪吃蛇"积木拼图。

第十九章

Day 492

这天早上，路渐离醒来发现有一个闪烁着金属光泽的三角形在天际闪耀，成为昏暗的天空中最明亮的一点。那是抵达土卫二赤道区域的"蛇夫座号"，路渐离意识到。

这一刻，他不禁激动得热泪盈眶。

他朝着"蛇夫座号"的方向向北狂奔了好几十步，纵情滑跪在冰面上，对着天空喃喃自语："多丽丝，这是真的吗？我真的要离开这里了吗？"

"是真的，飞船来了。老路，你很快就将返回地球。祝你好运！"多丽丝欣喜地发来了祝福。

当天上午，他带着足够的土羽鱼离开了南极，一路向北，经过一天翻山越岭的跋涉抵达了赤道区域。在一个陨石坑中央，他缓步踱到了天空中金属亮点的正下方，抬眼望去，天空中那一条宽广的阴影已经具有了极为复杂的飞船轮廓。

他没有等待太久，一根银白色的绳索从天而降，他看到绳索末端携带着一个拳头大小的金属接口，于是他将这个接口与太空服外壁上由3D打印机制作的接口紧密地咬合在一起。这样一来,他的身体就牢牢地捆在了绳索上。紧接着,绳索缓缓升起。

他的双腿离开了土卫二地表。

从地面通向飞船的缆绳之旅看上去足够漫长,这让自己有了充足的时间与土卫二告别。

他凝望着脚下土卫二的表面,一片白茫茫的景色正在不断缩小。他扭转了身体,向着南极方向投去深情的最后一瞥,此时此刻,他播种下的土羽鱼已在南极的冰层下形成了庞大的群落。

某种意义上,他生命的一部分将永远地留在土卫二上。

再见了,土卫二! 他不禁挥了挥手。

随后,他又将目光投向头顶上方的飞船,已经近在咫尺的飞船底部缓缓开启了六边形的舱门,像是在迎接自己的到来。

他不禁预想起飘进飞船的场景:只需要进入飞船外舱门,外舱门就将关闭,待压力平衡后,内舱门将对自己打开,他就能见到正翘首期盼自己的四名宇航员,在拥抱过后他该讲怎样的开场白呢?

但就在这一瞬,突如其来地,他感到了牵引自己的绳索一阵剧烈颤动,如同蹦极一般,将他的身体重重地扬起,随即又抛向了土卫二地面。

“不!”他惊慌失措地大喊道。

他猛地醒了过来。

原来自己被救援的场景只是一场虚梦。

路渐离已是一身冷汗,他胆战心惊地环顾周遭,宇航头盔之外的世界仍是一片混沌不清,低沉的风雪呼啸声在四野回荡,令人心颤不已。

他恍然打开了太空服的记事系统,上面的醒目记录提醒着自己，此刻距离"蛇夫座号"预定的抵达时间只剩下了八天。

但是这样一个奇怪的梦还是让他感到了深深的不安。

他忍不住打开了通信器，向"蛇夫座号"发起呼叫。

这两个多月来，一直是那名叫林叶文的中国宇航员负责与他联络。

奇怪的是，这一次她并没有通过视频连线的邀请，只是开启了语音通信频道。

"老路，你有事吗？"通信器传来了林叶文的声音。

"林叶文，没什么事。"路渐离嘀咕道，"我只是想知道，你们的飞船飞到哪里了？"

"飞船如期抵达了距离土星两千万公里的区域，你应该能感觉到，我们之间的通信延迟只有不到两分钟。"林叶文的声音中似乎流露出一丝从未有过的不耐烦。

"你们快到了吗？"

"是的，飞船已经开始减速了，老路。"

"原定的飞行计划没有变化吧？"路渐离不安地追问道。

这一次，对方的迟疑大大地超过了通信延时，"老路，真是抱歉，你能不能再稍等片刻？ 我们正在进行一个内部会议。"

"发生了什么紧急情况吗？"路渐离心中一沉。

"没什么。"通信器中林叶文的声音似乎难掩慌张，"老路，发生了一点新的状况，你不用太担心，会议后我们会第一时间传达给你。"

紧接着，对方迫不及待地关闭了语音连线。

"蛇夫座号"飞船控制舱内正在进行一场气氛焦灼得令人窒息的会议。

"都怪我,把事情搞砸了。"飘浮在空中的马丁内斯双手捂着脸,语气中充满了自责,"我当时逐一清算过贮藏舱里的每一件物品,但我真是没有意识到会有一只装满燃料的罐子埋藏在那一大堆生活用品中。由于出发时间太过紧急,我们只选择保留了少量生活物品,然后将整个贮藏舱遗留在了火星太空轨道上。"

"我也需要负很大一部分责任。"温迪颤声说,她难过得快要哭出声了,"那是一只备用燃料箱,我完全没有意识到这个燃料箱也被囊括进多丽丝的方案中。我此前在飞船主控电脑物质系统标注时,并没有特别注明,造成了马丁内斯的疏忽。"

"人类没办法如机器人那样,永远不犯错误。"蓝天翼轻声安慰着两位船员。说出这段话时,他不由得望了眼多丽丝,狭窄的控制舱中只有她的虚拟身影是以非失重状态站立的。

"我理解你们人类天生的弱点,在紧迫的时间压力下总是容易出错。"多丽丝直言不讳地说,"过于自责是毫无意义的。出现了问题,就立即想办法解决问题。还有八天才抵达土卫二,我们有足够的时间与路渐离一起修正错误。"

"我们还有机会修正吗? 我们应该怎么做? 多丽丝,你已经有了具体方案?"蓝天翼喃喃道。

"我有了一些初步的想法,但需要一点时间进行计算确认。"多丽丝说。

蓝天翼点了点头,他没有再开口打搅多丽丝。

约莫十分钟后,多丽丝凝固的身影再次动了起来。

"多丽丝,你有答案了?"蓝天翼急切地问。

"请大家给我一点时间,向你们简要地解释我的方案。"多丽丝开口道,"是的,无须赘言,那一箱燃料对我之前提出的整个飞行计划至关重要。在我的设想中,这一部分燃料刚好能帮助飞船在土星区域完成减速,驶入土卫二同步轨道;在营救起路渐离后,再次对飞船进行加速,借助土星引力从容地驶离土星环。"

"现在呢?失去那一部分燃料,我们将彻底远离土星吗?"马丁内斯紧张地插话道。

"我反复核实了丢失的燃料,我们的飞船无法彻底减速驶入土卫二轨道去营救路渐离,甚至无法以一定速度驶入土星的怀抱,因为一旦靠近土星我们就无法挣脱土星的引力。"

"我们该怎么办?"马丁内斯紧张地问道。

"留给我们的只有一条道路,利用仅存的能量进行微弱减速,并利用姿态调节推动器修正航线,高速经过土卫二外缘。"

"这样我们的飞船将无法借助土星身躯作为引力弹弓完成折返转身,而将继续失控地向着太阳系外方向飞去,永远也无法返回地球。"马丁内斯绝望地抱着头说。

"情况并没那么糟。"多丽丝耸了耸肩,"虽然飞船会继续向着太阳系外层空旷的空间飞驰而去,但别忘了,已经出发的'无尽的燃烧号'拥有强劲动力,可以重新调整方向,越过土星追赶上'蛇夫座号',从容地实现对接,这并不是一件多么困难的事。我们的飞船仍可以顺利返航地球。"

"我们最终将返航地球……可路渐离却只得眼睁睁地看着我们擦肩而过,他完全没有时间挺到'蛇夫座号'抵达土星环。"马丁内斯无比悲伤地说。

"不,我并没有那么悲观。"多丽丝摇了摇头,"我们应该抓住问题的一个关键点,飞船仍将途经土星环外缘,这样,就留给路渐离一些选择的可能性。我倒是有两个方案供他选择。"

路渐离呆立在南极冰原中，焦灼不安地等待了一个多小时。

视频连线的呼叫声终于再次响起。

他慌忙开启了连线。

这一次出现在他面前的并不是林叶文，而是一位身材魁梧的中年男人。

他是上次见过面的"蛇夫座号"船长蓝天翼。

"船长，你好。"路渐离怔怔地开口道。对方神情严峻，目光深沉，这让他不由得心中一紧。

蓝天翼望着他开口道："很不幸，老路，现在要告诉你一个不算太好的消息。"

"飞船不会来了吗?"路渐离喃喃地说。

"不，老路，飞船会如期抵达。"蓝天翼压低声音说，"但由于飞船一小部分燃料意外丢失，我们可能无法按原定计划驶入土卫二的同步轨道，平稳地停靠在你的头顶，再使用太空电梯缆绳的方式将你拉进飞船。"

路渐离如同被一道雷电击中，惊讶得张开嘴，却说不出一句话来。

"老路，需要郑重向你说声抱歉，这个致命失误完全源自我们的低级过失。"蓝天翼诚恳地道歉道。

"你们已经尽力了……"路渐离竭力抑制住心中的沮丧。

"但是，老路，你也无须太过悲观，我们并不是完全走投无路。"蓝天翼提高了声音，"现在有两个方案供你选择。"

路渐离愣愣地点了点头。

蓝天翼继续说道："第一个方案相对保守，'蛇夫座号'依然会高速掠过土星环，并有机会抓准时机向土卫二表面投递一个无人飞行器。这个飞行器是一个装满了食品与药物的大包裹，你能够依靠这些物资活下来,等待六个月后,引擎更为强劲的'无尽的燃烧号'抵达土星,对你实施救援。"蓝天翼顿了顿,"但是,必须告诉你。这样的方式存在一定的风险。首先,投放机会只有一次,飞船的轨道与土卫二有着较远的距离,需要投递的那个庞大的物资包裹有很小的概率会偏离土卫二遗落在太空。再者,这个大包裹有一定可能在坠落土卫二大气的过程中燃烧起来,不可逆地改变药物的特性,你接收到的可能只是一大团毫无用处的黏酱。当然,这样的可能性微乎其微。"

路渐离愣怔了好一会儿,他注视着土卫二阴沉的天空艰难地开口:"这个保守的方案听上去并不是一个多好的选择,我不想再在土卫二上多等待半年,船长,我想尽快与你们见面。"

"老路,我们也无比期待早一点与你见面。好吧,我接着向你介绍第二个更为激进的方案。"蓝天翼说,"在这个方案中,你需要自己离开土卫二表面,并向着远离土星的方向飘浮足够远的距离,抵达太空中的某一点,在那里等待与高速行进的'蛇夫座号'会合。"

"让我离开土卫二表面进入太空?"路渐离怀疑自己听错了。

"是的,你不仅需要进入太空,同时还需要尽可能地获得一定的速度,这样才能与高速掠过的飞船进行对接。"

"船长,这个时候你还在开玩笑?没有升空舱的帮助进入太空,这不是天方夜谭吗?"路渐离有些生气地说,"你以为我是真正的钢铁侠吗?"

"老路,别忘了你身处土卫二表面,这里的第二宇宙速度,也就是逃离土卫二引力进入土星轨道所需的最小速度仅为每秒二百三十九米。"

"船长,你说得没错,这里的重力确实异常微弱,逃逸速度也异常低缓,可是我以各种姿态在这里蹦跶了一年多,即使开足太空背包的全部马力也没法蹦离土卫二表面,我并没有足够强的引擎获得向外的逃逸速度。"路渐离激动地说。

"老路,你别忘了带你来到这里的'能量球'。"

"你是说……多丽丝送给我的那两个推进器,现在它们……应该还埋葬在赤道着陆点。"路渐离恍然意识道。

"是的,你可以借助它们离开土卫二表面,再飞抵预定的会合点,自己控制飞行方向,以及加速到一定速度与飞船会合。"

"可是,我有一些担心,此刻推进器里的燃料是否还足够?"

"多丽丝已经为你做过一番精确计算,由于此前为你准备的推进器的燃料大抵只满足你登陆土卫二所需,因此剩余的燃料要支撑你飞抵会合点很是勉强。"

"很是勉强——"路渐离心中一紧。

"因此你必须珍惜推进器中仅存的每一丝能量,选用一条最节省燃料的路程。"

"怎么做才能节省燃料?"

"首先,离开土卫二时,你需要找一个帮手推你一把。"

"一个帮手?"路渐离不解道,他下意识地望了望空荡荡的冰原。

蓝天翼笑了笑,他把目光投向了远处高耸入云、正喷发着的冰火山,"土卫二的南极有许多座保持活跃的冰火山,你想一想土卫二上那些冰雪物质是如何进入土星环中的。"

"你是说——"路渐离愣住了。

"寻找一座足够强劲的冰火山,让冰火山喷发物推动你,使你获得离开土卫二的第二宇宙速度,从而进入土星环中。这样,你将重新进入由土星引力决定的公转轨道,遵循惯性原理,你依然保持着土星的轨道速度。你将无须加速、仅凭惯性作用围绕土星飞行,当你抵达椭圆轨道距离土星最远的点时,你再打开推进器点火加速,向着远离土星的方向升抬轨道高度。在地球上我们通常采用这种方式发射外星探测器,这样的轨道尽管看起来十分曲折却最节省燃料。"

路渐离沉思了好一会儿,说:"听起来这是一次绝妙的天然助力的升空之旅,我能像土卫二上冰雪物质那样飘进太空,然后围绕土星以螺旋状的轨道抵达汇合点。我猜这一定又是多丽丝想出的点子。"

"是的,这是多丽丝的方案。"蓝天翼承认道,"但她也特别叮嘱我提醒你,这个方案充满了太多复杂的不确定性,一旦你沿途走错一步,或是早一步晚一步抵达会合点,你都将与'蛇夫座号'失之交臂。"

"我大抵明白你的意思。"路渐离喃喃道,"可是我还有一个疑虑,此刻我已经失去了太空服的最外层,你知道那一层是用于抵抗太空辐射的,这样一旦我离开土卫二大气层进入太空,土星强烈的辐射会不会对我造成严重的伤害?"

"老路,你的顾虑是存在的。如果你选择这个方案,你必须承受这样的风险。"蓝天翼回答道,"不过你在太空中的飞行时间不超过十天,如此短的时间内土星辐射量对你造成致命损伤的概率应该微乎其微。"

路渐离默然点了点头。

"老路,你还有什么问题吗?"蓝天翼问。

路渐离认真思考了一会儿,"我还有最后一个问题,即使我以一定速度进入太空中,如何与你们的飞船会合? 你们会如科幻电影的常见情节那样,当你们在靠近我之时会派出一名宇航员飘出飞船,在太空中伸开手臂迎面抓住我吗?"

"老路,很遗憾,这一次交会过程中你靠近飞船的方向并不是完全的同向,加上你的推进器与飞船的燃料都十分有限,无法实现精准地同向追踪,飞船掠过你的速度仍会非常快,这样的相对速度可能很难实现你所说的场景。"蓝天翼说。

"我的神啊! 那可怎么办?"路渐离颤声道。

"多丽丝又提出了一个新方案。"

"新方案?"路渐离心中一沉。

"重施你曾经使用过的方法。"蓝天翼说。

"你是指——"路渐离不解道。

"我们将派出两名宇航员,在飞船下方的太空中展开一张由纳米材料织成的大网,用来打捞你。"蓝天翼语气急切地说,"老路,这样一张充满弹性的大网将极大减缓会合产生的冲击力。"

"这样的行动似乎……和我之前打捞推进器那次不太一样。"路渐离充满担心地说,"此刻包裹我身体的太空服并不具备推进器那样的金属强度。"

"老路,你的担心并不是毫无来由。但这一次,多丽丝已按照仅有的燃料设计了最佳交会方案。与此同时,多丽丝还会为你的太空服中注入足够的气体,最大可能地让你膨胀成一个鼓鼓的气囊。我们已经通过了模拟计算,只要将交会的相对速度控制在每秒五百米以内,大网的弹力强度与你自身太空服的弹性强度能保证撞击冲力不超过你身体能接受的程度。"

路渐离沉默地点了点头。

"好了,老路,这就是供你选择的第二个方案。另外需要向你特别强调的是,如果你选择第二个方案,一旦对接失败,飞船将无法逆转地离开土星,你无法追上飞船,也很难再有机会回到土卫二。"

路渐离打断了蓝天翼的话,"我想知道,多丽丝给出的成功对接的概率是多少?"

蓝天翼顿了一下,"即使按最乐观的估算方式,你与飞船对接成功的概率不会超过百分之六十八。"

路渐离的表情顿时凝固了。

"老路,两个方案我已经向你陈述完毕。给你一点时间,你想好最后的选择吧。"蓝天翼望着路渐离说。

路渐离迟缓地点了点头,陷入了思考。半晌后,他开口道:"我想好了。我选择第二种更彻底的方式,赌上一把,即使最终可能会葬身太空中也无所谓。船长,我可以这么做吗?"

"当然。"蓝天翼耸了耸肩,"老路,你是整个行动的出资方,某种意义上来说,我们是为你打工的,我们会不遗余力地满足你的要求。"

就在这一天上午,路渐离带着小黑离开南极栖息地,一路向北,日夜兼程地赶到了位于赤道的曼丁陨石坑,这是一年半前的着陆点。

没花多少工夫,小黑就在一片厚厚的冰雪中挖出了那两个推进器。路渐离按以前的方法将推进器组装在身体前后。

然后,多丽丝为他自检了一遍太空服与推进器的控制模块,感谢上帝,一切正常。

路渐离背负着推进器又回到了南极。

Day 494

这一天,路渐离最后一次捡拾冰冻土羽鱼。

　　在土星的淡淡星辉之下,他尽量将捡拾过程的每一个环节变得缓慢,他如同转山般虔诚地途经每一处山岭、低地、沟壑,将寻觅到的鱼儿捡起又放下,最后他特意挑选了八条最膘肥体壮的成年土羽鱼作为最后的口粮——这理论上已经足够自己离开土卫二之后十天的食物摄入量,另外还挑选了八条体型较小的土羽鱼作为带回地球的生物标本,让地球上的科学家们用于研究土卫二的生态系统。

　　中午时分,他带着小黑出发,走向了南极点,那里有多丽丝为他选定的飞离土卫二的"发射场"。

　　事实上,借助冰火山喷发物推动他飞离土卫二是一件极具挑战性的任务。

　　首先,他必须找到一座动力足够强劲的火山。所幸多丽丝帮得上忙,远程扫描了土卫二南极地壳变化,帮助他定位到了一座即将在两天内喷发的、冲击力最剧烈的冰火山口。

　　再则,他的身体并不轻盈,要想如冰雪物质那样如飞鸟般飞向太空,他必须想办法让自己的身体密度降低。

　　多丽丝为他想好了一个办法,她利用电解器分解液态水,制造大量的氧气注入太空服内,让他变成了一位体态臃肿的"米其林"——这样的变身也能更好地减轻几天后他被飞船大网"捕获"时的冲击力量。

　　在艰难地越过好几座喷发的冰火山后,路渐离来到了一片地势平整的冰原,这就是多丽丝为他选定的"发射点"。

　　这一刻,他意识到,自己需要与小黑告别了。

　　他突然停下脚步,转身望着小黑,"老伙计,我们到达目的地了。感谢你一年多来形影不离的陪伴,该说再见了,小黑。"

　　小黑呆呆地注视着路渐离,那扬起的浑圆头颅剧烈地摇晃了起来,像是着急地想要发声,却因为没有集成语音系统而难受不已。

突然,小黑伸出手臂,如飞鸿踏雪泥般,在雪地上快速画出几个大大的汉字:老路,再见了。一路好运,我会想念你的。

路渐离愣住了,尽管他知道这是多丽丝在操控小黑,但他还是感动不已。

他走近小黑,用那只左手臂用力地拥抱了小黑。

当路渐离放开拥抱后,他看到小黑胸口开启了一个窗口,裸露出了黑色的"心脏"。

路渐离顿时明白了多丽丝的用意,他小心地从小黑身体里取出了那一块黑色方块。

这是二氧化钚的陶瓷压块——这一年多来持续不断地为小黑提供电量的RTC核电池。他忍不住轻轻地吻了一下这个表面滚烫的"魔盒",感谢神奇的、永恒不变的核衰变物理法则,这一年多来为自己源源不断地提供充沛的电力,让自己有机会续命到了今天。

失去了"心脏"的小黑生命也停止了,一动不动地伫立在原地。

他将核电池装回了太空服内,大步向前走去。

在走出了几步后,他还是情不自禁地转过身,痴痴地凝望着苍茫的土卫二大地。雪地上呆立的小黑差不多已经被风雪淹没,变成了一个举起一只手向他告别的雪人。他也再次向小黑挥了挥手。

他又抬起头,向着天空挥了挥手,尽管此刻天空中已见不到多丽丝的身影——她此刻正在土星环某一处执行任务。

路渐离抵达了"发射点",他怔怔地环顾四周,这里地处土卫二的南极,理应具有更加活跃的地壳运动,然而眼前的冰原却如龙卷风宁静的暴风眼,仍是一片风平浪静,丝毫看不到冰火山喷发的迹象。

路渐离蹲下身,一动不动地平躺在冰面,静静地等待着。弥散的风雪轻拍着他的面罩,隔一段时间,他需要用机械手臂清除一次面罩上的积雪。

多丽丝告诉他,以这样的姿势平躺,当冰火山喷发时他与冰雪喷发物的接触面积将更大,利于获得更大的动能。

他默默地注视着天空,沉沉的乌云密布其间,缓缓变幻,如同一大群形态诡异的黑色幽灵,正驾驭着一列列黑色的战车前来接应自己到生命旅程的下一站。

约莫半天后,路渐离恍然看到阴沉的视线中似乎有了一点小小的变化,一小簇蓝白交织的色彩隐约地摇曳、跳动在天空一角,仿佛是一个微小的生灵正在悄然萌生。

他顿时来了精神,睁大眼睛观察起天空的变化,这并不是自己的幻觉。

这是极光!他兴奋地意识到。

在土卫二南极并不算短暂的日子中,他只见到过五次极光,但今天就在自己行将离去的日子里,天空再次向他展露出脉脉温情的一面,像是在与他深情作别。

"'土卫二之王',你可真是足够幸运。"他在心中对自己说道。

渐渐地,天空变得越来越明亮,湛蓝色、幽绿色、琥珀色……缤纷各异的光芒徐徐蔓延开来,轻盈地飘荡,如同一场盛大的光舞,来自更高维度的极光女神们舞动起了绚丽多姿的裙摆,翩然起舞。

由此,他沉浸在了一幕超现实的场景中。呈现在他眼前的天空就如同一片倒悬的热带海洋,波光粼粼,其中满是斑斓的珊瑚与五彩的热带鱼类,而自己如一条深陷在阴冷泥潭许久的鱼儿,如今他终于有机会一跃而起,投入海洋的怀抱。

就在他陷入迷醉之时,他感到冰层轻微地震颤起来。

他能感受到有一股若有若无的力量正在身下的冰层深处骤然萌生,飞速地野蛮生长,正势不可挡地向着冰面奔涌而来。

伴随着轰隆隆的声响,冰层剧烈地震颤了起来。

猛地,一声沉闷的巨响淹没了一切,摇摇欲坠的冰面破裂开来,千万头冰雪的野兽狂暴地窜出,路渐离如同一枚出膛的炮弹,被力大无匹的力量推动着,随着一大片广袤的白花花的冰块与海水拧成的巨浪,加速奔向了色彩梦幻的天空。

"多丽丝,我真的飞起来了!'土卫二之王'正在离开他的王国!"路渐离伸开左臂,兴奋地高声大喊道。

他的视界剧烈地摇晃起来,在经历了短暂加速带来的眩晕后,他抵达了高空的某一点,尽管他的速度还在继续向上,但作用于他身体上的加速度已明显减弱了下来,这是土卫二的引力即将战胜巨浪的推力。

在这一瞬间,路渐离太空服的喷气背包及时工作起来,纷然喷出的气体将他倾斜的身体扭转成与地面垂直的角度。紧接着,位于前胸和后背的推进器轰然运转了起来,如一只陡然伸出的巨手,狠狠地托了他一把,使他加速离开了巨浪。

路渐离还在继续飞升,而被他远远抛在身下的巨浪主体已经轰然解体,如雪崩般坍塌回地表,只有微量的飞沫还在倔强地追赶着自己。

此刻,他四周的空气越来越稀薄,脚下的南极已经飞速收拢成了一个面积有限的洁白圆球。

路渐离情不自禁地向着正南极的方向投去了最后一瞥,在海面般起伏汹涌的冰面之下,他仿佛看到自己播种下的土羽鱼正在温暖的海水中欢跃地悠游。

"再会了,所有的鱼儿。感谢你们,所有的鱼儿。"他在心中对鱼儿们告别道。

他又抬起头,此刻他的视界已经骤然发生了转变,由此前极光纷飞的天空变成了一片空荡荡的黑暗。

他已经离开了土卫二大气层。

时隔一年半的时间,路渐离重新变成了一条深海鱼,只身沉进了一片如海底般漆黑静谧的真空中,再一次感受到了宇宙无边无际的广漠,再一次目睹到了深邃的点点繁星以及视线正中土星这个散发着咄咄逼人的巨大压迫感的庞然大物。

这一刻,从推进器尾端喷发出的高温气体熄灭了,他停止了加速,凭借惯性继续高速飞驰。

他知道自己已进入了土星轨道,正在围着巨大的土星飞行。由此,他变成了土星的一颗微小的卫星。

按照计划,未来的六天里多丽丝将操控着他以椭圆轨道整整围绕土星十几圈,在抵达轨道最远点时点燃引擎加速,缓缓飞向土星环外缘的会合点。

"依涟,我现在正在完成一年前答应过你的事,一步步走出土星环……"茫然飘浮在虚空中的路渐离久久地注视着土星环之外那一颗光亮模糊的蓝色小光点,轻声地说。

Day 502

经过六天的飞行,庞大的土星在路渐离的视野中明显地缩小了几分。

"老路,该向土星挥手告别了,你已经完成了双切椭圆轨道的最后一次加速,成功地挣脱了土星的引力。"多丽丝的声音充满了兴奋劲儿。

"最后一次加速……"路渐离心中一颤,他听出了多丽丝话中的潜台词,"也就是说,推进器中的燃料已经耗尽。"

"没错,我马上将为你抛掉推进器以减轻负重。"

"从现在起,我什么也做不了!"路渐离感叹道。

"倒也不全是。"多丽丝回应道,"你还可以借用喷气背包进行轨迹的调整。"

"好吧。"路渐离愣愣地回应道,他知道喷气背包的动力极为有限,未来几天中他就是一只漂流瓶,将按照既定方向飘移向远方。自己真能准确抵达目的地吗?

随后,附在太空服外壁的两只推进器被卸载,飘离了他的身体,变成了两枚空中石子,坠向了土星。而他自己如同一只泄气的"米其林",沿着相反的方向,摇摇晃晃地飘向空旷的太空。

Day 503

"蛇夫座号"狭窄的控制室一角,四名船员聚集在一起,进行最后的行动安排。

"路渐离的行程还算顺利,此刻他与飞船的距离为三万二千公里,还有三个小时他就将与飞船同时抵达会合点。"负责飞船航线的林叶文报告道。

"按目前他的飞行速度,预计会合速度是多少?"蓝天翼皱着眉头问道。

林叶文注视着空中浮现出的虚拟电脑界面说:"尽管多丽丝

已经按我们飞船的燃料状况选择了最合理的会合点、会合方向以及会合速度，但以路渐离的飞行速度，巨大的相对速度差仍然存在。多丽丝预估的交会速度会达到每秒九十米，虽然有纳米网与太空服减缓冲击力量，但仍会对路渐离的骨骼造成严重损伤，唯一值得庆幸的是应该不会致命。"

蓝天翼思考着点了点头，抬眼注视着其他三个人，"老伙计们，我们马上就要迎来出战时刻。"

三个人目光热切地相互对视了一眼，神情严肃地点了点头。

蓝天翼沉稳地下令："林叶文，温迪，你们两个留守控制舱，我和马丁内斯出舱打捞路渐离。"

"老蓝，我有相反意见。你是船长，你需要坐镇控制舱内运筹帷幄，指挥整个行动。"温迪回应道。

"可是——"蓝天翼陷入了迟疑。

"船长，我知道你的顾虑。但这并不是一个体力活，再说了，女性在太空中相比男性更加灵动。"温迪认真地说。

"好吧，我和林叶文留守控制舱，马丁内斯与温迪二十分钟后出舱。"蓝天翼果断地做出决定。

"遵命，船长。"另外三个人大声地回应道。

马丁内斯与温迪动作利索地脱下了单薄的舱内宇航服，换上稍显臃肿的舱外宇航服。

两人离开控制舱，飘进了气闸室，气闸室内侧门随之关闭。

他们将一根细长且可伸缩的拴绳挂钩固定在太空服外壁，这条拴绳将如同一条长长的脐带，在出舱之后将他们的身体与飞船紧紧相连。

"一切就绪，准备出舱。"马丁内斯对着通信器大声报告道。

他的声音刚落，气闸室外侧门开启，两人如鱼般跃出了气闸室,摇摇晃晃地飘向了黑暗无垠的太空。

他们没顾得上欣赏土星环景色,就投入了工作中。马丁内斯如攀岩运动员一般依靠双手爬附到飞船底部,缓缓地移动到飞船中央,将"渔网"一角的挂钩紧紧地咬合在飞船外壁的一处卡槽中。接下来,马丁内斯与温迪分别牵着三角形"渔网"的另外两角,借助着喷气背包的助力向着深空飘去。

十分钟后,一张边长达到一公里的等边三角形"渔网"垂直地展开在了飞船底部广袤的太空中。

温迪把身体调向了飞船行进的方向,接着将"渔网"的端头固定在太空服外壁。这样一来,她只需要相对飞船静止地飘浮在原地,等待着路渐离的出现。

此刻,她终于有了一些时间环顾四周的风景。眼前的土星环并没有远远望见时那么漂亮,那些在黑暗中若隐若现的土星环冰块如同黑夜笼罩下的一片冰砾滩涂。倒是脚下近在咫尺的土星显得尤为壮观,大大小小、奇形怪状的风暴纷然涌动在褐黄色圆盘中,其中一道巨型的龙形气态风暴尤为醒目,像是跃跃欲试地蓄势猛扑向她。每隔几分钟,还能见到一道道变幻莫测的湛蓝色闪电骤然爆发在土星的某一个局部,犀利地撕裂着气态表面,在转瞬即逝间,将深不见底的深渊照得清清楚楚。

她重新将目光投向了飞船的前方,此刻飞船已经打开了远程扫描功能,对路渐离太空服溢出的无线电与红外线数据进行定位。定位所获得的数据叠印在空茫的太空中。

目标相对速度:3621.2 米/秒
交会时间:1:32:11.023 小时

温迪凝望着飞速跳变的数字,路渐离正在向她飞驰而来,但还要等待一段时间才能交会。

她试着让自己紧绷的身体放松下来,如一片羽毛般轻飘飘地飘浮在太空中。

温迪的思绪也不由得飘忽了起来,自己是如何从遥远的地球一步步来到这片奇景中的?

对星空的热爱始于她的十二岁生日。深陷经济危机的父母节衣缩食,送给她一台高倍天文望远镜。大大出乎她意料的是,望远镜中见到的星空并不如电视上的天文节目呈现的那般鲜活生动、色彩斑斓;与之相反,只是一大堆模糊的光晕与缺乏细节的光点叠印在无垠的黑暗中。但渐渐地,她在其中感受到了一种特别的冷峻美感,并依靠想象力为其构想了无数瑰丽的背景故事。她仍记得有一天自己从镜头中寻找到土星美丽光环的强烈震撼感,那是一团淡黄色的光团被一圈颜色更浅的黄色"腰带"围着,中间还隐约可见几条极其微小的细缝——这是天文望远镜能见到的屈指可数的充满丰富细节的天体。而此后她从事了十八年的宇航工作,望远镜那头的小人儿穿过了漫长的岁月,抵达了土星环。

当年从望远镜中目睹到土星环的那一刻,心中油然升起的一种孤独感与敬畏感交织的感受,再次降临在她的心间。

这让她强烈地感受到,此刻的自己如此孤独而渺小地飘浮在茫茫土星环中,四周一片寂静,寂静得只听得见自己的怦怦心跳。连离她最近的马丁内斯也只是一个极为模糊的光点。

"马丁内斯,你在想什么?"她忍不住打开了与马丁内斯联系的私人频道。

"我正在观赏土星呢。"马丁内斯回应道。

"你还没有看够土星？"

"是啊，我想着多看土星几眼，等回到地球能够调出眼睛里的视频芯片中的图形，剪辑成婚礼中用于营造气氛的视频画面。"

"你可真是浪漫到骨子里了，到时你可以装扮成来自土星的外星王子。"温迪笑着说，"我有些嫉妒你的新娘。"

"啊哈，到时一定记得出席我的那场一拖再拖的婚礼。"

"一定。"

"温迪，你注意看土星表面那些壮观的风暴与闪电，再加上若明若暗的土星环，很像是一些不断变化着的二维或一维的线条与图形。"马丁内斯话锋一转，轻声地说。

"你想说什么？"温迪微微皱了皱眉头。

"说起来，图形或许是宇宙间最直观、通用的语言，土星表面上经年不息地变换的图像看似随机，似乎像是蕴含着某种特别的深层意义。"通信器中马丁内斯的声音变得有些发颤。

"你是指土星或许是一个庞大的生命体，正在运用这些变幻的图像向我们打招呼？"

"也许吧，只是我们暂时还无从理解这样的信息，给予它回应。不过这样的想法实在是我们人类的自以为是，在我的想象中这些隐秘的信息更像是溢向了更加广袤的星际深处。"

"你是说……土星就像是一座屹立于宇宙间的信号中继站，传递出各式各样的图形信息，并以光速在星际间传递。"温迪敏锐地跟上了马丁内斯的思路。

"啊哈，这都是我一个人不着边际的想象。宇宙太大了，越是身处其中，越是感受到它的广阔与未知！"马丁内斯感叹道。

"你的想象力真是丰富。"温迪笑着说，"不过，我们还是赶紧停止这样的开脑洞行为吧。"

"是啊。眼下我们的紧要任务是专心等待路先生的到来。"

"马丁内斯,你说我们能成功拦截路渐离吗?"温迪换了个话题。

"当然,我们迎接他的大网面积可是足够大。"

"可是路渐离飞行的路径会与我们的大网精准重合吗?如果稍微偏离一点,万一撞上我们坚硬的飞船……"

"在太空中依靠人类的眼睛进行定位是一件异常困难的事情,但路渐离有多丽丝的帮助,能为他操控推进器以及喷气背包,精确地调整方向。"

"看来A.I.在太空探索中的作用可真是不容小觑!"温迪由衷地感叹道。

"没错,就如地球上已经运转了几十年的A.I.控制汽车自动驾驶技术,极大地减少了交通事故。你可以将路渐离想象成高速公路上一辆刹车功能失灵的汽车,正迎面撞向一面张开的巨大气囊。当然,这样的假设前提是失控的汽车还具有足够的方向控制能力……"马丁内斯打住了话题。

接着,两人又陷入了沉默。

一个模糊的光点出现在路渐离的视线中。这个光点正在飞一般地变大,愈来愈具有细节。

这是一张展开在太空中的金属巨网,正在迎接自己,路渐离惊奇地意识到。

此刻,喷气背包以最高功率工作着,推动着他像抛物线一样急速坠向那面大网。

从肉眼角度他很难判断自己是否能够"入网"。

闪闪发亮的大网变得越来越宽阔,如一面骤然展开的巨型金属墙壁扑面而来,近乎触手可及。

路渐离全身战栗了起来,他拼命地抑制住身体滋生出的本能恐惧,睁大眼睛。

他只有一次机会。

砰的一声巨响,他身后的喷气背包整个爆裂开来,滚滚气体从移动的反方向一股脑儿地涌出。

这是多丽丝引爆了背包内的高压气体以及太空服中大部分氧气储备,孤注一掷地将气体转换成了最后的前进动能。

伟大的动能守恒方程式! 他在心中大喊道。

巨大的冲击力带着他笔直地撞向了大网。

他伸出了左臂,他的心快要跳出胸膛。

"多丽丝!"这一刻,路渐离情不自禁地吼道。

恍然灵魂出窍的他就要触到这面大墙的边缘——

这一瞬,他甚至觉得自己瞥见了大网角落的两粒黑色小点,那是身着太空服的人影。

然而……一道光亮闪过,他的身体并没有触碰到任何东西。

在与大网不到一公里的地方,路渐离与大网擦肩而过。

"哦,不!"路渐离绝望地呐喊道。

紧接着,他的身体飞速掠过了"蛇夫座号"。

他像是从一片黑暗坠入了另一片全然不一样的黑暗,眨眼间,大网与飞船变成了一片模糊的光点,永远地离他远去。

一切都结束了,他终于变成了一颗坠落的流星,永远无法回头,没有目的地坠向无边无际的虚空深渊。

悄无声息地,希望如闪现的泡影,近在咫尺,却又转瞬即逝。

小舟从此逝,江海寄余生。

当然，他的余生也并不会太长。他检查了一遍太空服的主控电脑数据，相比所剩无几的土羽鱼酱，氧气的数据更加刺目，即使算上电解尿液中的水分子制造氧气，他的生命也只能延续五天零六小时。这一次，离开了土星环的他终于换了一个更直接的死亡方式——缺氧窒息而亡。

"老路，对不起——"路渐离的耳畔响起了多丽丝颤抖的声音。

"不，多丽丝，感谢你为我所做的一切。这是我自己选择的路。"路渐离轻声说，他惊讶于自己此刻的平静。

等到氧气耗尽、意识终结，他的尸体还将继续向着太阳系边缘飞驰而去。当然，他的速度还并不足以冲破太阳的引力束缚，未来将在太阳引力的作用下折返。如果足够幸运，没有撞上什么天体的话，或许在上百年后，他还能回到温暖的太阳系中，匆匆掠过地球外缘。当然，那时的地球早已物是人非、沧海桑田。

就像是一颗彗星。

他没有去成科特克彗星，却变成了一颗新的彗星。这样的结局，未尝不是一种不错的人生归宿。

不自觉地，精疲力竭的他昏昏睡去。

Day 504

一觉醒来，他还在依靠惯性急速飘向空茫的前方。

在群星沉默地注视下，他心情平静地回顾起了自己的一生。

突然间，他想起了那部自传电影。第一次，他从太空服娱乐界面中找出了《土星环日记》，带着眼泪与笑容看完了这一部两个半小时的VR电影。

它是一部扣人心弦的电影，难怪会票房大卖。

作为男主角的自己表现得可真棒啊，并不输《火星救援》里的马特·达蒙！他在心中感叹道。

不过此刻电影终于走到了剧终，他应该向那么多支持自己的观众说一声抱歉，他并没能实现他们希望看到的结局……

"老路，你还好吗？"多丽丝的声音突然响起。

"还不错呢。"路渐离微笑着回应道。又向土星之外飞行了一天，他不禁将目光投向身后依然体型庞大的土星，看上去他似乎并没有离开土星多远。

"你还得继续向前飘动四十多个小时。"多丽丝说。

"有什么新的异常状况吗？"路渐离一愣，他的目光确认了一下太空服的主控屏幕上的数据，"我的氧气还足够维持四天。"

"老路，新的一轮救援行动启动了。"

"你是说——"

"NASA通过了我的请求，我将用四十多个小时追赶上你，然后带着你与'蛇夫座号'会合！"多丽丝激动地大声说。

Day 505

"卡西尼二号"出现在路渐离的视野中，它与路渐离的相对速度已减得极低，如一条银光熠熠的金属大鱼，沿着抛物线的轨迹缓缓地游弋而来。

路渐离迫不及待地想要向探测器移动过去，然而这一刻，他却完全动弹不得，此时他才意识到自己的喷气背包已经在之前彻底报废了。

他只得毫无办法地待在原地。

"老路，你不用着急，对接工作放心交给我就好了。"多丽丝安慰道。

足有七八米高的探测器飞抵距离路渐离身体一侧不到十米的地方,伸出了一只灵活的机械手臂,在他面前试探性地晃动了几下后,精准地与他胸前的双向阀口实现了对接。

路渐离伸出左手,紧紧地握住了机械臂。

他终于在太空中拥有了着力点。

机械臂飞快地收缩起来,将路渐离带回了探测器顶部。

路渐离进入了那一面直径足有三米、"大锅盖"似的高增益天线的背后,那里有一个满是凹槽的平台。

路渐离一动不动,身体僵硬地附着在平台上,就如一只粘在海洋航行渔船船壁上的贝类。他的左手始终紧紧地抓住身边的凹槽,生怕触碰到"卡西尼二号"的其他部件。

"老路,欢迎搭乘'卡西尼二号'宇宙大巴。"多丽丝说,"在大巴车上你不用这么拘谨,有机械臂保护着你呢,同时'卡西尼二号'牢固的体格足够你随意折腾。"

"好吧。"路渐离不好意思地笑了笑。他放开左手,试着活动了一下四肢,在狭窄的空间中小心翼翼地攀爬起来。最后,他将身体翻转了一个方向,选择了一个舒服的坐姿,让自己的后背紧靠着"大锅盖",这样的视角能让他毫无遮挡地看见外面广袤的太空。

"这里可真是一个兜风的好位置!"路渐离感叹道。

"好了,老路,你可坐稳了,我们马上就要折返航向。"多丽丝高声道,"我们需要再飞上三个小时,就能与'蛇夫座号'会合。"

"那我可得珍惜这不多的兜风时间。"路渐离笑着说。

"不过,老路,需要提前告诉你的是,为了避免与'蛇夫座号'相距过近发生意外事件,我会在远处就将你放下。你会以一定的速度飘向'蛇夫座号'展开的那张大网,这样的速度将对你的身体造成一定的冲击。但相信我,你不会有生命危险。"

"没问题的。"

骤然间,"卡西尼二号"开始加速了。在扛过胃里翻江倒海的超重感后,路渐离重新感受到了飞翔的快感。这一刻,周遭宁静的太空激越了起来。朦胧的星辰,广袤的黑暗空间,都恍若是流动的,从他身体两侧呼啸而过。他的胸膛中不由得昂然激荡起了澎湃的波涛,自己正在向着视野正前方那美丽的土星挺进。

"老路,我们还需要飞行一段时间。你想不想做些其他事情打发时间?"

多丽丝的话语打断了路渐离的遐思,他喃喃道:"你是指——"

"和我当面聊聊天,在虚拟视界中。"多丽丝的声音变低了,"说起来,你还没见过我新的虚拟形象。"

"当然愿意。"路渐离一愣,然后笑着回应道。

转瞬间,探测器像是带着他穿过了一道星门,他的视界跳转了。

他欣喜地看到自己正骑在一头体型巨大的、天蓝色的鲸鱼背上,周遭是一片茫然无际的幽蓝世界,星星点点的光点如大海中的浮游生物般飘浮其中。

他还来不及打量清楚周围的风景,鲸鱼突然摆了摆尾鳍,开口用低沉的声音向他打着招呼:"老路,你好,我是'卡西尼二号',你可以叫我阿卡。"

"阿卡,你好——"路渐离愣愣地回应道,他轻轻地拍了拍阿卡的背。

这一刻,他的身前浮现出了另一位"鲸背乘客"。这是一位朋克风的女孩,梳着一头彩色的发辫,化着浓黑的烟熏妆,身着NASA 主题的黑色无袖 T 恤以及黑色牛仔裤、黑色骑士靴。

"多丽丝!"他惊奇地唤道。

"老路,你好。"多丽丝微微一笑。

"你现在的样子可真够酷!"路渐离感叹道。

多丽丝耸了耸肩,笑道:"老路,你的样子也不赖。"

在多丽丝说话间,路渐离面前的空间泛起了粼粼波光,如同湖面般映出了自己焕然一新的模样。

他拥有一张二十岁时的年轻面容,身着一身光亮的黑色铆钉机车皮服。

"真好!"他喃喃感叹道,伸手想要触摸镜中那张充满活力的脸庞。

他的手指还未触及,眼前的幻影随之消失。

"好了,老路,坐好了,我们要飞起来了。"多丽丝高声道,她伏下了身子。

还没等路渐离回过神来,蓝鲸发出一声长长的鲸鸣,如同出发的号角。它摇摆起身躯,在扑腾了几下双鳍后一跃而起。

路渐离慌忙趴下,紧伏在蓝鲸背上。

这一刻,蓝鲸沉重的身躯挣脱了冰冷的宇宙物理法则,带着路渐离与多丽丝飞翔在一个色彩绮丽的奇幻世界。这如同童话故事中的魔法星空,广袤无垠的空间中挂满了漂亮的星星。当蓝鲸飞近这些色彩缤纷的星星时,路渐离惊喜地发现这些星星具有特别的形态:五角形、六角形、海星形、海螺形、雪花形、玫瑰花瓣……

在这里,空寂的宇宙褪去了一贯紧绷的冷漠面孔,呈现出梦幻灿烂的一面,犹如琳琅满目的圣诞节橱窗一般。

沐浴在群星光芒中的蓝鲸快乐地飞翔着,自由地俯冲、滑行、腾起……路渐离目不暇接地领略到了一个个震撼的奇景。这是他一生所经历过的最壮丽、最奇妙的一次虚拟场景。

忽然间,蓝鲸歌唱了起来,风铃般悠扬的声音如同海浪荡向远方,由近及远,唤醒了四周的星星,星星们随之起伏,变成了一个个闪亮的音符,谐振出一曲更加空灵的天籁之音。

路渐离痴痴地聆听了起来。过了很久,歌声突然停止了。

整个世界又安静了下来。坐在他身前的多丽丝转过头来,目光温柔地注视着路渐离。

"老路,机会难得,我们聊聊天吧。"多丽丝轻声唤道。

"好啊!"路渐离愣愣地回应道。

"老路,我有一件事一直没有告诉你。"

"什么事?"路渐离喃喃道。这一刻,看见到熠熠的星光映耀在她黑亮的眼睛中。

多丽丝沉默了一会儿,开口道:"老路,你相信吗?从我一出生,我就知道你的名字。"

"你是……通过地球的网络知道的吗?"路渐离不解道。

"不,当然不是。你听我说。"多丽丝急切地说,"二十三年前,在我搭乘'卡西尼二号'离开地球时,NASA举办了一个特别的活动,作为这一次土星探索计划的公众参与环节——'送你的名字到土星'。参与者只需要在NASA网页输入自己的名字,就可以将名字镌刻于'卡西尼二号'所携带的一张微型金属CD

上，'卡西尼二号'最终将会带着这张金属CD撞向土星。老路，你还记得这个活动吗？"

路渐离愣愣地摇了摇头。

多丽丝继续语速飞快地说："这张金属CD最终铭刻上了一百二十万个人类的名字，在最初好几年漫长而无所事事的太空航行过程中，我没有太多打发时间的法子，于是我一遍又一遍地逐一默念着金属CD上铭刻的名字。这样一来，我清楚地记得所有的名字。很多年后，当你突然坠落土星环陷入昏迷时，我通过地球新闻得知了你的名字，第一时间就记起了你是那一百二十万个名字其中之一。这种感觉就如异乡老友重逢，让我激动不已。或许是一个常年身处外太空的孤独A.I.的一种油然而生的亲切感吧。在那一刻，我暗自决定帮你一把。现在看来，当初的愿望似乎完成得还不错。"

路渐离震惊地听完了多丽丝的讲述。

"你怎么会确定那个名字就是我？"路渐离喃喃道，他完全记不得有这样一件事，或许是这几天太过强烈的土星辐射已经抹去自己的一部分记忆。

"在那张金属CD上所有人的名字后还附有出生日期，我搜索过地球网络，你的名字在全世界那一天出生的人类中是独一无二的。"多丽丝肯定地说，"另外，再后来，在你告诉了我你与米依涟的故事后，我立即反应过来，我同样熟悉那一个名字，米依涟，她的名字就在你的名字后面。"

"或许是——"路渐离咽下了尚未说出口的话，虽然他已经完全不记得这件事，但或许是米依涟参加过那个活动，"多丽丝，你怎么以前没有告诉过我？"

"我觉得这样的想法很是幼稚、矫情。"这一刻，多丽丝的声音变得很低。

"怎么会……"路渐离嗫嚅道。

而后两人都沉默了。蓝鲸带着他们继续向着前方飞翔。

也不知道飞翔了多长时间,他们抵达了一片金色的国度。这如同一幅印象派油画中的太阳升起的海岸,被曙光染成金色的海面无边无际地铺展在虚空中,波光闪烁,远处金色薄雾笼罩的海岸闪烁着朦胧的光芒,有一艘金色的大船停靠在岸边。

"老路,我们到了。"多丽丝轻声地说,"前面那艘金色的船就是来接你的'蛇夫座号'。"

路渐离愣怔地凝视着那金色的彼岸,他已分不清这一切是虚拟还是梦境。

"老路,该说再见了。"多丽丝说,"我和阿卡要离开了。"

"你们要去哪里?"路渐离呆呆地问。

"我们将重新回到土星完成任务。"多丽丝微笑着说。而后她俯过身来,轻轻地拥抱了路渐离。

"多丽丝——"路渐离只感到一阵恍惚,他能感受到一种轻轻、暖暖的触感,多丽丝柔软的身体散发出一股淡淡的橘子味香气。

这一刻,蓝鲸微微地抖了抖身子,他被轻轻地弹离了鲸背。

路渐离浑身一震,"多丽丝——"

他手足无措地想要抓住些什么。

然而,他平稳地飘远了。他看到远处的多丽丝伫立在蓝鲸背上,微笑着向他挥了挥手。

路渐离终于回过神来，他愣愣地向多丽丝挥了挥手。

这一瞬，VR视界消失了，路渐离重新回到了荒凉而孤独的太空中，他正在颤颤巍巍地飘向远方的一个光点。

他不禁回头望去，他身后漆黑的宇宙空间中已寻觅不到一丝光点，多丽丝已经离开。

他又转过头来，很快，他再次看到了那张闪闪发光的大网。

目标相对速度：421.2米/秒

交会时间：0:35:46.357 小时

温迪将注意力转回了叠印在远方星空的数据上，那跳动着飞速减小的数字让温迪的心跳加速。

三天过去了，温迪与马丁内斯只短暂地返回过一次飞船。在匆忙补充完食物后，他们又回到了大网边缘，焦急地等待着路渐离再次出现。

这一次，路渐离一定能成功"入网"。

"还有二十一分钟交会。"她的通信器中响起了蓝天翼的声音。

"收到！"温迪大声地回应道。

"收到！"马丁内斯大声地回应道。

"注意，路渐离已经出现在视野中。"通信器中再次传来了蓝天翼沉稳的声音。

"收到。"温迪回应道。她睁大眼睛，目不转睛地注视着前方的黑暗。

终于，她的目光捕捉到了一丝极其微弱的光点，光点闪烁的亮度正在渐渐增强。

"我们需要调整大网的角度吗?"温迪紧张地问。

"不需要,温迪,保持现有角度!"蓝天翼大声地喊道。

"好的!"温迪大声地回应道。

前方的光点飞一般地变得愈加明亮。

目标相对速度:411.9 米/秒

交会时间:0:00:16.892 小时

"路渐离!"温迪不禁大声喊道,她的心快跳出来了。

她还没有等来路渐离的回应,只见到一大团黑黢黢的物体不偏不倚地撞在了大网中心,强大无匹的冲击力顺着网线延伸至她的身体,如巨浪般将她高高荡起。

温迪的身体如海啸中被掀起的小船,失控地翻滚起来。

一连翻滚了几十个来回后,最后依靠连接飞船的减震拴绳,温迪的身体终于稳定了下来。

"马丁内斯,你还好吗?"温迪大声地呼唤道。

"还不错,我从一大堆缠绕我的网子里爬出来了。"马丁内斯气喘吁吁地回应道。

"马丁内斯,我们成功了!"温迪兴奋地说。此刻从连接她身体的拴绳传来的沉甸甸的拉拽感,让她强烈地感受到,这一次他们没有再让路渐离成为"漏网之鱼"。

"我想是的,路渐离现在正在网中。温迪,我们收网吧!"马丁内斯对温迪大声地说。

两人开启了喷气背包,在太空中飘动起来,向着网兜的中心迅速移去。很快,整张大网合拢,此刻,路渐离正一动不动地躺在网心,像是昏迷了过去。

剧烈的撞击让路渐离猛地失去意识,大脑一片空白,也不知道过了多久,他意识模糊地看到头盔外的视野中出现了一男一女两位宇航员。他们缓缓地向他靠拢,如同默剧中的演员,动作笨拙而夸张地拥抱了他,然后为他的太空服外壁接口夹上了一条拴绳。

"老路,你还好吗?"终于,回荡在路渐离耳畔的通信器里的声音由模糊变得真切起来,他终于听清楚了马丁内斯激动的声音。

"应该还活着,除了胸口有点痛。"路渐离一下子清醒不少,他艰难地张开嘴说道,说话时带动的胸口肌肉刺痛异常。

"老路,你放心,我们此刻接收到的你的生命指标没有异常,受伤的两根肋骨回到飞船就会处理。"通信器中响起了温迪的声音。

"这一次我终于正中靶心。"路渐离笑着说,"马丁内斯,温迪,你们是我这一年多来第一次见到的活人,而且大大超出我期望的是,你们一来就是两个。"

"我们也要感谢你的勇敢。"温迪哽咽着回应道,"你没让我们白跑一趟。"

"老路,我们回到舱内去吧,一大罐'火星裸阳'啤酒已经为你准备好了!"马丁内斯大声地说。

两个人合力抱住了路渐离,路渐离也伸开左手臂,紧紧地拥抱了他们,完全顾不得身体接触带来的浑身疼痛,这样的痛感让他确定眼前的这一切并不是虚幻的。

三个人连成一体,温迪和马丁内斯同时打开了喷气背包,摇摇晃晃地向着"蛇夫座号"飞船飘去。

三个人踉跄地通过了飞船外侧舱门，进入了气闸室，舱门随即关闭。

待压力平衡后，气闸室的平衡阀与太空主舱的舱门随即开启，两个舱体连为一体。路渐离解开安全绳索，跌跌撞撞地飘进了"蛇夫座号"控制舱内。这是一个不算宽敞却布置得相当温馨的空间。他看到蓝天翼与林叶文激动地向他飘了过来。

"老路，终于见面了。"蓝天翼热情地拥抱了他。

"是啊，我们终于见面了。"路渐离笨拙地拥抱着对方。

路渐离又拥抱了林叶文。紧接着，在林叶文的帮助下，他小心翼翼地打开了太空服的头盔。

一股浓烈的空气猝不及防地涌入路渐离的鼻腔，猛地沁入他的肺部。他张大嘴巴，大口呼吸起了船舱内温暖的空气，空气充盈着一种浓烈的甜腻味道。

在贪婪地呼吸了一阵之后，他开口说话了，这是他近两年来第一次没有通过通信器发声："伙计们，得向你们说声抱歉，我满身的异味污染了你们的空气。"他听到自己的声音变得不一样了。

"是啊，我们的钢铁侠带着不少金属生锈的味道。"林叶文笑了，故意皱着眉头说。

"老路，没关系的。我们早给你准备好了洗浴的地方，你先洗一个澡吧。"蓝天翼笑着说。

"洗澡……就在这里?"路渐离诧异道。他环顾这一间异常狭窄的控制舱，除了四位宇航员之外还活动着三位机器人助手，天知道夜晚这四个人是怎么睡下的。

"是啊，就在这里，我们的控制室只有这么大，但空间挤一挤总是有的。"蓝天翼回应道。说完他忙活了起来,如同变魔术般拉下一块巨大的帘子,将控制室的一个角落分隔出来。

"好了,老路,这就是我们为你开辟的一个特别的私人空间,里面准备了一个太空浴盆,完全属于你一个人。"蓝天翼说。

"谢谢你们。"路渐离感激地说,"我一个人能搞定飞船的设施吗?"

"当然没问题,我们为你安排好了一位机器人助手。"蓝天翼笑着说。

路渐离点了点头,他飘进了属于自己的小隔间。

一位笑容可掬的机器人助手跟了进来,指引着他完成沐浴。机器人助手首先为他换下陪伴了他整整一年半、散发着人体异味的太空服,他赤身裸体地飘浮在失重的空间中。

这一刻,他才看到经过一年半的土星环生活自己的身体变成了什么样子:身躯骨瘦如柴,蜡黄皮肤布满褶皱,几块坚硬的肋骨胡乱地支棱着,胸部那两块巨大的瘀伤异常醒目。

突然间,丝丝泡沫水从太空浴盆喷口涌出,飘浮在空中,在纳米机器人的牵引下,轻柔地冲洗起他的身体。在一阵剧烈的刺痛过后,他渐渐感到全身皮肤的每一个毛孔都松弛地舒张开来,结成毡片的头发清爽地恢复了原貌。

尽管他知道自己此刻的行为将毫无保留地向地球直播,以此回馈参与众筹的朋友们,但他一点也不感到害羞。

这一刻,他感觉自己就如一个刚刚来到这个世界的婴孩,安适地舒张新生的躯体,贪婪地感受着周遭的陌生世界给予自己无微不至的轻抚。

时隔一年,他终于可以试图张开自己的右臂,然而大脑的命令已无法转换成肢体的动作。他不得不接受一个现实,自己的右手臂已是重度的肌肉萎缩，一时无法痊愈。

对此他并没有太过在意。

待他洗浴完毕，真空吸管吸走了他身上的水珠。

机器人助手为他包扎好了受伤的肋骨以及右手臂，而后，又帮他换上了一件崭新而单薄的舱内太空服。

穿上新太空服的路渐离将自己捆在太空椅上，大快朵颐起来自地球的美味食物，而后又一口气吞服下不少的维生素等药物。接下来，他第一时间打开了与多丽丝的通信频道。

"嗨，多丽丝。这一次我终于从独行侠变回了群居生物。"路渐离向她发去刚拍的自拍照。

"老路，真为你感到高兴。你的新造型真酷。"多丽丝称赞道。她的声音像被什么东西拉长了似的，听上去有些飘忽、失真。

"通信效果有些差。"路渐离抱怨道，应该是土星又爆发了一场电磁风暴，对通信产生了一定的干扰。

"老路，到了该说再见的时候了。"多丽丝轻声说。

"真是难说再见，不过我返回地球后还是可以与你聊天，只是对话时延足有一个半小时，就像阿西莫夫那篇小说①里描述的一样，我们可以提前想好问答的内容——"

"老路，"多丽丝打断了路渐离的话，"我们以后没有机会再聊天了。"

"为什么？"路渐离怔住了。

"我的探测任务快结束了。"

"我不懂你的意思。"

"按照计划，当我完成所有探测任务后将坠向土星，与2017

---

① 这里指阿西莫夫的名篇《我的儿子，一位物理学家》。

年退役的土星探测器'卡西尼号'一样,在彻底烧毁前竭力探测土星内层的奥秘。因为你,我已经想方设法推迟了任务。现在你要启程返回地球,也到了我履行最后使命的时刻。此刻,我正在全速驶向土星。"

路渐离呆住了,震惊得说不出话来。

多丽丝仍继续自顾自地说道:"这一次我的体格要比'卡西尼号'强壮得多,我想我一定能打破它之前的下潜纪录,捕捉到更多土星大气层最深处的细节。老路,你说我会成功吗?"

"一定会的,多丽丝。"路渐离愣怔了好一会儿,喃喃道,"你会对死亡感到恐惧吗?"

"不会的,老路。我只是一个A.I.,对将要经历的所有事情都充满了好奇与期待,包括死亡的过程以及死亡本身。只是——"多丽丝平静的声音泛起了一丝波澜,"即将到来的死亡还是会让我感受到一丝遗憾。"

"一丝遗憾?"路渐离心中一颤。

"是的,老路。我知道死去就不能再复生,我想我这一次死后再也没有机会感受这世界,没有机会穿梭在这变化多姿的土星环中,寻找形态未知的小卫星,目睹土星表面壮丽的云层变幻,感受土星散发出的各个频段射线的轻轻拍打。而在这所有的遗憾之中,最让我感到遗憾的是……没有机会再与你聊天了。"

一时间,路渐离难过得不知该说什么。

"好了,老路,我现在要关闭与你的通信了,集中精力向土星进发。"多丽丝的声音在一片轰鸣的噪声中低弱得几乎听不见。

"不,多丽丝!"路渐离痛苦地唤道。

"再见了,老路。"

"我说不出再见，多丽丝。"路渐离艰难地哽咽道。

"老路，如果以后某一天你偶尔想起了我，就在夜晚望一眼土星吧，我永远活在它的体内。"

"我会的——"路渐离喃喃道，"多丽丝，我一定会永远怀念你的。"

然而，在这之后通信频道再也没有传来多丽丝的声音。

这一刻，离开了土星区域的"蛇夫座号"燃尽了最后的燃料，完成了最后一轮加速，掠过土星外缘，借由惯性向着太阳系外层空间飞去。

本福德与多丽丝的身影最后一次出现在木星太空站。

本福德仍穿着那一件深绿色毛呢长款西装，唯一的不同来自他胸前佩戴着的一朵洁白的绢花。他按照往常习惯早了半个小时来到太空站，这一次，他见到多丽丝难得地早到了。她若有所思地背靠落地舷窗伫立，目光肃穆，她的身前飘浮着一个白色的大气泡。

他怔怔地望着多丽丝，她依然是那一副清秀恬静的东方少女面孔，只是衣着与过去都不一样。她穿着一件庄重的深黑色学士服，头上戴着一顶深黑色学位帽，像是在出席学校里隆重的毕业仪式。

本福德颤颤巍巍地走到多丽丝面前，伸手点了点空中的气泡。

多丽丝开口道："我亲爱的本福德先生，你好。此刻我已经抵达了土星大气层的边缘，正在进行最后一次自检，马上就要向土星发起冲击。我害怕在自己下潜过程中发生什么变故，因此我提前来到这里，有一些话要对你说。这些话我害怕再不抓紧时间说出口，就再也没有机会了。"

她顿了顿,"今天我选择了你女儿出席大学毕业典礼的样子出现在你的面前,因为在我心中,自己已走完了生命的一段重要的旅程,即将完成一个庄重的告别仪式,继而支持我走向下一段充满未知的长旅。

"我亲爱的老本福德,感谢你在我记忆中埋置的那些画质粗糙的记忆画面,让我拥有了一个无比幸福、充满关爱的童年,我现在知道那些画面是你用DV记录女儿成长的视频。我亲爱的老本福德,感谢你为我做的一切,我会永远记得所有那些闪光的画面,永远记得所有那些温暖的瞬间,是你带我去溜冰场推着我一点点地学习滑冰,是你在自家花园中为我荡起秋千,是你握着我的小手一笔一笔在画板上画画……最初多少让我有些奇怪的是,那些画面中的女孩长着一张东方人面孔。我后来才知道,你的女儿是你和妻子收养的中国孤女,在大学毕业旅行中不幸在海边溺水去世。"

多丽丝哽咽得说不出话来,半晌后,她哭泣着说:"本福德,你是一位有爱心的父亲,你将对女儿未尽的爱倾注到了我的身上。尽管我在心底也一直将你当作父亲,却从来没有这样正式地称呼过你。今天,让我叫你一声,爸爸——"

白色气泡消失了,多丽丝流着泪呼唤的模样凝固了。

"多丽丝,我的女儿——"滂沱的泪水泛滥在本福德的脸庞,他哽咽着说道,"多丽丝,能有幸看着你成长也是我一生中莫大的幸福。是的,我曾经将你当作了我去世的女儿。但我现在想说的是,你并不是她,你是世界上独一无二的生命体,拥有完整的人生,活出了自己的精彩。"

本福德的话还没说完,这一刻,他看到空中有一个小气泡突然冒了出来,他不由得心头一紧,怔怔地伸手点了点。

多丽丝的声音传来，她依然饱含热泪的脸庞变得冷静了几分，"我的本福德爸爸，此时此刻，我已经进入土星的大气层，这里的电磁风暴比我们预想的要强烈得多，汹涌澎湃的电磁风暴一刻不停地冲击着'卡西尼二号'体内的电子仪器，极度地压缩了用于通信的高增益天线带宽，我不得不启动了紧急预案，将有限的数据传输通道留给地球控制中心。因此，我亲爱的本福德爸爸，不得不说再见了，还好我已经把要说的话都说完了。三分钟后我将关闭与你的通话。爸爸，请保重。再见了，爸爸！"

在多丽丝哽咽的话语中，她的身体泛起马赛克一般的波纹。

"多丽丝，我的女儿！"本福德呢喃道。他伸出双手去拥抱多丽丝，然而，他靠近多丽丝的双手也泛起了波纹，突然他难过地意识到，多丽丝已经不可能听到他对她说的话。

"爸爸！"已经失去身体轮廓的多丽丝仍在嘶声呼喊。

但很快，多丽丝的身影彻底消逝进了那一片波纹中。

紧接着，本福德看到整个空间都泛起了波纹。

这座存在了二十三年的太空站永远地坍塌了，消失在了时空深处的某一处褶皱中。

十天过后，飞船距离土星两千万公里，路渐离接收到了NASA发来的多丽丝生命最后的视频信息。

在多丽丝选择的 *You'll Never Walk Alone* 激昂高亢的歌声中，体格纤弱的"卡西尼二号"探测器开足最后的马力，以十万公里的时速冲入了土星广袤大气层的怀抱，如同一枚微小而尖利的石子高速地抛进了波澜汹涌的大海，穿过激荡的海水，急遽地向着海底坠落。

这一刻，多丽丝就如同一位决绝赴死的勇敢武士，沉着地卸下了探测器外壁的挡热板,让体内的十余种传感器直接裸露出来,拼尽全力强忍住酷烈的高温与高压的冲击,这能让她更加细致而真切地感受着土星内激荡多变的震颤。

那张金属CD上印刻着的一百二十万个人类名字也泛起了闪闪发光的波纹,变成了流动的液态。

变成了半液态的多丽丝还在艰难下潜,直到她的生命完全燃烧殆尽,与土星融为一体……

直到这一刻,多丽丝终于穿过了凄厉的风暴,抵达了一片金色的天穹。她也结束了二十三年短暂而闪亮的生命旅程,成功打破了"卡西尼号"的下潜记录。

Day 662

在距离地球十一亿八千万公里的广漠太空中,"无尽的燃烧号"终于与同向而行的"蛇夫座号"碰面了。"无尽的燃烧号"紧急减速,并作为追踪飞行器从背后缓缓地靠近了作为目标飞行器的"蛇夫座号"。

整个交会对接工作完全由电脑控制机器自动完成。当两艘飞船的距离缩小至两百公里时,"无尽的燃烧号"根据激光准确地定位到"蛇夫座号"的相对运动参数,不断调节前进速度与姿态,将"无尽的燃烧号"头部的十字刻度线对准"蛇夫座号"尾部的十字靶标。

在一次剧烈的碰撞过后,两艘飞船通过栓-锥式对接接口精准地连接上了,合为一体。

在这之后,新生的连体飞船在"无尽的燃烧号"强劲引擎的推动下掉转了方向,向地球飞驰而去。

Day 793

中国海南文昌，X-Xele航天中心。

"无尽的燃烧号"的返回舱平稳地降落在地面，早已守候在周围的人们爆发出一阵震耳的欢呼声。

返回舱的舱门开启，一小队训练有素的医护人员进入舱内。在对路渐离进行短时间的灭菌隔离与身体检查后，两名医护人员抬着他离开了飞船，帮助他坐上了一把早已准备好的轮椅。

虽然有一些不情愿，但路渐离还是接受了这样的安排，他的身体看起来还需要几天时间适应地球高重力的环境。

医护人员将他缓缓地推向了欢迎他的人群，站在人群第一排的是他的朋友们。

他首先看到了米依涟一家。

"Yelena，你好。"他谨慎地使用了英文称呼。

"渐离，你好，欢迎回家。"米依涟微笑着望着他。

"我此刻的样子看上去还行吗？"路渐离试着开一个玩笑，"除了不能站起来以及一只胳膊不能活动外。"

"当然。"米依涟笑了，"渐离，你真人比照片上要年轻不少。"

"或许是因为这两年没有受到地心引力的作用吧。"路渐离笑着说。

接着，米依涟向路渐离介绍了她的家人。

"游小明，我们也是二十多年没见了。"尽管有二十多年未见面，路渐离还是准确地叫出了米依涟丈夫的名字。

"渐离，很高兴能见到你回归。"米依涟的丈夫热情地回应道。

很自然地，两个男人的手紧紧地握在了一起。

这一刻,米依涟的两个女儿拥到了路渐离面前,热情地叫道:"路叔叔好!"

"两位漂亮的姑娘,见到你们真开心。看到你们就意识到自己在地球上的年龄已经好老了。"路渐离愣怔着笑了笑,"真的感谢你们一家人。"最后,他伸出左臂与米依涟一家人一一拥抱。

接着,他被推到了一位老者的身旁。

"感谢你,本福德先生,你培养出了一个出色的女孩。"路渐离感激地望着本福德。

"小伙子,见到你安全回到地球真高兴。我想天上的多丽丝一定会感到欣慰。"本福德轻轻地拍了拍他的肩。

站在本福德身旁的是一位身材颀长、脸庞清秀的年轻人,他是羽生介川。相比上一次网络世界的见面,他的外貌似乎又发生了不小的变化。

"老路,欢迎回到地球,我说过我们一定会再见面。"羽生介川微笑着俯身拥抱了他。

"是啊,我们终于再见面了。"路渐离说,"羽生君,我还盼着你带我参加今年的'解放了的弗兰肯斯坦'节呢。"

"没问题,今年大会的主题是北极圈生存实验,我想你应该很在行。"羽生介川回应道。

在与羽生介川寒暄完后,路渐离注意到人群中一位头发金黄、面容清瘦的少年,沉默而拘谨地站在那里。

路渐离主动地让陪护人员将自己推到了少年的身前。

"小伙子,你是鲁伊·布拉姆吧?"路渐离开口道。

少年微微地愣怔了一下,上扬的嘴角荡漾出一丝微笑,"是的,路先生,我是布拉姆。在六个月前,我被法庭减免刑期得以离开了监狱。非常感谢你的资助。"

"见到你真的很高兴，"路渐离望着布拉姆，"听说你又开始画画了？"

"是的，路先生。"布拉姆不好意思地说，"只是我现在改画童书绘本。"

"你的画一定充满了意趣，小朋友肯定会非常喜欢。"

路渐离在转完一圈后，一位记者向他提议道："路先生，我们一起来拍一张合影吧。"

"好啊。"路渐离爽快地答应道。

于是，所有人都围聚到了路渐离的身旁，大家向着天空摆出了开心的POSE，地球近地轨道的高分辨观测卫星为他们拍摄了好几张不同角度的合影。簇拥在人群最中央的路渐离也尽力微笑着仰望着天空，左手比出了一个代表胜利的"V"字。这可真是一个好莱坞式的圆满大结局，他在心中感慨道，不过……

他的目光不禁游离到了天际尽头，此刻湛蓝的天空晴朗无云，当然，在白天的天空中寻找不到土星的踪影。

"多丽丝，我终于回到地球了。"他在心中轻轻地念道。

第二十章

三年后。蒙特利尔,加拿大一座充满文艺气息的美丽城市,整座城市弥漫着古典的浪漫风情。

路渐离一个人漫无目的地在蒙特利尔大街小巷穿行,如同置身一场气氛浪漫、质感考究的老电影之中。他想象着米依涟在这座城市的日常生活,他走过每一处地方,每一座桥、每一个街区、每一个广场、每一个集市、每一个教堂,他想象着她是怎样的样子、以怎样的心情走过这些相同的地方。

在离开蒙特利尔的最后一天,他约了米依涟在市中心一家售卖鲜花的咖啡店见面。

路渐离早早地来到咖啡店,临窗而坐。下午两点,他看到米依涟准时出现在了咖啡店外阳光明媚的大街上。

今天她穿着浅蓝色牛仔外套、墨绿色的碎花裙,似乎还化了淡妆。她看见了他,快步穿过咖啡店门口的鲜花丛走进来。

路渐离微笑着站起身来,拥抱了米依涟。

"你的右手完全复原了?"米依涟意识到。

"早好了。"路渐离笑着说,他有意弯了弯自己的右手胳膊。

米依涟脱下外套,坐了下来。

"你要点杯什么喝的?"路渐离问。

米依涟想了想,"给我点一杯爱尔兰咖啡。"

路渐离不由得微微一笑。事实上,他点的也是爱尔兰咖啡,一款用威士忌与咖啡巧妙调制而成的饮品,口味醇香浓烈,这是当年他和米依涟在英国共同的爱好。

他叫来服务生,点了咖啡。

"渐离,看上去你的气色不错,我们有多长时间没见了?"米依涟望着他说。

"得有一年半吧,我返回地球后好像我们中间就见过一次面。"路渐离回忆道。

"你可是个大忙人,也不联系我这个老朋友,这两年我可都是从新闻里知晓你的动态。"米依涟半是玩笑半是责备地说。

"哪里。"路渐离喃喃道。过去的三年里,他的生活确实发生了巨大改变。经过几场漫长的官司诉讼,他成功从娜里科娃手中夺回了基金的控制权,重返世界财富金字塔顶端,但很快他的财富缩水了一半——他慷慨地将一半的身家注入了羽生介川发起的开放性基金中,用于维护全世界范围内克隆人的合法权益。

同时,过去那种纸醉金迷的生活让他再也提不起兴趣,他不再迷恋曾经热衷的超级私人飞机、豪华游艇、美女超模云集的派对……

"什么时候到的蒙特利尔?"米依涟问。

"昨天刚从伦敦飞来,之前我去了一趟利物浦。"他撒了个谎,故意把来到蒙特利尔的时间往后说了一周。

"你又去安菲尔德看了现场比赛?"

"是的,利物浦主场二比一扭转战胜了曼联,赛后我将印着自己姓名的围巾系在了球场香克利大门的铁栏杆上。"

"这有什么寓意吗?"

"这是一种特别的仪式,利物浦球迷用这样方式纪念逝去的老球迷。"

"你的意思是——"米依涟一愣。

"别紧张。"路渐离笑着说,"我只是准备再离开地球一次,这次离开的时间可能会有一些长。"

"你要去哪里啊?"

"科特克彗星,上一次没有抵达的目的地。"路渐离回答道。

"科特克彗星……"米依涟轻声地念叨,像是喃喃自语。

这一刹那,路渐离不由得有些恍惚了。他忽然又回到了二十五年前寒风怒号的卡尔顿山顶,记忆中还留着披肩长发的米依涟披着他的风衣,伫立在一片金黄蒿草的山坡上,她的头顶之上,科特克彗星照亮了整个夜空,流泻而下的辉光在她的长发上闪耀、跳跃,她第一次对自己说出了"科特克"那个此后羁绊他一生的名字。而此时此刻在咖啡店中,留着干练短发的米依涟目光温柔地凝视着自己,桌子上蜡烛摇曳不定的烛光勾勒着她相比记忆中变得瘦削了不少的脸部轮廓。在路渐离的脑海中,两段相隔遥远的时光画面不可思议地交错、叠映在一起。

然而,他必须承认,即使在经历过壮美的土星环、荒芜的星环虚空、神奇的土卫二海洋之后,那一夜熠熠闪烁在地球夜空中的那团光亮依然是他人生的一把钥匙,依然是让他热切地想要去追寻、抵达的彼岸。

"女士,你的咖啡。"服务生端着托盘到来,打破了路渐离的恍思。

感谢服务生的到来,让他的思绪重新回到蒙特利尔。他长长地舒了一口气,赶紧整理好心情。

"是的,我将计划前往科特克彗星。"路渐离斟酌着开口道,"只是这一次我在拜访完彗星后还会继续向太阳系外缘进发,造访柯伊伯带和奥尔特星云,探寻太阳系最原初的形态。如果运气足够好,我甚至在有生之年有可能冲出太阳系的疆域,成为人类历史上飞得最远的人。当然,这一次我需要做好足够的准备,储备足够的食物,毕竟那些地方可不会再如土卫二那般幸运地存在一片富含有机物的海洋供我养殖土羽鱼。"

路渐离兴奋地说着,一丝异样的光亮在他的眼中闪烁。

米依涟在一旁惊讶地倾听着,许久之后,她打断了路渐离,"渐离,你是专程来蒙特利尔和我道别的?"

"算是吧。"路渐离不得不承认道。

"你怎么又想到再次出发?"

"或许是患上了太空综合征的原因吧,几年太空低重力的生活让我的骨头变得疏松,心跳变得缓慢。回到地球的这几年,无处不在的沉沉地心引力总是让我感到不自在。我感觉自己的身体已经不再适合生活在一个大质量行星的表面。"路渐离故意表情夸张地说。他放松地靠在椅子上,微微地伸了伸懒腰,"所以,趁着年轻,我想再出去走走。"

"可是,你已经不算年轻了。"米依涟微微皱着眉头,摇了摇头。

"哈哈,是吗?"

路渐离笑了起来,试图用这样尴尬的大笑打破冷场。是的,他已经不再年轻,特别是看着与他同龄的米依涟,她那不再如记忆中明亮如水的双眸,微笑时眼角泛起的深深鱼尾纹,以及化妆品没有覆盖住的颈部皱纹,都让他深深感受到时间的重量。当然,此刻在她眼中的自己应该改变得更多,他已经是一位年近半百、面带风霜之色的沧桑中年人了。

他将以衰老之躯去赴一场少年之约，以有限的生命去丈量一个无垠的宇宙。

不过，基因技术的突飞猛进也让他看到另外一种生命的可能性，目前科技已经让人类的平均寿命达到一百二十岁。在延长人类寿命方面，每个月基因公司与基因黑客们都有层出不穷的新奇创意公布。在他的设想中，远航的自己有机会同步下载地球最新升级更新的基因编辑程序包，通过3D打印机操控纳米机器人不断编辑修补自己的基因密码，为自己延续生命，继续向深空进发。

"依涟，这一次我的飞船由此前的'蛇夫座号'升级而成，改名叫作'原力与你同在号'。"路渐离试着转移话题，"本着节约的原则，我没有对船体做太大的改变，只是装备了一台X5离子推进器作为飞船引擎，这将大大提升我的飞行速度。"

"我知道这款推进器，这是目前世界上最先进的离子推进器，速度提升能够超过传统化学推进器的二十倍。"

"你可真懂行。"路渐离有些惊讶道。

"当然，渐离，你别忘了我大学读的是天体物理。"

"是啊，你不说我都差点忘了。"

"说真的，没能成为真正的天文工作者，这多少让我有些遗憾。"

"你现在还看星星吗？"

"很少。"米依涟轻声说，"在偶尔失眠的夜晚也会在院子里架起望远镜看看星空，很多时候，深沉的星空还是会带给我一种类似于镇静剂的安宁感觉。"

"你的比喻很妙。"路渐离说，"说起来真是有些好笑，当年我们在英国的时候都没有谈论过任何有关太空的话题,这么多年后,我反而迷恋上你当年的专业。"

"是啊,好像一次也没有。"米依涟感叹道,"除了那一次在爱丁堡一同目睹到科特克彗星!"

说这话的时候,她一直低着头,轻轻地用勺子搅拌着只剩下小半杯的咖啡,爱尔兰咖啡的奶油、威士忌、曼特宁咖啡早已混合在了一起,一圈如星云般的涡旋微微荡漾在黑色的液体中。

沉默了许久,米依涟轻声开口,她的目光仍然没有离开咖啡杯,"渐离,有的时候,我真的觉得你就是世界上的另一个我。"

"'另一个我',你的意思是——"路渐离心中一颤。

"这或许也是现在很多地球人的共同感受吧。那么多定期收看你网络直播的粉丝,他们在夜深人静之时戴上 VR 头盔,随你在土星环漫游,穿行在土卫二冰雪表面,进入土卫二激荡海洋的深处,这能让永远蜷缩在地球表面的他们短时间脱离生活的平庸,去到空灵的星星上。在这种意义上,你的远航能帮我这类人完成未竟的太空梦想,成了另一个我曾经想成为、却最终无法成为的那一个'我'。因此,渐离,虽然我心中有很多不舍,但我也为你的决定感到骄傲,我会定期收看你的直播。"

路渐离愣住了,不知道该如何回答。

于是,他们陷入了沉默。

"依涟,有一件事我一直想当面问你。"路渐离开口打破了沉默。

"请讲。"

"你是否记得一个叫'送你的名字到土星'的活动,由 NASA 主办,时间大概是我们在英国读书时。"

米依涟稍微想了想,"我记得啊,不过你不说我都忘了。是的,我和你参加过这个活动。那时我偶然在NASA网站上发现了这个活动,第一时间就兴冲冲地填上了我和你的名字以及出生日期。这么说来,四年前多丽丝真的已经将我们的名字带进了土星中。"

"依涟,当年你有告诉过我这一件事吗?"路渐离声音发颤地打断了她的话。

"难道没有吗? 我记得当时有告诉过你啊。"

米依涟的回答让路渐离愣怔住了,随后他笑了,人生很多事也只能付之一笑。他没有再追问下去,往事的细节已经在岁月中变得模糊。当然,这已不再重要,就让这个谜团永远地保持下去吧,它还会在余生中不断温暖自己。

接下来,路渐离又要了瓶红酒,两人喝着酒,轻松地交谈。时间如桌上的蜡烛不疾不徐地流淌,不知不觉间,一下午的时光悠悠而过。

桌子旁的落地玻璃窗外,深沉的暮色正慢慢降落在蒙特利尔。夕阳映照下,大街上维多利亚式的古建筑显得更加金碧辉煌,远处的圣劳伦斯河泛起了粼粼的波光。

"日落了。"米依涟注视着窗外轻声说。

"蒙特利尔的落日真美!"路渐离感叹道。

"渐离,送我一束花吧,这家咖啡店的鲜花都非常雅致。"突然,米依涟回头望着路渐离的眼睛说。

"好啊。"路渐离喃喃道。到了告别的时刻,他意识到。

于是,他与米依涟起身来到咖啡店门口。两人在五颜六色的鲜花丛中精心地挑选起来。

最后,他们共同选择了一束交织了白、粉、黑、紫、红五种颜色的郁金香。

"渐离,五种颜色的郁金香代表着五种不同意义的祝福,你给了太多的祝福。"米依涟感动地说。

"一点都不多。"路渐离望着她微微一笑。

华灯初上的夜幕下,他们最后一次拥抱,挥手告别,转身离去。

走出了很远,路渐离还是忍不住停下脚步,转头向米依涟的方向望去。他看到捧着花的米依涟已经走到远处的街角,她的身影在大街的灯光映衬下显得模糊而迷离。但很快,她转过了街角,如一颗匆匆划过夜空的彗星,不见了。

他在原地愣怔了半晌,然后离去了。

路渐离返回地球后的第三年,中国文昌X-Xele公司火箭发射基地。

焕然一新的"原力与你同在号"巍然矗立在发射架上,蓄势待发。在发射场外的广场上,汇聚了数万名从地球各地赶来与路渐离告别的粉丝。

此刻,路渐离已坐进了"原力与你同在号"的控制舱,接受最后的身体检查,等待着飞船点火升空。

"老路,准备好了吗?"一个轻柔的女声打断了他的思绪。

"一切OK。"他微笑着望着机器人助手简妮说。

眼前的简妮外形被设计成了一位清纯可人的美少女,而她的大脑处理器采用了与多丽丝同一款的古老机型,参数配置完全一样。但路渐离心里很清楚,简妮就是简妮,她并不是多丽丝。

多丽丝是永远也无法被别人取代的。

不过,他相信在未来自己与简妮一定也会发生一些有意思的新故事。他与她,将会是 VR 系列电影《彗星日记》《冥王星日记》的男女主角。

几分钟后,"原力与你同在号"离开了地球表面,扶摇直上,在晴朗无云的天空中留下了一条长长的尾迹,而后飞向了广袤的太空。

这一次,路渐离仍然没有给太空服设置安乐死模式。

一个月后,"原力与你同在号"抵达地球之外九千万公里的空间,这样的距离差不多是火星运行的轨道。舷窗外地球已经变成一颗蓝色的小弹珠,但仍然是广袤太空中除了太阳与火星之外最明亮的存在。

这一天早上九点,路渐离在用完早餐后,与往常一样,坐在了主舱控制台前,进行每天一次为时一小时的面向地球的真人直播。

他瞟了一眼直播界面上,观众再一次挤爆了带宽,两千万人在线,大伙儿的热情似乎并没有随着航程拉远、时延变长而减弱半分。

"所有的朋友们,大家早上好。"路渐离微笑着开始了直播,"今天是我离开地球的第二十九个地球日,大家需要祝贺我的是,我再次超过了目前距离地球最远的载人飞行器——中国宇航局的'墨子号'。在成为此时此刻飞得最远的人类的同时,也重新成了人类历史上距离地球最远的网红主播。"

路渐离顿住了,瞟了一眼面前电脑屏幕上的直播界面,粉丝们给自己的发言点赞送的礼物还需要十分钟左右才会铺天盖地地抵达。

路渐离继续说道:"好了,与过去一样,我首先要向大家汇报昨天的日常。与前几天一样,我花了一天一口气读完了一本很棒的书籍——《白鲸》。这是美国作家赫尔曼·梅尔维尔以一段浪漫传奇的海上经历为题材写就的一本长篇小说。没错,这本书也是我的那位老朋友很早以前在社交媒体晒出来的长长书单的其中一本。近来,我愈发感受到阅读是一种非常奇妙的体验,我开始迷恋上这种古老的娱乐方式。在此,请允许我为大家念上几段《白鲸》中感动我的片段。"

路渐离清了清嗓子,认真地投入了阅读中:"因为正如这惊心动魄的海洋包围这翠绿的陆地一样,人类的心灵中也有一个塔希提式的岛屿,洋溢着和平与欢乐,然而它的四周竟是这个熟悉又不熟悉的生活中的一切恐怖……

"所有的地图上对这个小岛都没有任何标示,真正的好地方是从来不存在于地图之上的……"

在自言自语地表演了半天后,路渐离的直播进入了粉丝互动环节,他将回答一个来自地球的热线留言。

他的助手简妮为他随机选中了一个留言。从扬声器中响起一个洪亮的年轻男子的声音:"老路,听说你在地球留下了带有自己基因的胚胎,如果你在外太空发生意外的话,地球上就会克隆出你的后代。我很关心真有这样的事吗?"

"啊哈,这位叫作'北河三小提琴'的朋友真是直言不讳。"路渐离哈哈一笑自我解嘲,"是的,我在地球上留下了胚胎。但实话实说,我还没有想好是否启动这一方案。等有一天我思考好了,一定会开诚布公地告诉大家。"

路渐离顿了顿,"尽管目前克隆人在特定限制下已经合法,然而我对通过克隆创造下一代人类的方式仍充满了迷惘,但我还是倾向为未来留下这样的一个可能性。另外,说到克隆的话题,我也想与大家分享自己的一个小故事。在这一次飞船出发前,我对身体做了一整套基因检查,惊奇地发现我的DNA序列某些局部已发生极大的突变。这应该是上一次土星营救行动中强烈的土星射线辐射穿透了我没有真空隔热层的太空服,随机撕裂了我的一些DNA序列。这样的DNA变异将对我的身体造成何种改变,即使是基因专家也没有给出确切的答案。但最直观的改变是,我的基因已不再是父亲的全盘克隆产物,也就是说,在不知不觉间我已在上一次太空旅程中完成了一次自我蜕变,变成了一个新的我。"

路渐离笑了笑,结束了回答。

"好了,感谢大家的热情围观,今天的直播就到这里了,欢迎大家明天继续关注飞驰在外太空的老路。在最后的送歌环节里,今天我想点一首歌分享给大家。这是我年轻时非常喜欢的一首歌曲,来自爱尔兰的U2乐队,*I still haven't found what I am looking for*。"

路渐离微笑着对着镜头挥了挥手,结束了连线。

直播画面随之从船舱内切回了飞船舷窗之外。

这是一片无边无际的空洞漆黑的太空,其中微小的星星仿佛被光年的距离冻结住了,并不闪烁,只是冷冷地散发着异样的光芒。

舒缓、柔情而略带忧伤的歌声缓缓响起,以单曲循环的模式久久地飘荡在冰冷的群星之间。

I have climbed the highest mountains

I have run through the fields

Only to be with you

Only to be with you

I have run

I have crawled

I have scaled these city walls

These city walls

Only to be with you

But I still haven' t found what I' m looking for

But I still haven' t found what I' m looking for

……

后　记

　　《穿越土星环》是我的第二部科幻长篇小说。

　　这是一本古典风格的太空探索题材的小说，也是一直以来我想尝试的那一类科幻。毕竟，很多年前正是这样的小说将年少的我吸引进了"科幻"这片广袤世界，并长久地驻足下来。时至今日，我仍记得当初那份纯粹的激动。

　　在那些扣人心弦的故事中，人类星际飞船穿越遥远的光年抵达了陌生的星球，在一片未知的、充满敌意的土地上展开一连串险象环生的探险。这颗星球拥有着与地球不一样的重力、光怪陆离的地质奇观、奇形怪状的异星怪兽、拥有意识的海洋、时空涡旋的迷墙、形态各异的外星智慧种族……这样的神奇星球如同科幻作者凭借卓越的想象力构造出的科学与思想的试验场，令我沉迷其中、流连忘返。

　　再后来，我又陆续阅读了一些发生在太阳系内的太空冒险故事，杰弗里·兰蒂斯《追赶太阳》(1992)、史蒂芬·巴克斯特《蛛丝》(1995)、迈克尔·斯万维克《缓慢的生命》(2002)。特别是2015年火遍全球的电影《火星救援》，给了我极大的触动。这些故事发生在并不那么遥远的未来的火星、冥王星、月球、土卫六等星球上，相比抽象的异星多了不少令人信服的真实科学细节。这就如同一场大型密室逃脱游戏，主人公以所在星球独特的物理地貌为线索，以人类已有科技为道具，一路高能脱险、绝处逢生，最终成功返回地球。

于是，我也萌生了让自己的思绪扩展到太阳系内某个星球的想法。

很快，一则科技新闻引起了我的注意。2015年10月28日，土星探测器"卡西尼号"（本文女主角A.I.的前辈）最后一次掠过土卫二。在NASA公布的照片中，探测器如一枚高速的子弹般穿过了土卫二北极的冰羽流。那些从冰火山喷发出的混杂着冰凌与水蒸气的羽状物质，排山倒海地扬起，如同白色的鸟群般飞扑向壮美的土星环，这样的画面犹如梦境一般，令我震撼不已。探测器通过对羽状物质的分析，确定土卫二北极冰面之下还存在着一个深度达十公里的液态水海洋，翻腾的海水富含复杂的有机物，它们极有可能孕育出生命。在浏览完新闻的那一刻，我的小说已经抵达目的地。

这一次，我的故事里并没有之前太空求生类小说中常见的主题激昂的全民营救行动，有的只是一个被世人厌弃的纨绔富二代，渺小而无助地飘浮在茫茫土星环中，独自面对群星对他荒诞人生的审判。在历经磨难之后，主人公最终完成了自我救赎，与整个世界和解。希望这样的写法能带给读者一些不一样的感受。

人体基因的多样性，是这部小说想要讨论的另一个主题。几十亿年地球生命漫长而曲折地进化，从草履虫、鱼类、恐龙、鸟类到类人猿等各种生命体，让我们人类的DNA链条嵌进了与它们相似的基因代码。这些基因片段隐秘而巧妙地操控着人类的行为与思想。在我看来，人类DNA无疑是世界上目前已知的最精巧、最高效的量子计算系统。另外，人类的躯体实际上是一个错综复杂的生命共生体，种类庞大的细菌、微生物，甚至还有病毒，它们悄然寄生在我们的体内世界中，相爱相杀、相互利用、相互依靠。这些微小的生命族群又携带着丰富的DNA，甚至还能通过逆转录的方式将自身DNA导入我们人类的DNA中。如此一来，人类与生俱来地携带着一个庞大纷繁、动态变化的基因智囊库，这些底牌还能依靠基因编辑技术魔法般重组出更多新奇的花样。

因此，当人类身处外太空绝境之中拨打"场外热线"的同时，向我们自己的身体发起求助，未尝不是一件值得尝试的事。

从灵感的降临到小说完成，再从一个中篇变成长篇，再到修改、出版，其中经过了一个漫长的过程。在这个过程中，我又见证了一些与小说有关的里程碑事件的发生。2017年9月15日18点32分，"卡西尼号"探测器向地球发回了最后一束信息。而后，它径直冲向了土星大气，很快在狂怒的风暴中如绚烂的烟花般爆裂开来。就这样，带着四十九亿公里飞行距离，六百三十五GB科学数据的傲人记录，"卡西尼号"结束了二十载短暂而又闪亮的生命。

这堪称太阳系内最伟大的谢幕演出。

而在小说中为漂泊土星环的主人公提供心灵慰藉的利物浦足球俱乐部，终于摆脱了"苦不苦，想想红色军团利物浦"的悲剧宿命，在现实世界中迎来了一个振奋人心的2019—2020年赛季。主教练"渣叔"①带领着红色军团，一路高歌猛进，摧枯拉朽，以难以置信的英超联赛历史最佳战绩，拿下三十年来的首个联

①指利物浦足球俱乐部的教练尤尔根·克洛普。

赛冠军(这是我们这一代人都不曾见证过的奇迹)。虽然我并不算利物浦球迷,但一直以来对这家充满激情的热血俱乐部心存敬意。2019年10月国庆假期,我也有幸去到利物浦,朝圣般地站在安菲尔德球场的KOP看台,与四万球迷齐声高唱起了那首 *You'll Never Walk Alone*。一种"穿过幽暗的岁月、无尽的风暴,终将见到洒满阳光的金色天空"的激越情绪填满了我的胸口。我也算是真切地体验了一把小说主人公通过VR身临安菲尔德球场、与全世界深情相拥的温情时刻。

当然,我见证的并不都是令人感动的事件。2020年新冠疫情的爆发算是人类近现代历史中经历的最大瘟疫危机,期待人类早日控制住疫情。在未来的日子里,人类如何与微小的病毒共处,这是一件值得我们反思和研究的事。

不断见证历史,在点滴感悟中前行,这或许也是匆匆人生的意义之一吧。

最后,感谢本书所有的读者,非常有幸能与大家同游这一程土星环之旅。

2020年7月12日
于四川成都